Das Haus hinter Midnight

Eine merkwürdige Begebenheit

IZABELLE JARDIN

Verlag:
Zeilenfluss
Werinherstr. 3
81541 München
Deutschland

Texte: Izabelle Jardin
Lektorat: Stefan Wendel
Korrektorat: Dr. Andreas Fischer
Cover: Alexander Kopainski
Satz: Zeilenfluss Verlag

ISBN: 978-3-9671-4409-3

IZABELLE JARDIN

Das Haus hinter MIDNIGHT

EINE MERKWÜRDIGE BEGEBENHEIT

Mystery Novel

ZEILENFLUSS

VORWORT

Liebe Leserinnen und Leser,

eine Mystery Novel von Izabelle Jardin? Was für eine merkwürdige Begebenheit! Gewohnt ist man doch den ernsthaften historischen Roman, die Familiensaga. Ich glaube, ich muss mich ein wenig erklären.

Die Zeit der Aufarbeitung deutscher - und durchaus auch internationaler - Geschichte des 19. und 20. Jahrhunderts ist für mich vorläufig vorbei. Neun Mal hintereinander habe ich während der vergangenen Dekade Frauen durch männergemachte Katastrophen geschickt, habe sie leiden, weinen, kämpfen, verzweifelt lieben ... und doch nur sehr unzureichend siegen lassen (können).

Man möge mir die Schwäche verzeihen, aber nun ertrage ich es nicht mehr, denn die bittere Realität hat unsere Welt längst eingeholt. Unsere Erde, die um Atem ringt, neue Kriege, neue Tote, neue weinende Frauen, die noch weniger Aussicht auf Erfolg, auf Frieden und Harmonie haben. Sprachlos stehen wir alle vor den Geschehnissen. Noch fehlen uns ohnmächtig die Worte. Nein, wenn man immer wieder so tief in Geschichte und Geschichten eingetaucht ist, stets in der Hoffnung, vielleicht ein wenig mahnen zu können, damit es nie wieder passiert, und plötzlich vor neuer Wirklichkeit steht, die alles Vorherige zu übertreffen droht, dann wird man still.

Und sinnt auf Fluchtpunkte! Ein lauschiger Garten, das Singen der Amseln im Abendlicht, ein Plätzchen an einem einsamen See, ein Waldspaziergang, ein gutes Gespräch mit Vertrauten ... Oder ein Buch. Eines, das nicht schon wieder thematisiert, was uns den ganzen Tag lang quält.

Das Haus hinter Midnight ist ein solches Buch. All meinen Leserinnen und Lesern wünsche ich ein paar schöne Stunden abseits des gewohnten Getümmels und bin, wie gewohnt, immer zum Austausch bereit und erreichbar über:

izabelle.jardin@gmx.de

Herzlich
Ihre
Izabelle Jardin im Mai 2024

We are such stuff as dreams are made on,
and our little life is rounded with a sleep.

Wir sind aus jenem Stoff, aus dem die Träume sind,
und unser kurzes Sein umfängt ein Schlaf.

William Shakespeare, »The Tempest« / »Der Sturm«

EINS

DIE BEGEGNUNG

»Quälen Sie diese Träume, Miss Austin?«, fragte Dr. Norton.

Was für eine Frage! Hatte er mir denn gar nicht zugehört? Wäre ich sonst überhaupt hier? Die neunzig Pfund, die er für eine einzige Sitzung verlangte, taten mir wirklich weh. Ich war es nicht gewohnt, Geld für unnütze Dinge auszugeben, denn ich musste mit dem bisschen, das ich hatte, sehr besonnen umgehen. Aber ich hatte keinen anderen Ausweg mehr gesehen und eigentlich sowohl eine Analyse als auch die prompte Lösung meines Problems erwartet. Eine derart lapidare Frage jedoch gewiss nicht.

»Eine Kapazität« hatte Brian, Mitbewohner unserer studentischen Dreier-Wohngemeinschaft, den Psychotherapeuten genannt, als er ihn mir empfahl. Und mich dabei aufrichtig besorgt angesehen. Wahrscheinlich waren es die tief dunkelblauen Ringe unter meinen Augen gewesen, die sein Mitleid erregt hatten. Vielleicht auch mein Teint, der sich zunehmend jener fahlgrauen Farbe des Morgennebels über der Themse anglich.

Vor einigen Wochen hatte es wieder angefangen. Nacht für Nacht ließen sie mich nicht zur Ruhe kommen, saugten meine

Energie wie durstige Vampire das frische, lebendige Blut und überlagerten tags jedes vernünftige Denken. Das taten sie seit nunmehr ungefähr drei Jahren. Bisweilen lagen Monate zwischen den Phasen, in denen sie mich mehrere Nächte hintereinander in zermürbender Eindringlichkeit heimsuchten, manchmal nur wenige Tage. Immer wurde mir bewusst, was ich geträumt hatte, denn jedes Mal erwachte ich, konnte mich an alle Einzelheiten der Bilder und – was noch viel kräftezehrender war – der verwirrenden Gefühle erinnern, die sie auslösten. An Einschlafen war danach nicht mehr zu denken.

Ja, es ließ sich nicht leugnen. Sie quälten mich, diese Träume.

Dr. Norton räusperte sich. Er wartete auf meine Antwort. Ich möge mich entspannen, hatte er mich in sanftem, melodischem Tonfall angewiesen, sich selbst schräg hinter meinem Kopf niedergelassen und mir empfohlen, die Augen zu schließen. Doch ein Blinzeln rückte etwas in mein Blickfeld, das mich schon bei meinem ersten Besuch hier total nervös gemacht hatte. Die Spitze eines gut geputzten, aber offenbar schon lange im täglichen Dienst befindlichen braunen Budapesterschuhs, mit der er unablässig wippte. Leise knarzte das Leder mir jeden vernünftigen Gedanken aus dem Kopf und verhinderte schon allein den bloßen Versuch der Entspannung.

Ausgestreckt, nur die Fußknöchel übereinandergeschlagen, die Hände auf dem Bauch gefaltet, lag ich nun zum zweiten Mal auf Dr. Nortons cognacfarbener, lederbezogener Therapeutencouch. Kurz unterhalb meines letzten Lendenwirbels fühlte ich die Kuhle im Polster, welche von starker Frequentierung dieses Möbelstücks sprach. Ich spürte, wie die Schlummerrolle, die ich angestrengt im Genick zu halten versuchte, unter meinem festgesteckten Haar herauszugleiten drohte. Mein Nacken verspannte sich zusehends.

Zu allem Übel war der Raum vollkommen überheizt. Eigentlich hätte ich das seit der letzten Sitzung wissen und mich gegen den Wollpullover und die gefütterten Stiefeletten entscheiden sollen. Ich merkte, wie mein Körper gegen all die Unbequemlichkeiten zu rebellieren begann. Ein feiner Schweißfilm entwickelte sich zwischen meinen Fingern, übermächtig wurde mein Wunsch nach der frischen Februarluft draußen auf der stillen Straße. An die verordnete Entspannung war jedenfalls nicht zu denken.

»Miss Austin? Sind Sie noch bei mir oder schlafen Sie?«

Schlafen!, dachte ich. Wie wunderbar wäre es doch, mal wieder einfach nur tief und fest – und vor allem traumlos – schlafen zu können. Oder wenigstens den Körper locker ausstrecken und ruhen zu können.

»Keine Sorge, Doktor. Wenn ich so ohne Weiteres schlafen könnte, wäre ich nicht hier. Seit unserer ersten Sitzung vergangene Woche habe ich keine Nacht richtig geschlafen. Mittlerweile bin ich todmüde. Und das ist ein Zustand, den ich mir ausgerechnet jetzt, kurz vor der letzten mündlichen Prüfung, nicht erlauben darf.«

»Miss Austin, ich sehe, dass es uns momentan nicht gelingen wird, eine komplette Lösung des Problems zu erarbeiten. Sie stehen unter einer starken Doppelbelastung. Einerseits die Schlaflosigkeit, andererseits die nahende Prüfung. Das Sinnvollste wird sein, wenn wir uns auf einen späteren Termin vertagen und ich Ihnen zunächst ein Schlafmittel aufschreibe, damit Körper und Geist zur Ruhe kommen können. Was meinen Sie?«

Ich schwang die Beine von der Couch und setzte mich auf. Im gedämpften Licht der grün beschirmten Stehlampe saß Norton, strich sich nachdenklich den graumelierten Vollbart, der einmal braun gewesen sein mochte. Braun wie sein Tweedanzug im dezenten Hahnentrittmuster, der, genau wie die durchgelegene Couch, schon bessere Tage gesehen hatte. Mein Blick blieb an den Lederflicken auf seinen Ärmeln hängen.

Er hatte endlich aufgehört, mit der Fußspitze zu wippen.

Über die randlose Lesebrille hinweg schaute er mich fragend an, und sein Gesichtsausdruck erinnerte mich stark an Brians. Ich interpretierte ihn als ratlos und beunruhigend wenig souverän. Tiefe Enttäuschung machte sich in mir breit, und ich merkte, noch während ich die Worte aussprach, dass ich ihm dafür die Schuld gab. »Sie wollen oder können nicht jetzt sofort eine Lösung für mich anbieten? Ein Schlafmittel? Ist das nicht ein bisschen zu einfach?«

Dr. Norton schüttelte den Kopf. »Hier geht es nicht um *mein* Wollen oder Können, sondern um Ihres. Sie scheinen im Augenblick nicht in der Lage zu sein, sich zu konzentrieren. Das wundert mich nicht, denn Sie haben den Kopf nicht frei.«

Ich wollte protestieren, ließ jedoch weitere Anwürfe unausgesprochen, als ich seiner besänftigenden, verständnisheischenden Miene gewahr wurde.

»Bitte, Miss Austin, das ist kein Vorwurf, sondern eine Feststellung. Lassen Sie uns zunächst diesen Weg beschreiten. Ich halte ihn für zweckmäßig. Versuchen Sie wenigstens, mir zu vertrauen.«

»Aber ich habe Angst vor Schlafmitteln. Zumal dann, wenn ich allein bin und nicht unter ärztlicher Aufsicht«, gab ich wenig überzeugt zu und ergänzte: »Außerdem mag ich es gar nicht, die Kontrolle abzugeben.«

Dr. Norton lächelte wissend. »Damit offenbaren Sie mir keine Neuigkeiten.«

Er erhob sich und schloss ein Schränkchen hinter seinem Schreibtisch auf. Mit einer Pillenschachtel ohne jeglichen Aufdruck kam er zurück, hielt sie mir hin.

»Einmal eine Tablette. Direkt vor dem Zubettgehen. Ich gebe sie Ihnen mit, weil ich weiß, dass Sie zu den Patienten gehören, die ein Rezept sowieso nie einlösen würden. Falls Sie sich damit wohler fühlen, sorgen Sie dafür, dass jemand bei Ihnen ist, wenn Sie den ersten Versuch wagen. Dies ist ein bewährtes pflanzliches Medikament, bekannt für seine äußerst milde Wirkung. Keine Sorge. Sofern Sie sich an meine

Dosierungsanweisung halten, wird Ihnen nichts geschehen, außer einer geruhsamen, entspannenden Nacht.«

Ich zögerte zuzugreifen, und er setzte hinzu: »Sie allein entscheiden, wann Ihr Leidensdruck so groß ist, dass Sie bereit sind, diese Hilfe anzunehmen.«

Seine Haltung signalisierte, dass ich für heute entlassen war. Ich stand auf und nahm mit der Linken die kleine weiße Packung, während ich ihm die Rechte zum Abschied reichte. Sein warmer, kräftiger Händedruck korrespondierte perfekt mit dem aufmunternden Blick. »Wird schon alles gut werden, Miss Austin! Ich drücke Ihnen die Daumen für einen gelungenen Studienabschluss. Lassen Sie von sich hören.«

»Danke«, murmelte ich, griff nach meiner Umhängetasche und dem dunkelblauen Dufflecoat und verließ das Sprechzimmer.

»Miss Charlotte Austin?«, sprach mich die Assistentin im Vorzimmer an. »Möchten Sie Ihre Rechnung gleich bar bezahlen, oder soll ich sie mit der Post senden?«

»Hope Austin zahlt bar«, erwiderte ich, »Charlotte war meine Großmutter. Und leider zahlt sie gar nichts mehr.«

»Aber hier steht … also … nicht Charlotte …?«, fragte sie und zog die Augenbrauen hoch.

Sie konnte es nicht wissen. Es gab mir noch heute, viele Jahre nach ihrem Tod, einen Stich ins Herz, wenn mich jemand mit diesem Namen ansprach. Charlotte war der Vorname meiner geliebten Großmutter gewesen. Sie war eine so imponierende, weise Frau gewesen. Und dieser Vorname erschien mir noch immer als viel zu »groß« für mich.

»Nein, schon okay. Mein Name ist Charlotte Hope Austin«, bestätigte ich und hörte sie so etwas wie »Hope ist auch viel hübscher …« murmeln. Ich beglich die Rechnung, stopfte den Beleg in die geräumige Tasche und überhörte absichtlich beim Türzuziehen die Frage nach einer neuen Terminvergabe.

Kalter Nebel empfing mich, als ich auf die Kensington Park Road hinaustrat, um mich auf den Weg zur Untergrundstation Notting Hill Gate zu machen. Die schmucken weißen Häuser mit ihren kunstvoll geschmiedeten Balkongittern und säulengetragenen Vorbauten lagen im düsteren Dämmerlicht des frühen Abends. All die Rosenstämmchen in den winzigen Vorgärten, die an warmen Sommertagen die feineren Londoner Straßen mit ihrem betörenden Duft erfüllten, versteckten sich unter grünen Vlieskapuzen.

Man ließ ihnen liebevolle Fürsorge angedeihen, und auch ich war in diesem Moment dankbar für die Kapuze an meinem Mantel. Als meine Mutter mir den Burberry-Dufflecoat damals zum Studienantritt geschenkt hatte, war meine erste Reaktion zu ihrer Enttäuschung nicht gerade überschwänglich gewesen. Gewünscht hatte ich mir nämlich eine dieser schicken, modernen Outdoorjacken, und dieses Kleidungsstück erschien mir ziemlich antiquiert. Ich hatte ein wenig die Nase gerümpft, als sie mir erklärte, es gäbe doch kaum etwas Praktischeres und gehöre einfach zu einer Studentin. Vor dreißig Jahren mag das vielleicht gestimmt haben, hatte ich gedacht. Aber dann doch nach und nach festgestellt, dass sie recht hatte.

Zu Erkenntnis und Wertschätzung war ich nicht etwa gekommen, weil mich irgendjemand darüber aufklärte, dass es sich um ein ungeheuer kostspieliges Kleidungsstück, ein regelrechtes It-Piece, handelte und mancher mich darum beneiden würde. Nein, mit der Zeit begann ich, diesen Mantel, der mir nebenbei bemerkt auch noch zwei Nummern zu groß war, sozusagen zu »bewohnen«. Der dichte Lodenstoff schützte nämlich, das hatte ich schnell festgestellt, vor jedem Wetter, die Taschen wärmten wunderbar die Hände und boten, tief, wie sie waren, allen möglichen unentbehrlichen Kleinigkeiten Platz. Zur Freude meiner

Mutter trug ich ihn nun jeden Frühling, Herbst und Winter und leistete allein dadurch schon Abbitte für meine erste, sicher sehr verletzende Ablehnung. Wie verletzend sie gewesen sein musste, machte mir Vaters kleiner Hinweis eines Tages deutlich. Jahrelang, und zwar seit sich abgezeichnet hatte, dass ich tatsächlich die Hochschulreife schaffen würde, hatte Mutter sich monatlich ein wenig Geld vom Munde abgespart, um mich mit diesem Geschenk überraschen zu können. Autsch! Wie sehr musste meine Reaktion Mum geschmerzt haben!

Mein Mantel und ich waren quasi unzertrennlich geworden, und es regte mich schon sehr schnell nicht mehr auf, dass mir die zahlreichen Fashion-Victims der Uni hinter vorgehaltener Hand den Spitznamen »Duffy« verpasst hatten. Im Gegenteil! Dann war ich eben der unmoderne, der eher klassische Typ. Ich bildete mir jedenfalls ein, dass ich andere, erheblich wichtigere, nämlich innere Werte hatte. Kurz und gut: Ich versteckte mich drei Viertel des Jahres in meiner Wollfestung. Stiegen die Temperaturen über zwanzig Grad, schaffte ich ihn alljährlich mit einem bedauernden Seufzen in die Reinigung und erntete während ein paar sozusagen schutzloser Sommermonate gemeinhin reichlich Komplimente für das Mädchen, das Duffy auch noch war. Insbesondere meine männlichen Kommilitonen geizten nicht mit blumigen Liebenswürdigkeiten, bescheinigten mir eine Traumfigur und hielten es für nötig, sich in ausgiebigen Balztänzen um meine Gunst zu ergehen.

Unangenehm waren mir diese Annäherungsversuche insofern, als ich glasklar für mich beschlossen hatte, zu warten, bis sich der Richtige finden würde. Dieser »Richtige« sollte mich gefälligst als ganzen Menschen schätzen, meine wahren Qualitäten geduldig erforschen und die vordergründige Jagd auf mich, als Ziel frühlingsfrischer sexueller Begierde, brav hintanstellen. Dazu war aber offenkundig keiner wirklich bereit. Deshalb verteilte ich Körbe zuhauf und

galt allgemein als uneinnehmbar. Ob nun mit oder ohne Wollfestung.

Ich hatte es nicht eilig an diesem Abend, denn ich wusste,
dass ich zu Hause jetzt allein sein würde. Brian und Florence,
meine beste Freundin und dritter Part unserer Wohngemeinschaft, waren frühestens kurz vor Mitternacht zu erwarten.
Die beiden, übrigens neben meiner Familie die einzigen
Menschen, die mit meinem etwas spröden Wesen absolut
keine Probleme haben, schoben gerade zusammen Spät-
schicht in dem Pub, der uns allen ein gewisses Grundein-
kommen garantierte.
    Schon seit fast zwei Jahren teilten wir uns mit zwei
weiteren Studenten den Job als Aushilfsbedienungen und
kamen damit alle halbwegs gut über die Runden. Der Wirt
schätzte unsere Flexibilität, Selbstständigkeit und Zuverläs-
sigkeit. Da die meisten Gäste, die dort einkehrten, selber
Studenten waren, kannten sie unsere finanzielle Lage aus
eigener Anschauung und ließen sich in puncto Trinkgeld nie
lumpen.
    »Kleinvieh macht auch Mist«, sagte Brian immer, und ich
stellte oft fest, dass dieses »Kleinvieh« mehr einbrachte als
unser eher karger Stundenlohn. Außerdem machte der Job
Spaß. Der urige Charakter des Pubs und die Tatsache, dass
wir quasi ausschließlich mit unseresgleichen zusammentra-
fen, nahmen der Sache den bierernsten Arbeitscharakter. Die
Kneipe war uns schnell zur zweiten Heimat geworden, und
oft blieben wir noch lange nach Feierabend dort.

Der Zug nach Hammersmith fuhr gerade ein, als ich die
Rolltreppe herunterkam. Aus den Augenwinkeln beobachtete
ich ein älteres japanisches Paar (an der umgehängten Fotota-
sche mit der Aufschrift »Nikon« unzweifelhaft als Touristen

erkennbar), wie sie der Lautsprecheransage lauschten. »Mind the gap!«, warnte vor dem schmalen Spalt zwischen Waggon und Bahnsteigkante. Dieser hektische Schritt ins Abteil war so typisch! Was für jeden Londoner eine selbstverständliche, gar nicht mehr wahrgenommene Sache war, schien für die beiden der gefährlichen Überquerung einer tiefen Schlucht gleichzukommen.

Genauso war es mir in den ersten Wochen auch gegangen, als ich das Leben im kleinen Pendeen, gelegen im englischen Süden nahe dem besser bekannten Penzance, mit dem in der Großstadt getauscht hatte. Die Tube, wie man hier die U-Bahn nannte, war mir mit ihrem Röhrengewirr von Anfang an unheimlich gewesen. Dazu hatten nicht nur die Terroranschläge am siebten Juli zweitausendfünf beigetragen, die sechsundfünfzig Menschenleben gefordert, rund siebenhundert Verletzte zur Folge gehabt und sich unauslöschlich ins kollektive Gedächtnis eingebrannt hatten. Nein, wie dieser schwarze Tag gezeigt hatte, war die Tube ein genauso sicheres – oder eben unsicheres – Verkehrsmittel wie die traditionellen Doppeldeckerbusse. Denn auch ein solcher war ja damals fast zeitgleich Ziel eines Anschlags gewesen.

Es war nur einfach so, dass ich mich immer etwas ausgeliefert fühlte, hier unten, tief unter der Erde. Dieses Gefühl wurde ich nie los, sosehr auch die tägliche, unumgängliche Nutzung der U-Bahn mich nach und nach sicherer gemacht hatte. Noch immer war ich froh, wenn ich buchstäblich »Licht am Ende des Tunnels« erkennen konnte. Bis mir endlich wieder ungefilterte Luft um die Nase wehte, musste ich mich regelmäßig ablenken, um keine klaustrophobischen Angstattacken zu bekommen.

Dass dem so war, hatte zweifellos mit meiner Herkunft zu tun. Den Respekt vor Tunnelsystemen hatte ich sozusagen mit der Muttermilch aufgesogen, denn ich entstamme einer alten kornischen Bergarbeiterfamilie. Immer wieder gab es in unserer Region, wo Stollen die Erde wie einen Schweizer Käse bis weit unter den Meeresgrund durchlöchern, Unfälle, die bisweilen sogar tödlich für die Arbeiter endeten.

Wenn ich allerdings jemandem erzählte, dass ich aus Cornwall komme, sah ich je nach Geschlecht meines Gegenübers zunächst zweierlei typische Reaktionen. Männer reagierten elektrisiert und faselten von alten Piratengeschichten, wahlweise rauem Stückgut aus der Artussage. Frauen hingegen bekamen diesen seelenvollen Herz-Schmerz-Blick, der ohne Frage daraus resultierte, dass sie zu viele schnulzige Liebesromane gelesen hatten, die in unserer Gegend spielten. Romance Stories, in denen garantiert wenigstens ein Baron, im besseren Falle sogar ein Duke, das ärmliche Aschenputtel in sein sturmumtostes Schloss auf irgendeiner schroffen Klippe holte, damit sie »happily ever after« zusammen alt werden konnten.

Manches von diesen romantisch verklärten Vorstellungen meines Heimatdistriktes stimmt ja auch. Die Landschaft ist voll faszinierender Gegensätze. Wer einmal auf den Felsen von Land's End am südwestlichsten Zipfel Britanniens stand und sich bei stürmischem Wetter den gewaltigen Gischtfontänen des Atlantiks gegenübersah, der nahm eine unauslöschliche Vorstellung von den Urgewalten der Natur mit.

Penzance allerdings, mit dem nur etwa anderthalb Meilen entfernt vorgelagerten pittoresken Felsinselchen St. Michael's Mount und seinen sanften, breiten Sandstränden, erinnert eher an einen lieblichen Riviera-Badeort. Um die vorletzte Jahrhundertwende genoss es einen respektablen Ruf als mondänes Seebad. Dies insbesondere deshalb, weil es, wie der gesamte englische Süden, klimatisch beeinflusst vom warmen Golfstrom und sonnenverwöhnt, mit einer üppigen, teils subtropischen Vegetation aufwartet. Hier wachsen sogar riesige Cordylinen und Dattelpalmen.

Den großen Rest der – zugegebenermaßen entzückenden – Vorstellungen über Cornwall kann ich jedoch nicht bestätigen. Erstens weiß ich, dass der männliche Adel im heiratsfähigen Alter dünn gesät ist, zweitens spielen weder Artus' Mannen noch die Piraterie heutzutage noch irgendeine Rolle.

Mein Blick auf Cornwall war aber noch nie ausschließlich geprägt von Bildern verwunschener Fischerdörfer, bunt blühender Gärten, die sich um hochherrschaftliche Adelssitze ranken, vom nie endenden Frühling und wildromantischen Meer. Und hier bin ich am Punkt, denn meine Familie gehörte, wie erwähnt, generationenlang zu denen, die den wirklichen, den materiellen Reichtum Cornwalls aus der Erde scharrten. Zinn. Zinn verschaffte dieser Region Englands einstmals Wohlstand. Unzählige Bergwerke hielten unzählige Familien in Lohn und Brot. Nicht nur Männer, nein, auch Frauen und Kinder schufteten sechs Tage die Woche zehn, manchmal vierzehn Stunden täglich unter der Erde.

Was in der Bronzezeit begann, als Zinn zur Kupferherstellung im blühenden Hafen von Penzance in aller Herren Länder verschifft wurde, fand ein endgültiges Aus in den Neunzehnhundertneunzigerjahren. Man schloss die letzte Mine. Und nun hatte es auch meine Familie erwischt.

Ich sehe mich manchmal heute noch als ganz kleines Mädchen in meinem Laufstall stehen. Spüre die Stimmung voll abgrundtiefer Hoffnungslosigkeit, deren Ursachen ich erst viel später begriff. Großvater, Vater, Mutter und meine wunderbare Großmutter Charlotte saßen schweigend um den Küchentisch. Die Männer, denen die plötzliche Arbeitslosigkeit den Boden unter den Füßen weggezogen hatte, tranken. Tranken viel. Die Frauen hatten die Ellenbogen auf den Tisch und die Köpfe in die Hände gestützt. Ich versuchte, auf mich aufmerksam zu machen, denn ich fühlte mich missachtet, einsam, auf völlig ungewohnte Art ausgeschlossen. Niemand beachtete mich. Nicht einmal, als ich hilflos zu schluchzen begann. Wenn ich heute daran zurückdenke, erinnere ich mich an eine unendlich lang scheinende Zeit, die ich in dieser Haltung verbrachte. Die Händchen um die hölzernen Gitterstäbe geklammert, das Gesicht tränennass, wartete ich verzweifelt darauf, dass mich irgendjemand hochnehmen und trösten würde.

Meine Großmutter Charlotte war die Erste, die endlich sprach, und sie war es, die mich erlöste. Sie stand auf, hob mich auf die Arme, drückte mich an sich, trug mich an den Tisch. Auf ihrem Schoß fühlte ich mich geborgen, ließ mir mit einem dieser riesigen Männertaschentücher, die sie immer bei sich hatte, die Tränen trocknen.

»Ihr erschreckt das Kind«, sagte sie vorwurfsvoll. »Wenn es denn nun so ist, wie es ist, werden wir das Beste draus machen. Die Frauen vergangener Generationen der Austins sind niemals um Lösungen verlegen gewesen. Und ich werde ihnen nicht nachstehen, denn ich habe eine Idee.«

Großmutter Charlotte setzte ihre Idee um. Sie war in der Lage, Menschen zu begeistern, konnte mit dem einfachen Arbeiter genauso gut umgehen wie mit Investoren oder Vertretern der Regierung. Es muss ihre aufrechte, authentische Art gewesen sein, gepaart mit ihrer außergewöhnlich stattlichen Erscheinung. Wo auch immer Charlotte Austin auftauchte, drehten sich die Menschen nach ihr um. Männer, Frauen und Kinder. Ich glaube, sogar Hunde. Sie strahlte eine merkwürdige Mischung aus Autorität und Verletzlichkeit aus, und ich habe niemals erlebt, dass irgendjemand es wagte, sie zu ignorieren oder ihr gar in grober Manier gegenüberzutreten.

Nachdem die letzten Pumpen abgeschaltet und die weit unter den Meeresboden reichenden Schächte »unseres« Bergwerkes in den Fluten des Atlantiks versunken waren, auch dem Letzten klar wurde, dass der Arbeitsplatz auf immer verloren war, versammelte meine Großmutter die gesamte Belegschaft in einer der Maschinenhallen und hielt eine Brandrede. Zu diesem Zweck griff sie nach einem vielleicht unfairen Mittel, um die Menschen zu überzeugen. Nämlich nach mir. Und nach meinem Vornamen. Sie hielt mich fest auf dem Arm, und ich erinnere mich noch genau an die vielen blassen Männergesichter, die erst skeptisch, dann, je länger sie sprach, immer hoffnungsvoller dreinschauten. Was sie damals genau sagte, erfuhr ich erst viele Jahre später. Aber ich weiß heute, dass sie mich an dieses provisorische Rednerpult mitnahm, um ihrem Plan von der Bewahrung der kornischen Bergwerkstradition für die nächsten Generationen einen sichtbaren Rückhalt zu geben.

Als *Pendeen's Hope* wurde ich zum Maskottchen der Arbeiterorganisation, die meine Großmutter Charlotte völlig selbstverständlich, demokratisch und einstimmig zur Präsidentin und Repräsentantin wählte. Immer dann, wenn sie wusste, dass es bei ihrer Suche nach Geldgebern besonders harte Nüsse zu knacken galt, nahm sie mich mit. Wer hätte ihr widerstehen können mit mir, dem damals beinahe weißblonden Lockenengelchen auf dem Arm?

Meine Mutter sah das Ganze zunehmend kritisch, und ich erinnere mich noch genau daran, wie sie ihrer Schwiegermutter ab und zu Szenen machte, bevor die mich letztlich doch unter mütterlichem Seufzen fein herausgeputzt mitnehmen durfte. Anfangs argumentierte Ma, die Kinderarbeit sei seit Jahrzehnten abgeschafft. Später dann, und damit drang sie am Ende irgendwann durch, schimpfte sie darüber, dass ihre kleine drahtige Hope immer pummeliger wurde.

Das muss wohl gestimmt haben, denn ich erinnere mich nicht, jemals in meinem Leben derartige Mengen Schokolade geschenkt bekommen zu haben, geschweige denn so häufig, auf irgendwelchen fremden Schößen sitzend, mit süßen Scones, dick bestrichen mit Clotted Cream (und allzu gern obendrauf noch Erdbeermarmelade), gefüttert worden zu sein.

Ma zog mir also das letzte Kleidchen aus, steckte mich wieder in die gewohnten kurzen, speckigen Lederhosen und nickte zufrieden zu Großmutter Charlottes Empfehlung, sie solle mich doch einfach für den Rest des Sommers ordentlich um die Hecken scheuchen.

Später begannen einstige Bergleute, Besucher aus aller Welt durch jenes Industriemuseum zu führen, das Großmutter im Moment der allergrößten Verzweiflung erdacht hatte. Touristen interessieren sich für »Pendeen's Hope« und all die anderen weit in der Landschaft verstreut liegenden Reste der Fördertürme, die noch heute eine deutliche Sprache von Cornwalls Vergangenheit sprechen. Es macht mich ein wenig stolz, dass die UNESCO sie genauso zum Weltkulturerbe erklärt hat wie das sagenumwobene Stonehenge. Für mich bleiben sie Zeugen einer wechselvollen Familiengeschichte, und ich weiß: Ich war ein winziger Teil zur Rettung unserer Region.

Als Grandma Charlotte viel zu früh starb, war ich erst elf Jahre alt. Ich erinnere mich genau an dieses letzte Gespräch, das ich mit ihr führen durfte. Geistig war sie noch immer vollkommen auf dem Damm gewesen. Nur der Körper war ihr schon monatelang zur schweren Last geworden. Dennoch saß sie aufrecht in den Kissen. Noch immer eine beeindruckende Persönlichkeit, die mit fester und doch so liebevoller Hand die Familie sogar vom Krankenbett aus zusammenhielt.

»Komm zu mir, kleine Hope«, hatte sie gesagt und auf die Bettkante geklopft.

Ich setzte mich, legte meinen Kopf auf ihren Bauch und spürte ihren warmen Arm um meine Schultern. Geborgen und behütet fühlte ich mich. Wie immer bei ihr. Dann rissen mich ihre Worte aus der kuscheligen Sicherheit: »Es wird nicht mehr lange gehen mit mir, also …«

Erschreckt, ja, empört fuhr ich auf. »Nein!«

»Doch, Hope. Viel Zeit bleibt mir nicht, also hör mir zu.«

Dieses Gefühl brennend heiß aufsteigender Tränen vergaß ich nie. Eindringlich sah sie mich aus ihren meerblauen Augen an, hob mein Gesicht zu sich und schüttelte tadelnd den Kopf. »Ein Menschenleben währt doch nicht ewig, Hope. Ich bin alt und kann in Frieden gehen, denn ich habe den Menschen, die ich liebe, immerhin ein bisschen was mitgegeben. Du bist mein einziges Enkelkind, und ich will, dass du Folgendes in deinem kleinen hübschen Köpfchen bewahrst: Jeder Mensch hat irgendwann in seinem Leben eine Aufgabe zu erfüllen. Eine Aufgabe, die nur er allein erfüllen kann, die ihn zu etwas ganz Besonderem macht. Viele Menschen aber bemerken es nicht, wenn der Moment gekommen ist, und er zieht an ihnen vorbei, ohne dass sie handeln. Ich möchte, dass du immer, wirklich immer die Augen offen und dein Herz bereithältst. Willst du mir das versprechen?«

Durch einen Schleier aus Tränen blickte ich sie an und verstand nicht. »Was für eine Aufgabe, Grandma?«

Großmutter schüttelte lächelnd den Kopf. »Wenn es so einfach vorauszusehen wäre, Hope, wäre es ja nichts Besonderes. Hör hin, schau hin und vor allen Dingen: Fühl hin! Dann wirst du erkennen, wann der Tag da ist.«

Ohne ganz und gar begriffen zu haben, was ich ihr damals versprach, behielt ich ihre Worte immer im Hinterkopf. Bisher allerdings war ich ziemlich sicher, meinen ganz besonderen Moment noch nicht verpasst zu haben.

Kaum war meine Bahn jetzt in der Hammersmith Station eingerollt, hatte ich, wie immer, nichts Eiligeres zu tun, als die Rolltreppen hinaufzuhetzen. Immer zwei Stufen gleichzeitig. An die Luft, ans Licht! So schnell wie irgend möglich! Doch heute hielt mich etwas davon ab, meinen Weg nach oben gewohnt hastig zu beenden. Schon von Weitem hörte ich es. Dort, wo sich die gekachelten Gänge gabelten, die zu den verschiedenen Gleisen führten, dort, wo ein winziges Plätzchen frei blieb, wo eine Person unbehelligt vom vorbeifließenden Menschenstrom stehen konnte, hatte sie wieder aufgebaut. Neben sich einen schäbigen Kassettenrekorder, der – mehr schlecht als recht – den orchestralen Playbacksound lieferte, vor sich den offenen Geigenkasten, in den Passanten Shilling- und Pence-Münzen werfen konnten, stand sie und spielte.

Ich ging langsamer. Ihre Violine erzeugte pure Magie, zog mich unwiderstehlich an. Ich liebte Vivaldi. Die *Vier Jahreszeiten* kannte ich in- und auswendig. Aber ich erinnerte mich nicht, sie jemals so ergreifend, so perfekt gespielt gehört zu haben.

Sie war nicht mehr jung und doch nicht wirklich alt. Unbestimmbare Lebensjahre unter einem weichen, großen Samthut von genauso unbestimmbarer Farbe, irgendwo zwischen Braun, Oliv und Grau. Ebenso die bodenlange, weite Pelerine. Ein eigentümlich altmodisches Kleidungsstück aus Wolle mit einem abgeschabten, schmalen Samtkrägelchen.

Aber etwas an ihr wirkte jung und äußerst lebendig. Ihre strahlend blauen Augen! Augen, in denen die Noten, die sie auf so berührende Weise zum Leben erweckte, wie leichtfüßige Tänzer auf einem spiegelglatten See von hellem Lapislazuli zu wirbeln schienen. Der Blick war immer nach innen gekehrt, ganz aufs Spiel konzentriert gewesen, sooft ich ihr auch schon begegnet war. Und es war bereits häufig geschehen. Aber heute war etwas anders. Sie hatte mich offenbar kommen sehen, und jetzt schaute sie mich an. Zum ersten Mal nahm sie Augenkontakt auf, der mich einzuladen schien. Gar nicht, um mich aufzufordern, mein Portemonnaie zu zücken. Sondern um zu verweilen, zu lauschen. Die Mischung aus Musik und diesem Blick ließ mich stehenbleiben. Direkt vor ihrem Geigenkasten.

Sie lächelte.

Und ich lächelte zurück.

Wie gebannt stand ich da und lauschte ihr. Eingetreten in einen Kreis, der für diesen besonderen Moment nur ihr und mir allein gehörte und all die vorbeihastenden Passanten um uns herum auszuschließen schien. Unser beider Lächeln steigerte sich derart, dass ich den Eindruck gewann, dieser schmuddelige gefliese Platz sei von einem Licht bestrahlt, wie es keine noch so gekonnt inszenierte Bühnenbeleuchtung vermocht hätte.

Ich spürte nichts als pures Glück. Es war, als würde ich ihr dieses Gefühl zuwerfen wie einen Schneeball, als würde sie ihn auffangen, vergrößern, zurückwerfen. Ein Spiel, ganz ihrem sich immer enthusiastischer steigernden Violinspiel angepasst, das für uns beide einen stetig anwachsenden Rausch der Freude erschuf.

Ich wollte, es hätte ewig gedauert, fühlte, je näher sie dem Ende der Partitur kam, eine zunehmende Verlustangst, wurde unruhig, als sie die letzten Noten des *Winters* anstimmte und schließlich die Musik verklang.

»Wie wunderschön!«, stieß ich bezaubert hervor. »Eine Meisterleistung. Wie lange muss es dauern, bis man so musizieren kann?«

Mit einem verschmitzten Lächeln sah sie mich an. Tausend kleine Fältchen spielten wie Sonnenstrahlen in ihren Augenwinkeln, brachten ihr ganzes Gesicht zum Leuchten.

»Ich hatte viel, viel Zeit zum Üben«, antwortete sie mit einer sehr jugendlich wirkenden Stimme, die in verwirrender Diskrepanz zu ihrem gesamten Erscheinungsbild stand.

Ich war Feuer und Flamme. »Wie kann es sein, dass Sie hier unten spielen? Sie gehören doch auf eine große Bühne!«

Die Sonnenstrahlen verschwanden, als hätte die Nacht sie mit einem entschlossenen Stoß hinter den Horizont geschoben, und ihr Ausdruck wurde ernst. Jetzt wirkte sie alt, ihr Gesicht steingrau. Das strahlende Blau ihrer Iris verschattete sich zum tief dunklen Grau des Meeres, das ein mächtiger Sturm aufpeitscht.

»Nein, ich gehöre auf keine Bühne. Ich muss hier immer, immer spielen, bis …«

Ich sah sie erwartungsvoll an. *Bis? Bis was?* Aber sie war schon nicht mehr bei mir, und ich sprach meinen Gedanken nicht aus. Das strahlende Licht, das uns umgeben hatte, war verloschen. Übrig blieb nur der Anblick einer abgerissen gekleideten Straßenmusikantin auf schmutzig beigefarbenem Fliesenboden im Schein gelblicher Neonbeleuchtung. Entzauberte Illusion in einem zugigen Gang der Londoner Untergrundbahn.

Vollkommen in sich zurückgezogen begann sie, die herzergreifende Sarabande aus Bachs *D-Moll-Suite* zu spielen. Sie hatte die Augen geschlossen, und wenn ich mich nicht ganz täuschte, sah ich eine glitzernde Träne. Hilflos und traurig fühlte ich mich, kramte ein paar Münzen aus meiner Tasche, legte sie leise in den Geigenkasten. Sie hatte es bemerkt, denn immerhin nickte sie. Aber einen weiteren Blick schenkte sie mir nicht.

DIE TRÄUME

Ganz in Gedanken versunken lief ich das Stückchen auf der Shepherd's Bush Road nach Hause. Im Vorbeigehen konnte ich durchs Fenster Brians dunklen Schopf hinter der voll besetzten Theke des *Farmers' Inn* ausmachen. Er scherzte mit ein paar Gästen. Florence kam gerade mit einem Tablett leerer Gläser dazu. Ihre Wangen glühten, und die kunstvolle blonde Hochsteckfrisur war in Auflösung begriffen. Es war viel los und die Stimmung offenbar gut, denn die Gäste grölten *I Will Wait* von Mumford & Sons mit. Ich hätte hineingehen und wenigstens kurz Hallo sagen können. Aber mir war jetzt nicht nach Kommunikation. Mein Magen knurrte, ich war hundemüde, und in meinem Kopf kreisten ungeordnete Gedanken über die merkwürdige Begegnung mit der Geigerin.

Unser Haus tauchte aus dem Nebel auf. Unübersehbar, denn im Erdgeschoss befand sich ein Geschäft, dessen Markenzeichen – ein etwa fünfzehn Fuß hoher, knallroter Schnürschuh – senkrecht an der Backsteinfassade auftragte. Zwei der Fenster im oberen Stockwerk des Flachdachgebäudes wurden teilweise von diesem Plastikkunstwerk verdeckt. Dahinter lagen Florences und mein Zimmer.

Brian hatte damals die beiden »Dunkelkammern«, wie er sie nannte, an uns untervermietet. Er selbst hatte die nach hinten liegenden, schöneren Räume für sich behalten. Küche und Bad teilten wir uns. Es war uns egal gewesen, wie hell die Zimmer waren, denn meistens waren wir sowieso nicht zu Hause. Und angesichts der angespannten Wohnraumsituation in London und der gesalzenen Preise waren wir froh, überhaupt etwas gefunden zu haben.

Gähnend stieg ich die schmale Holztreppe hinauf. Auf dem Küchentisch lag Post an meinem Stammplatz. Ein Brief von der Uni! Mit fahrigen Händen riss ich den Umschlag auf. Ich ahnte, was drin sein würde. Richtig. Die Terminbestätigung zur mündlichen Abschlussprüfung. Und die Liste der Prüfer. Mit allem hatte ich gerechnet. Aber nicht damit, dass ausgerechnet Professor Deborah McCormick dabei sein würde.

Oh, Deborah! Sie war eine wahre Sehenswürdigkeit. Männliche Studenten vergötterten sie. Vermutlich war sie der Traum all ihrer schlaflosen Nächte. Wenn sie mit bodenverachtenden Schritten auf ihren Pfennigabsätzen durch die Flure der Universität schwebte, das schwarze Haar seidig glänzend über die sehr aufrecht gehaltenen Schultern wippte, ihre Hüften sich in den stets auffallend engen Röcken wiegten und ihr Duft die Luft schwängerte, blieb den Jungs regelmäßig der Mund offen stehen. Sie hatte den Ruf des männerverschlingenden Vamps. Und das, obwohl nie, wirklich niemals irgendwelche greifbaren Beweise dies untermauert hätten.

Ein einziger Blick aus ihren kajalumrandeten Augen führte vermutlich zu Schlafstörungen, gegen die meine eigenen ein Klacks waren. Es war offenkundig, wie sehr sie es liebte, dass alles, was männlich war, ihr zu Füßen lag. Und es war genauso offensichtlich, dass sie jede Studentin als Konkurrentin auf dem Schlachtfeld um die Krone der weiblichen Eitelkeit betrachtete. Ihre Vorlesungen und Seminare versuchte dementsprechend jedes Mädchen tunlichst zu umgehen, während die Männer vor den Hörsälen, in denen sie ihre Veranstaltungen abhielt, Schlange standen.

Mir war es bisher, mal abgesehen von den Pflichtvorlesungen in Statistik, nahezu gänzlich gelungen, ihr aus dem Weg zu gehen. Und obwohl sie sich immer einen Spaß daraus machte, jede Studentin möglichst unangenehm vorzuführen, indem sie beispielsweise Fragen stellte, die garantiert aus dem Stoff höherer Jahrgänge stammten, war ich bis dato in solchen Situationen glimpflich davongekommen.

Ich hatte immer angenommen, es hätte daran gelegen, dass ich ihr so gar keine Angriffsfläche als weibliche Widersacherin bot. Erstens war ich stets extrem gut vorbereitet. Zweitens machte ich insbesondere in ihren Veranstaltungen nie den Fehler, mich besonders aufzuhübschen. Ich vermied es, meine wirklich ziemlich großen, braunen Augen zu schminken, flocht die zwar straßenköterblonden, aber bemerkenswert langen, glänzenden Haare zum festen Zopf, benutzte weder Lippenstift noch Rouge und entschied mich bewusst für schlabberige Pullover und sehr niedrige Absätze. Kurz: Ich tat alles, um nicht aufzufallen. *Ihr* nicht aufzufallen, um bloß nicht in ihre knallroten Fänge zu geraten.

Hin und wieder hatte ich den Eindruck, dass sie irgendetwas an mir suchte, um mich doch mal richtig auflaufen zu lassen. Ich schien sie zu irritieren. Beinahe ein bisschen zu verunsichern. Vermutlich konnte sie mich einfach nicht einschätzen, und das gefiel ihr offenbar nicht.

Genau erinnere ich mich an eine merkwürdige Begebenheit in einem ihrer Seminare. Es war noch gar nicht so lange her gewesen, da hatte sie mich für eine Trimesterarbeit – zum Thema »Die Bedeutung von Peergroups in der Entwicklung von Kindern im Grundschulalter« – ausgerechnet mit Bill, dem wohl größten Frauenhelden des Colleges, zusammen in die Arbeitsgruppe gesteckt. Hatte sie mich provozieren wollen? Mir war es damals so vorgekommen, denn ich hatte den Eindruck, sie belauerte geradezu, ob sich womöglich zwischen uns eine Affäre entspinnen würde, und schwänzelte ständig um uns herum.

Es entspann sich gar nichts! Vielleicht wäre ich meinen Vorsätzen untreu geworden, wenn mich nicht ausgerechnet in jenem Spätherbst diese fiese Virusgrippe niedergestreckt hätte, die mich für etliche Wochen in ein blasses, rotnasiges Rotzgesicht verwandelte. Bill war ein netter Kerl, ziemlich intelligent und wirklich sehr sexy. Es hatte Spaß gemacht, mit ihm zusammenzuarbeiten. Aber unsere Treffen hatte ich grundsätzlich – höflich, wie ich nun mal bin, und zu seinem Schutz – ausgesprochen »attraktiv« angetan mit einem lindgrünen Papiermundschutz absolviert. Dass solch ein Accessoire schon wenige Jahre später auf der ganzen Welt zur Normalität gehören würde, hatten wir damals noch nicht geahnt, aber sei's drum, ich will nicht ablenken. Deborah McCormick jedenfalls schien stinksauer gewesen zu sein und hatte uns eine absolut mittelmäßige Note für die Ausarbeitung reingeknallt, die bei unserem Vortrag von den Kommilitonen mit Standing Ovations aufgenommen wurde.

Tja, bis heute war ich ihr entkommen. Aber das würde sich jetzt, ausgerechnet an diesem so entscheidenden Tag, ändern.

Mein Magen rebellierte, in meinem Kopf drehte es sich, vor meinen Augen schwankte das schmutzige Frühstücksgeschirr in der Spüle. Ich ließ mich mit einem tiefen Seufzen auf den Küchenstuhl sinken. Das Gesicht in beide Hände gestützt, dachte ich nach. Ich wusste, ich war gut. Ich war gut, wenn ich wach und voll leistungsfähig war. Bei der McCormick würde ich mir keine Schwachheiten, keine einzige unkonzentrierte Sekunde erlauben dürfen.

Mein Blick fiel auf die Tasche. Ich zog die kleine weiße Pillenschachtel heraus, legte sie auf die Tischplatte. Misstrauisch beäugte ich sie. Unsicher, ob es sich hier um das von Dr. Norton angekündigte, angeblich bewährte, mild wirkende

Medikament oder um einen Feind handelte, dem ich nicht trauen konnte. Vorläufig entschied ich mich für »Feind«. Nein. Und schon gar nicht auf nüchternen Magen und wenn ich ganz allein war!

Ich wusch das Geschirr ab, denn ich war dran. Unsere Aufgabenliste mit den Hausarbeiten wurde wöchentlich neu erstellt und steckte, wie immer, am Pinnbrett neben der Küchentür. Da wir sie alle drei sehr ernst nahmen und penibel abarbeiteten, vermieden wir den Zoff, der viele Wohngemeinschaften zum Zerbrechen brachte. Florence und ich hatten bei Brian damals wahrscheinlich nur so gute Karten gehabt, weil er beschlossen hatte, keine »Stehpinkler« nehmen zu wollen, die ihm nur das Bad versauen würden. Und wir gaben uns alle Mühe, ihn nicht zu enttäuschen.

Dafür belohnte er uns mit Großzügigkeit. Im Sommer durften wir seinen Balkon benutzen, der nach hinten, zu den Gärten hinaus, lag. Er hatte uns beim abendlichen Fernsehen gern in seinem geräumigen Wohnzimmer dabei und drückte auch mal ein Auge zu, wenn wir am Ende des Monats etwas klamm waren und uns an seinen Getränkevorräten bedienten. Ich war diesen Monat besonders klamm, denn die ungeplanten Ausgaben bei Dr. Norton rissen ein ganz schönes Loch in meine Kasse. Dass ich über diese anscheinend so sinnlosen Investitionen ziemlich frustriert war, wird sich jeder vorstellen können.

Die Küchenuhr zeigte halb zehn, als ich das Geschirr weggeräumt hatte. Mit zwei Sandwiches und einem frisch aufgegossenen Kräutertee zog ich mich in mein Zimmer zurück, um noch ein Weilchen über den Büchern zu brüten. Möglicherweise, überlegte ich, schaffe ich es ja noch, so lange wach zu bleiben, bis die beiden kommen. Dann wollte ich es vielleicht, ganz vielleicht, doch mal versuchen, mich mithilfe einer Pille so abzuschießen, dass ich endlich ein bisschen Schlaf nachholen konnte.

Es begann so, wie es immer begann. Zwischen hohen Hecken aus immergrünem Kirschlorbeer und Liguster lief ich auf hellem Kies meinem Ziel entgegen. Ich war voll gespannter Hoffnung. Und voller Furcht. Denn bisher hatte es sich jedes Mal erwiesen, dass meine Hoffnung trügerisch gewesen war. So genau war mir bewusst, wonach ich suchte! Jede Einzelheit hatte sich fest in mein Gedächtnis eingebrannt. Und jede Enttäuschung hatte ihre Spuren, ihre Erinnerungen hinterlassen, fügte sich Bild an Bild, wie zum Abgleich, neben die Vision des nie erreichten Ortes. Des Ortes, von dem ich wusste, dass er mir nie real, sondern nur ein einziges Mal im Traum begegnet war. Dennoch war ich wie besessen davon, ihn zu finden. Um ein entsetzliches Unheil zu verhindern.

Mein Geist war vollkommen klar, meine Augen nahmen jede Kleinigkeit aufs Schärfste wahr, mein Körper war adrenalingeflutet und bereit, jede noch so mörderische Leistung zu erbringen, die notwendig werden könnte.

Der Weg schlängelte sich. Meine Schritte wurden immer schneller. Hinter jeder Biegung erwartete ich, endlich da zu sein. Aber dieses Mal musste ich weit laufen. Mein Herz schlug mir bis zum Hals. Dann öffnete sich der schattige Heckentunnel. Ich blieb stehen. Im strahlenden Sonnenschein erhob sich ein helles Sandsteingebäude von enormen Ausmaßen. Die wuchtige zweiflüglige Eingangstür war einladend geöffnet. All mein Mut sank. Nein, das ist es doch wieder nicht, war der einzige Gedanke, den mein Kopf zuließ.

Ich wartete, bis mein Atem sich beruhigt hatte, redete mir aufmunternd zu: »Du kennst doch nur diesen einen einzigen Raum. Du weißt doch gar nicht, ob er sich nicht genau hier befindet. Also los, geh hinein, sieh nach, ob er nicht doch darin verborgen ist und die Suche endlich ein Ende hat.«

Ich trat ein und fand mich in einem menschenleeren Kirchenschiff. Die bunt verglasten Fenster zeigten biblische

Szenen, am gegenüberliegenden Ende lagen Altar und Chor, geschnitzt aus hellem Holz, kunstvoll bemalt und vergoldet. Ein gewaltiges Kreuz, angestrahlt vom Licht, das durch die farbigen Scheiben fiel, schwebte über dem steinernen Gottestisch, den mehrere frische Blumensträuße schmückten. Die langen Reihen der Bänke teilte ein Mittelgang. Über mir entdeckte ich die silbrig glänzenden Pfeifen der Orgel auf einer Empore.

Eine Kirche. Schön. Aber wo sollte hier Platz sein für das, was ich so sehnsüchtig zu finden hoffte? Nirgends gab es eine Tür, die möglicherweise in weitere Räume führen könnte. Ich überlegte, ob ich nicht gleich umkehren und das Gotteshaus wieder verlassen sollte. Meine Hoffnung begann zu verdorren, wie ein zarter Keim, den man zu gießen vergessen hatte.

Ganz gegen meinen Willen setzten sich meine Beine wie von selbst in Bewegung. Ich konnte nicht anders. War unfähig zu eigener Entscheidung. Wie immer. Vollkommen bewusst war mir diese Tatsache in dem Moment, als es geschah.

Langsam folgte ich dem Seitengang. Einer Marionette gleich, gezogen an unsichtbaren Fäden. Meine Schulter streifte die Außenmauer, und etwas Ungeheuerliches passierte. Sacht schwang sie zurück, als entzöge sie sich meiner Berührung.

Starr vor Entsetzen blieb ich stehen, sah genauer hin. Alles wirkte massiv. Nur die weit herabreichenden Fenster schienen in ihren Laibungen zu schweben. Durch deutliche Spalte konnte man nach draußen schauen. Zaghaft hob ich die Hand über Kopfhöhe und stupste ganz vorsichtig, mit kaum mehr als der Berührung eines Schmetterlingsflügels, einen Rahmen an.

Mit herzerweichendem Knarren verbog er sich wie in Zeitlupe zu bizarren Formen, das Glas wirkte wie ein geblähtes Segel im Wind, ließ Zerrbilder der dargestellten Szenen entstehen. Dann zerbarst es mit einem ohrenbetäubenden Knall, und Abertausende kleiner bunter Glassplitter regneten auf mich nieder.

Da waren sie wieder, meine panischen Gedanken: Wieder dasselbe, immer passiert dasselbe! Weg … fort … raus … nur weg hier …

Doch die Beine gehorchten mir nicht, wollten meinem Fluchtinstinkt nicht folgen. Ich fühlte, wie mir kalter Schweiß in die Augen rann. Todesangst raste durch meine Venen. Schon lösten sich mit infernalischem Getöse all diese wunderschönen Fenster aus ihren Laibungen und stürzten in den Altarraum.

Mit übermächtiger Kraftanstrengung gelang mir ein Sprung in den vermeintlichen Schutz der steinernen Mauern. Festgewurzelt, gebannt in Angst und Reglosigkeit, wähnte ich mich für einen Augenblick in Sicherheit, lauschte dem verklingenden Klirren des fallenden Glases, hatte den Ausgang schon fest im Blick.

Zu spät! Ich musste hilflos zusehen, wie die gewaltigen Mauern ins Schwanken gerieten und krachend über mir zusammenbrachen.

Ich erwachte mit einem gellenden Schrei. Kerzengerade saß ich auf meinem Schreibtischstuhl und starrte mit rasendem Herzen auf die umgekippte Teetasse, die den Rest ihres Inhaltes auf meine Pädagogikbücher ergossen hatte.

Im nächsten Moment wurde die Tür aufgerissen. Florence und Brian stürmten herein.

»Was ist passiert, Hope? Schon wieder einstürzende Altbauten?«, fragte Florence und nahm mich in die Arme. »O mein Gott, du bist ja völlig durchgeschwitzt. Herrje, du Arme!«

Währenddessen hatte Brian nichts Besseres zu tun, als

unter vorwurfsvollem »Och nee!« mithilfe von Papiertaschentüchern die Teeflecke von meinen Büchern zu tupfen.

»Immer wieder dasselbe, Leute«, jammerte ich. »Sobald ich einschlafe, bin ich auf der Suche nach dieser merkwürdigen Bibliothek. Ich suche und suche und habe Panik davor, nicht früh genug anzukommen, um die Tür über der Galerie aufzustoßen und eine Katastrophe zu verhindern. Ich werde noch wahnsinnig!«

»Bist du vielleicht schon«, warf Brian überzeugt ein, in der Hand ein halbes Paket nasser Tissues. »Was sagt Dr. Norton denn nun dazu? Teilt er meine küchenpsychologische Auffassung, dass es ein Zeichen für eine wie auch immer geartete Erkrankung ist, wenn einem ständig das Dach überm Kopf zusammenbricht?«

»Brian, du bist gemein!«, fauchte ich. Es klang nicht sehr beeindruckend. Eher wie das matte Aufbegehren einer neugeborenen Katze, wenn die Mutter sie beim Genick packt. »Und nein! Wenn du es genau wissen willst, habe ich auf deine blöde Idee hin erstens einen Komplettcheck bei unserem Hausarzt machen lassen. Ohne Befund. Und zweitens hat der von dir so vielgelobte Dr. Norton mir nur ein paar blöde Schlaftabletten in die Hand gedrückt und wieder einen Haufen Kohle für gar nichts abgeknöpft.«

Florences liebevolles Streicheln hatte mich ruhiger gemacht. Jetzt sah sie mich, wie sie es in letzter Zeit oft tat, nur besorgt und unendlich mitleidig an.

»Na, das wäre dann doch immerhin schon mal eine Lösung«, gab Brian sich höchst zufrieden und klopfte mir in brüderlicher Manier auf die Schulter. »Schlaf dich erst mal eine Nacht mit diesen Pillen richtig aus. Dann geht's dir morgen garantiert besser.«

Was mir vorhin noch als bedenkenswerte Option erschienen war, machte mir nun, unter dem Eindruck des gerade erlebten Traumes, entsetzliche Angst. Ich schüttelte heftig den Kopf.

»Weißt du, wovor ich mich fürchte? Wenn jetzt das Dach über mir einstürzt, wache ich immer sofort auf. Was aber, wenn mich die Schlafmittel so zudröhnen, dass ich *nicht* aufwache?«

Florences »O Gott« klang entsetzt.

Und Brian wiegte jetzt tatsächlich mit bedenklichem Gesichtsausdruck den Kopf. »Puh. Das könnte dich dann wohl wirklich an den Rand deines Fassungsvermögens bringen.«

»Eben!«, stimmte ich zu. »Und das darf nicht passieren. Schon gar nicht, nachdem ich vorhin die frohe Botschaft bekommen habe, dass die McCormick unter meinen Prüfern für die Mündliche sein wird.«

Von Florence kam das nächste »O Gott« und von Brian ein begeistertes »Wow, Deborah!«.

So, wie sich sein Gesicht unter den Schatten des Dreitagebarts jetzt aufhellte, so, wie seine dunklen Augen leuchteten, als hätte jemand einen Tausend-Watt-Strahler angeknipst, gehörte er allzu offensichtlich auch zum McCormick-Fanclub.

»Du bist ja auch ein Mann, Brian. Du hast keine Ahnung, wie fies die bei Studentinnen werden kann«, sagte Florence. »Und jetzt sieh mal zu, dass du das Papier rausbringst. Du tropfst ja hier alles voll.«

Brian verschwand und ließ uns allein.

»Bekommst du diese Träume eigentlich mehrmals pro Nacht?«, wollte Florence wissen.

Ich sah auf meine Uhr und stellte fest, dass es erst kurz nach Mitternacht war. »Nein. Wenn es passiert, passiert es immer um diese Zeit.«

»Dann würde ich dir empfehlen, dich sofort hinzulegen. So kalkweiß, wie du bist, solltest du die Gelegenheit unbedingt nutzen, dir wenigstens ein paar Stunden Schlaf zu holen. Zieh dir einen Pyjama an, Kleines! Und wenn du magst, bleibe ich so lange bei dir sitzen und halte Händchen, bis du eingeschlafen bist.«

Florence hielt Wort und meine Hand. Es tat gut zu wissen, dass ich nicht allein war, und tatsächlich gelang es mir, diese Nacht traumlos durchzuschlafen. Das Gefühl beim Aufwachen war köstlich. Ich war allein in meinem Zimmer, und hinter der viertel Schuhsohle drangen helle Sonnenstrahlen durchs Fenster. Sonnenstrahlen am frühen Morgen? Im Februar? Ich geriet in Panik. Es musste schon viel zu spät sein. Ich hatte die Frühschicht im Pub und hätte um neun Uhr aufsperren müssen. Hektisch sprang ich aus dem Bett, rieb mir die Augen und ertastete meine Uhr auf dem Schreibtisch. Der Schreck fuhr mir in die Glieder. Es war halb zwölf! Kein Laut in der Wohnung zu hören. Offenbar war ich allein.

In der Küche lag ein Zettel auf meinem Platz:

Bin für Dich eingesprungen.
Mach Dir einen ruhigen Tag!
Florence

Sie hatte einen Kuss in ihrem bevorzugten grellen Pink darauf gedrückt. Ich war gerührt. Was für ein wundervolles Gefühl, solch eine Freundin zu haben! Sie hatte tatsächlich ihren freien Tag für mich geopfert. Schnell tippte ich eine WhatsApp-Nachricht in mein Handy:

DANKE, DU BIST DIE BESTE! ICH MACHE ES WIEDER GUT!

Jawohl, in Großbuchstaben. Und ein Herz dazu. Nur wenig später kam ihr »Schon okay« mitsamt Zwinker-Smiley zurück.

Nach einer großen Schüssel Müsli mit frischer Milch und einer ausgiebigen Dusche fühlte ich mich fit und so voller Energie wie schon lange nicht mehr. Obwohl die gelblichen

Teeflecke in den Büchern mich an den Traum der vergangenen Nacht gemahnten, gelang es mir stundenlang, die Erinnerungen daran fortzuschieben und mich auf meine dringend notwendigen Prüfungsvorbereitungen zu konzentrieren. Ich kam großartig voran und war hochzufrieden mit mir, als ich am Nachmittag hörte, wie sich der Schlüssel in der Eingangstür drehte. Florence, die Arme voller Tesco-Tüten, steckte die Nase zur angelehnten Zimmertür herein.

»Hi Hope«, begrüßte sie mich vergnügt, »du siehst viel besser aus. Bist du zum Arbeiten gekommen?«

Ich sprang auf, um ihr etwas abzunehmen. »Wenn du das heute nicht für mich getan hättest, hätte ich niemals so viel geschafft. Du kannst dir nicht vorstellen, wie dankbar ich dir bin. Du hast was gut bei mir. Ich tue alles, was du willst.«

»Dann hilf mir auspacken und kochen«, war ihre Bitte, die mir, gemessen an meiner tiefen Dankbarkeit, lächerlich leicht zu erfüllen schien.

»Und ich übernehme an meinem nächsten freien Tag die Schicht für dich!«

Einen so unbeschwerten Abend hatte ich schon lange nicht mehr erlebt. Wir kochten, aßen zu dritt, nachdem auch Brian heimgekommen war, machten uns ein paar gemütliche Stunden vor dem Fernseher und tranken beinahe zwei komplette Flaschen Rotwein. Ich hatte das Gefühl zufriedener Bettschwere und verschwendete keinen Gedanken daran, dass ich womöglich wieder mit Schlafstörungen würde kämpfen müssen.

Tatsächlich passierte in der folgenden Nacht nichts. Und auch nicht in den Tagen und Wochen danach. Obwohl ich genau wusste, dass es immer schon Phasen gegeben hatte, in denen ich vor meinen Albträumen Ruhe gehabt hatte, gelang es mir, jeden Gedanken daran wegzuschieben, denn nie konnte ich sicher sein, dass sie nicht irgendwann wieder in ihrer quälenden Eindringlichkeit zurückkehren würden.

Ich blühte auf, versah mit guter Laune meinen Pub-Job, konnte mich ganz aufs Lernen konzentrieren. Während all dieser arbeitsintensiven Wochen musste ich unseren Stadtbezirk nicht verlassen, denn diese Zeit stand voll und ganz im Zeichen der Prüfungsvorbereitungen. Nur ab und zu gönnte ich mir einen kleinen Spaziergang im nahegelegenen Park, um meinen Kopf frei zu pusten. Schon bald stellte ich fest, dass die Maisonne meiner Gesichtsfarbe wieder einen rosigen Touch verliehen hatte und sogar die Augen leuchteten. Ich fühlte mich großartig und voll leistungsfähig. Sie sollte mal kommen, diese Deborah McCormick! Ich sah mich jedenfalls gewachsen, all ihren zu erwartenden bohrenden Fragen entgegenzutreten.

DER STOFF ...

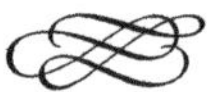

*E*rst am Tag vor meiner Prüfung kam ich nicht länger umhin, einige Bücher, deren Leihfrist abgelaufen war, endlich in die Unibibliothek zurückzubringen. Eine Strafgebühr drohte, und unnötige Ausgaben musste ich mir unbedingt verkneifen. Ich packte also meinen Rucksack und machte mich auf den Weg zur U-Bahn-Station.

In dem Moment, als ich schon von Weitem die ersten Klänge der Violine hörte, begannen höchst widersprüchliche Gefühle in mir miteinander zu ringen. Einerseits wünschte ich mir eine neue Begegnung mit der Geigerin sehnlichst. Andererseits war mir in den letzten Wochen ein äußerst beunruhigender Gedanke gekommen. Bisher hatte ich mit niemandem darüber gesprochen und auch immer wieder versucht, ihn mit sehr rationalen Argumenten aus dem Kopf zu verdrängen. Aber er war in einer düsteren Ecke meines Bewusstseins hocken geblieben und sprang jetzt hervor wie ein Kistenteufelchen, das mich hämisch angrinste.

Es war mir ein Zusammentreffen von bestimmten Umständen in Verbindung mit dem Auftauchen meiner quälenden Träume aufgefallen. Diese Auffälligkeit zu ergründen hätte ich ausgesprochen gern noch ein paar Tage hinausgeschoben, obwohl es mich enorm reizte, meine Hypothese auf ihren Wahrheitsgehalt hin zu überprüfen. Das überhaupt zu tun gebot mir natürlich allein mein Anspruch auf wissenschaftliches Denken, den die Uni mir ja nun einmal seit einigen Studienjahren einzubläuen versuchte. Offenbar mit nicht geringem Erfolg.

Die Sache war folgende: Meine intensiven Überlegungen hatten die Erkenntnis reifen lassen, dass ich nur dann albträumte, wenn ich der hinreißenden Geigerin begegnet war. Ja! Tatsächlich. Das war die Wahrheit. Womit sich dieser Zusammenhang begründen ließ, das musste ich unbedingt herausfinden.

Eigentlich war ich aber gerade heute noch nicht dazu bereit, mich selbst diesem speziellen Testverfahren auszusetzen, denn ich wusste, ich würde morgen absolut frisch sein müssen. Ich stand exzellent da, auch ein nicht ganz ideales Prüfungsergebnis würde mich nicht gleich durchfallen lassen, aber schließlich hatte ich auch meinen Ehrgeiz und wollte brillieren.

Diese Dinge gingen mir durch den Kopf, als ich nun – ich muss zugeben, stetig langsamer werdenden Schrittes – dem Eingang der Station zustrebte. Hätte es sich ergeben, irgendjemandem meine Bücher, über denen ich bis gestern Nacht noch gebrütet hatte, in die Hand zu drücken, um sie für mich abzugeben, hätte ich die Gelegenheit mit Kusshand und Erleichterung ergriffen. Aber es hatte sich schlicht niemand gefunden, der mir den Weg abnehmen konnte.

So tauchte ich nun also aus dem sonnigen, frühlingshaften Vormittagsblau in das düstere Röhrengewirr der Tube hinab.

Konnte das sein? Was ich, je näher ich kam, umso deutlicher vernahm, war doch wieder Vivaldi? Früher, wenn ich ihr begegnet war, hatte sie niemals dasselbe Werk gespielt. Immer war es etwas anderes gewesen. Ich hatte schon immer große Hochachtung vor ihrem breit gefächerten Repertoire gehabt. Warum wieder Vivaldi?

Ich entschied mich für die wahrscheinlichste aller möglichen Antworten: Zufall!

Und fühlte, wie mich dieser Zufall mit mindestens derselben Magie anzog wie beim letzten Mal. Mindestens! Wahrscheinlich sogar noch viel heftiger. Da war sie, da war ihr Lächeln, da waren diese ozeanblauen lebendigen Augen, die mich begrüßten wie eine alte Freundin, der man, schmerzlich vermisst, allzu lange nicht begegnet war. Ich konnte nicht anders, als mich einzulassen. Auf dieses Fest der Musik. Der Sinne. Hören, sehen, fühlen, die Seele hoch hinaufschwingen lassen in eine lichtdurchflutete glasklare Einigkeit, die nur sie und mich betraf. Die so offenkundig keinen der anderen Vorbeieilenden zu betreffen schien. Wieder blieb ich in ihrem auf so unbegreifliche Weise erschaffenen Zauberland, bis die letzten Töne in den Tunneln verklungen waren.

Heute war sie es, die mich ansprach. »Du warst so lange, so lange nicht hier, Hope. Ich habe dich vermisst.«

Ganz kurz stutzte ich. Woher kannte sie meinen Namen? Hatte ich mich bei der letzten Begegnung vorgestellt? Ich konnte mich nicht erinnern, aber vielleicht war es ja so gewesen. Aufmunternd schaute sie mich an, wartete auf Antwort.

»Ich stehe kurz vor meiner letzten Prüfung und hatte noch viel zu büffeln.«

Sie nickte. Nickte, als hätte ich ihr nichts Neues erzählt.

»Komm wieder, bald wieder, wenn du kannst. Und achte nicht, achte nie auf Störenfriede.«

Sie zwinkerte verschwörerisch. Auf eine Art, die ich als beinahe kindlich und niedlich empfand.

Was meinte sie? Offensichtlich war sie der Auffassung, genug gesagt zu haben, denn sie setzte erneut zum Spiel an. Wieder war sie für mich nicht mehr erreichbar und hatte mich hinlänglich verwirrt. Meine Münzen klimperten im Instrumentenkasten. Bestimmt hatte sie mein »Ich komme wieder« gehört, aber sie neigte nur kurz dankend den Kopf unter ihrem seltsamen Hütchen und war schon nichts mehr als eine alte Geigerin im grellen Neonschein.

An diesem Abend brachen Florence und ich in fieberhafte Vorbereitungshektik aus. Wir würden kurz hintereinander unsere Termine haben und waren extrem nervös. Florence rubbelte wie verrückt an einem Teefleck, der die weiße Bluse zierte, welche sie morgen tragen wollte, während ich mich bemühte, das steinalte Bügeleisen auf Temperatur zu bringen. Schon seit gefühlten zwei Jahrzehnten war der Stecker lose, und ständig trennte sich das Ding von der Stromverbindung, ehe es heiß genug war.

Brian betrachtete unser Tun mit der Gelassenheit des seit gestern frisch gebackenen »Master of Education«.

»Mädels, regt euch doch bloß nicht so auf! Ihr kommt mir vor wie zwei aufgescheuchte Hennen. Gib mal her das Ding, Hope. Du wirst noch einen Schlag kriegen. Ich schließ dir fix einen neuen Stecker an. Das ist ja nicht zum Ansehen, was du da treibst.«

Brian hatte nicht nur die Ruhe weg, sondern besaß auch jenes technische Verständnis, das mir komplett abging. Er beraubte unseren ausrangierten Toaster, der seit seinem effektvollen Brand noch immer auf der Fensterbank neben dem Küchentisch stand (nie was wegwerfen, Teile kann man immer gebrauchen, so Brians Devise), seines Steckers und hatte im Nu aus zwei defekten Geräten ein funktionierendes gebastelt.

»Siehst du?«, sagte er triumphierend, und ich war ihm dankbar.

Als es weder an unseren Kleidern noch an unseren Mappen, die wir mit aller für sinnvoll erachteten Literatur sorgfältig bepackt hatten, noch irgendwas zu verbessern gab, begann das gespannte Nichtstun. Es war noch nicht sehr spät, und dieser Zustand machte mich völlig verrückt. Brian saß mit einer Zeitung am Küchentisch und sah mich mitleidig an.

»Mach dir doch nicht so viele Sorgen, Hope. Die gute Deborah wird dich schon nicht um die wohlverdienten Früchte deiner Arbeit bringen. Oder hattest du etwa wieder einen deiner Albträume?«

Ich schüttelte den Kopf und war schwer versucht, ihm von meinen jüngsten Beobachtungen zu berichten. Florence kam herein und setzte Wasser auf.

»Noch jemand Tee?«, fragte sie in die Runde. Wir nickten. Ihr Blick blieb an mir hängen. Ich merkte, dass ich mir gerade auf die Unterlippe biss, und Florence registrierte offenbar die unbeantwortete Frage, die förmlich sichtbar in der Luft hing, wie ein Nebelfetzen.

»Ich hatte keine Träume mehr seit jener Nacht, als Florence mich nachher in den Schlaf gewiegt hat wie ein Baby. Aber ich habe gewisse Regelmäßigkeiten festgestellt.« Beide schauten mich aufmerksam an. »Ihr kennt doch diese Geigerin, die immer in der Hammersmith Station spielt ...«

Brian runzelte die Stirn. »Welche Geigerin?«

»Na, die alte Dame ... sie ist wirklich virtuos ... auf halbem Weg nach unten, du weißt schon ...«, erklärte ich und warf Florence einen um Bestätigung heischenden Blick zu.

Ich fand keine Bestätigung.

Auch Florence sah mich verständnislos an. »Was geigt sie denn? Du weißt doch, welche Musik ich bevorzuge. Zum Stehenbleiben animieren mich nur die Singer-Songwriter, die da unten manchmal spielen. Ich kann mich jedenfalls an keine Geigerin erinnern.«

Erwartungsvoll schaute ich zu Brian hinüber. »Was ist mit dir? Du hast heute Morgen höchstens fünf Minuten vor mir das Haus verlassen. Und du bist mit der Tube gefahren, stimmt's?«

»Korrekt.«

»Dann musst du ihr begegnet sein. Sie hat Vivaldis *Vier*

Jahreszeiten gespielt, und als ich unten ankam, war sie beim *Herbst*. Sie braucht ja auch einen Augenblick, bis sie ihren Geigenkasten aufgebaut hat und den steinzeitlichen Kassettenrekorder, der ihr immer das Playback liefert. Brian! Du musst sie gesehen haben. Und das nicht nur heute. Sie ist oft da, seit drei Jahren regelmäßig …«

Ich brach ab, denn in Brians Zügen lag kein Erkennen.

Er schüttelte den Kopf. »Ich schätze mal, da spielt vor allen Dingen die selektive Wahrnehmung eine Rolle. Wenn ich mit der Tube fahre, habe ich es grundsätzlich eilig. Ich düse durch die Gänge, schaue, dass ich niemanden anremple, und sehe und höre eigentlich kaum etwas um mich herum. Mich würde es bestenfalls zum Stehenbleiben animieren, wenn sie Dudelsack, Schalmei und Leier da unten auspacken würden. Sorry, Hope …«

Ich ließ mich auf den Küchenstuhl fallen, stützte meine Stirn in die Fäuste und dachte nach. Nur ganz am Rande nahm ich das Klappern der Löffel in den Teetassen wahr, die Florence gerade auf den Tisch gestellt hatte. Ich blendete alles um mich herum aus. Taten die beiden das womöglich auch manchmal? Genau das, was ich gerade an mir bemerkte? Ausblenden? Konnte es wirklich sein, dass die beiden mit tauben Ohren und blinden Augen durch die Station eilten? Immer? Oder wenigstens immer dann, wenn »meine« Violinistin dort spielte? Nur deshalb, weil sie einfach keinen Sinn für klassische Musik hatten?

Oder … Die Idee erschreckte mich so sehr, dass ich sofort nach Beweisen suchte, sie zu entkräften. Der Gedanke, dass nur ich allein sie spielen gehört hatte, dass sie womöglich genauso eine Fata Morgana war wie meine fieberhafte Traumsuche, war mir unheimlich. Mein Gehirn spulte alle Bilder ab, die ich gespeichert hatte. Da! Da war doch der Beweis, den ich suchte: Der stets gut mit Münzen gefüllte Geigenkasten kam mir in den Sinn. Also musste es viele Menschen geben, die sie begeisterte!

Ich kam zurück aus meiner Gedankenwelt, bemerkte, dass Florence mir sanft über den Rücken streichelte und Brian sich laut räusperte. »Hope? Kann es sein, dass du einfach überarbeitet bist? Okay, wir standen alle unter ziemlichem Druck in den letzten Monaten …«

Florence schaltete sich ein: »Es ist ja durchaus möglich, dass die Geigerin wirklich ausgerechnet dann nicht dort war, wenn wir vorbeigekommen sind. Oder vielleicht, dass wir es einfach nicht so richtig mitkriegen, weil wir immer in Eile sind.«

»Genau so wird es sein«, antwortete ich mit fester Stimme. »Ich habe gerade an mir selbst festgestellt, wie gut ich alles um mich herum ausschalten kann, wenn ich intensiv nachdenke. Einen kleinen Augenblick lang habe ich schon befürchtet, ich sei etwas durchgeknallt. Aber das konnte ich sehr schnell entkräften.« Ich erläuterte meine Beweisführung und war erleichtert, feststellen zu können, dass sich die steile Denkfalte über Brians Nasenwurzel glattzog und Florences sorgenvoller Blick wieder ganz entspannt wirkte.

»Okay, Leute, das wäre also geklärt. Ich höre Klassik, Florence nur Folk und Brian schaltet seine Ohren bei mittelalterlichem Gedudel ein«, konstatierte ich.

Über Florences Gesicht ging ein Strahlen. »Hej, das ist übrigens das perfekte Stichwort. Ich habe euch einen super Vorschlag zu machen. Passt mal auf. Wenn wir beide morgen die Prüfungen hinter uns haben … also, ich habe mir gedacht, dass wir es uns doch eigentlich verdient hätten, uns mal etwas Nettes zu gönnen. Und da ist doch gerade dieses Mittelalterfestival bei Hailsham, rund um das alte Schloss. Mein Bruder ist jedes Jahr mit seiner Suppenküche dabei und hat mir ein paar Freikarten geschickt. Habt ihr Lust?«

Brian war begeistert. Alles, was mit dieser Epoche zu tun hatte, liebte er. Ich hatte schon oft darüber gewitzelt, dass er sich wahrscheinlich nur nicht mehr daran erinnern könne, einst als Ritter in König Artus' Tafelrunde gesessen zu haben.

Und: Warum eigentlich nicht? Ein schöner Ausflug mit den beiden, mal anderer Wind um die Nase, das war wirklich eine tolle Idee. Außerdem hatte ich schöne Kindheitserinnerungen an Hailsham, das ich einmal zusammen mit meiner Großmutter Charlotte besucht hatte. Also stimmte ich zu und stand auf.

»Florence, lass uns schlafen gehen. Wir müssen fit sein, denn Professor McCormick feilt sicher schon ihre Krallen, um mich morgen nach Kräften auseinanderzunehmen. Du hast ja das verdammte Glück, dass sie bei dir nicht in der Runde sitzt. Aber ich werde ganz gewiss deinen seelischen Beistand brauchen, um nicht schon auf dem Flur die Flucht zu ergreifen.«

Bedauernd sah Florence mich an. »Ich komme mit. Du kannst dich auf mich verlassen.«

»Und hinterher«, warf Brian ein, »erwarte ich euch zum Feiern im Pub!«

Gar kein Zweifel! Dieses Haus sah vielversprechend aus. Mit hämmerndem Herzschlag stand ich auf dem Rasen und betrachtete die dunkelrot schimmernde viktorianische Backsteinfassade in der Abenddämmerung. Ein schmaler, runder Turm trug die eine Ecke der Front, ein wuchtigerer, eckiger die andere. Ich zählte sieben Schornsteine, vier Giebel. Unzählige Fenster warfen die Strahlen der tiefstehenden Sonne blendend zurück.

Langsam und voller Spannung ging ich auf die weiß eingefasste Haustür zu. Sie öffnete sich wie von Geisterhand, als ich näherkam. Kein Laut war aus dem Inneren zu hören. Zögernd trat ich ein, rief leise: »Hallo …?«, bekam keine Antwort.

Ich stand in einer geräumigen, holzvertäfelten Eingangshalle. Sicher ein Dutzend Türen führten von hier aus in geschlossene Räume. Ein unwiderstehlicher Drang zog mich die breite Treppe hinauf. Ölgemälde edler Pferde und Porträts aus längst vergangenen Epochen zierten die Wände des Aufganges.

Ich war mir vollkommen der Tatsache bewusst, dass ich dabei war, in fremdes Privateigentum einzudringen. Womöglich schickte mir mein schlechtes Gewissen jenes unangenehme Gefühl, dass all die dargestellten Ahnen und Urahnen mich mit ihren gemalten Augen verfolgten. Doch nichts hielt mich auf.

Düstere Korridore erwarteten mich im ersten Stock. Blank polierte Rüstungen schimmerten im Dämmerlicht. Ich entschied mich für den Weg nach links, öffnete die Tür in ein Schlafgemach, dessen dominierendes Möbelstück ein gewaltiges Baldachinbett war. Neben dem Bett stand eine hüfthohe chinesische Vase. Ein Fenster war offen. Laue Abendluft blähte die hauchdünnen Gazevorhänge. Ich schritt auf das Fenster zu, lugte in den gepflegten Garten.

Als ich mich umwandte, um meine Suche nach dem richtigen Raum fortzusetzen, spürte ich ein leichtes Schwanken. Und bemerkte fassungslos, dass der Boden unter meinen Füßen sich zu neigen begonnen hatte. Die Vase stürzte um, rollte über den Teppich und blieb an der Wand liegen.

Mehr und mehr neigte sich die schiefe Ebene. Nur mit einem ganz leisen Knirschen, ja beinahe geräuschlos barsten die Pfeiler des Baldachins. Meine Knie gaben nach. Ich kroch über den Fußboden auf die zugeschlagene Tür zu, hangelte mich zum Knauf empor. Gott sei Dank, er ließ sich drehen. Ich quetschte mich durch den Türspalt. Den Weg entlang des dunklen Korridors konnte ich schon nur noch auf dem Bauch kriechend zurücklegen. Neben mir stürzten die Ritterrüstungen lautlos in sich zusammen. Ich zog den Kopf ein, wie eine Schildkröte, robbte keuchend meinem Ziel entgegen.

An der Treppe angekommen, blieb mir nur noch die Möglichkeit, mich, fest ans Geländer gekrallt, dem Zusammensacken des Gebäudes hinzugeben und stumm zu beten. Tatsächlich bog sich die Treppe in so günstigem Winkel zu Boden, dass ich direkt an der Eingangstür landete und fluchtartig das Haus verlassen konnte.

Ich rannte! Rannte, als sei der Teufel hinter mir her. Und hatte doch noch genügend Nerven, mich zu wundern, mit welcher Ruhe all dies doch vonstattenging.

Atemlos blieb ich endlich stehen und wandte mich um. Was ich sah, jagte mir keine Angst ein. Vielmehr machte es mich auf verstörende Weise still. Auf dem sattgrünen Rasen, inmitten der blühenden Staudenrabatten, lag, ganz ähnlich einem abgestürzten Heißluftballon oder riesenhaften Fallschirm, der Mantel des eben noch so massiv wirkenden Backsteingebäudes. Zweifellos: All das bestand aus hauchdünnem Stoff!

Ich schreckte hoch. Die Zeiger meiner Uhr leuchteten bei drei Minuten nach zwölf. Merkwürdigerweise fühlte ich in diesem mitternächtlichen Moment nicht das gewohnte Entsetzen. Ich war ganz ruhig. Nur ein Gedanke manifestierte sich in meinem Kopf, wiederholte und wiederholte sich und ließ mich nicht mehr los, bis der Schlaf mich wieder eingeholt haben musste: Es war der Stoff, aus dem die Träume sind … der Stoff, aus dem die Träume sind … der Stoff …

DIE PRÜFUNG

Ich erwachte frisch und ausgeruht noch vor dem Weckerklingeln. Der Traum der vergangenen Nacht hatte mir erstaunlicherweise keinerlei Energie geraubt. Nur der letzte Gedanke war noch so klar im Gedächtnis geblieben, dass mein Mund die Worte schon zum ersten Morgenblinzeln formte. »Der Stoff, aus dem die Träume sind …«

Meine liebe Florence lag noch in tiefem Schlaf, und der fehlende Leuchtpunkt unter den Ziffern bewies, dass sie vergessen hatte, den Alarm einzustellen. Ohne mich hätte sie vermutlich ihren großen Tag verpennt.

»Hej, du wirst einen ausgeben heute Abend!«, rüttelte ich sie grinsend wach.

»Wie, was …?«

Florence schoss hoch und griff nach ihrem Wecker. »Wieso hat der nicht gebimmelt?«

»Woher soll er wissen, wann du aufstehen willst, wenn du es ihm nicht sagst? Los, raus aus den Federn!«

Wir frühstückten im Bademantel, weil wir vermeiden wollten, unsere picobello vorbereiteten Kleider zu bekleckern. Mehr als ein paar Bissen bekamen wir beide sowieso nicht herunter. Schließlich hatten wir uns durchs gesamte Studium in einem Wettstreit darum befunden, wer der größte Prüfungs-Angsthase war. Viel nahmen wir uns da wirklich nicht. An diesem Tag gaben wir uns allerdings alle Mühe, jede bisher dagewesene Form zu toppen.

Mit einer Hand umklammerte ich meine Teetasse, die andere streckte ich waagrecht aus.

»Guck mal!«, forderte ich Florence auf und starrte meine zitternden Finger an.

Sie tat es mir nach. Nein. Es war kein Unterschied zu erkennen.

»Eigentlich ist es eine Frechheit von dir, genauso nervös zu sein wie ich. Schließlich hast du da heute nur Prüfer sitzen, die dir äußerst gewogen sind«, meckerte ich.

»Tja, meine Liebe«, erwiderte sie, und es war schon bemerkenswert, wie ihre Zähne bei jedem Wort aufeinander klapperten, »dies wird wohl die einzige Disziplin bleiben, in der ich dich schlagen kann.«

Wir mussten beide losprusten. Und ich hatte das dumpfe Gefühl, dass es vermutlich das letzte befreite Lachen des Tages oder zumindest des Vormittags sein würde.

Florence blieb auf dem totenstillen Gang vor dem Prüfungsraum treu und brav so lange bei mir sitzen, bis die Tür aufging und mein heiß geliebter Professor Dawn mich hereinbat. Er kannte meine Ängste und flüsterte mir Mut zu. Die Beruhigung hielt so lange, bis er meinen Ellenbogen losließ und sich zu den vier anderen mir gegenüber gesellte.

An Deborah McCormick nahm ich zuerst den unvermeidlichen purpurroten Chiffonschal wahr, den sie kunstvoll um ihren Hals drapiert hatte. Purpurrot war meiner Auffassung nach dem Ernst des Anlasses überhaupt nicht angemessen, der geradezu nach Schwarz und Weiß schrie. Aber diesen

Schal trug sie immer, und Purpurrot passte natürlich zu ihrem ebenso geschminkten Mund, den sie nun öffnete, um mir ein »Guten Morgen, Miss Austin« zuzuwerfen, das dem schnippischen Tonfall nach genauso gut hätte bedeuten können: »Sei gewiss, ich fress dich jetzt, Mädchen.«

Ich will es kurz machen. Sie versuchte es. O ja, sie versuchte es mit allen Tricks, mich aus dem Konzept zu bringen, an den unpassendsten Stellen zu unterbrechen, Fragen einzuwerfen, von denen sie annahm, ich würde sie nicht beantworten können. Aber sie hatte sich geschnitten. Ich hatte den Kopf dermaßen gut beisammen, war so sicher in meinem Stoff, dass sie keine Chance hatte. Nur ganz am Ende, als ich schon beinahe dachte, ich hätte es überstanden, forderte sie mich auf, eine eigene Wertung für meine Masterarbeit abzugeben. Dies allerdings brachte mich aus dem Tritt, denn es war absolut nicht vorauszusehen gewesen.

Aus dieser Not jedoch rettete mich Professor Dawn. Er zog den obersten Bogen von einem Stapel Prüfungsbescheinigungen zu seiner Linken, setzte schwungvoll seine Signatur unter das von mir so heiß begehrte Dokument. Dann schob er das steife Blatt Papier mit einem Zwinkern, das nur ich sehen konnte, an die McCormick weiter und sagte in einem Tonfall, der keinerlei Widerrede duldete: »Das, liebe, verehrte Kollegin, halte ich für eine sehr unübliche Frage. Als Leiter dieser Prüfungskommission gebe ich mich an dieser Stelle völlig zufrieden. Bekanntlich hat Miss Austin bereits alle anderen Module mit ausgezeichnetem Erfolg abgeschlossen. Ich denke, wir sollten ihr nun gemeinsam gratulieren.«

Deborah McCormicks Gesichtszüge entgleisten für einen Augenblick. Aber es war ihr wahrscheinlich bewusst, dass sie sich dem Wunsch des Prüfungsleiters zu beugen hatte. Also machte sie gute Miene, reihte sich geschlagen zwischen die Gratulanten, hauchte mir ein reichlich gekünsteltes »Glückwunsch, meine Liebe« zu und stöckelte aus dem Saal. Alle anderen Beglückwünschungen waren aufrichtig und anerkennend gemeint.

Professor Dawn legte mir beim Hinausgehen sogar den Arm um die Schultern, rubbelte und klopfte mich wie ein herausragendes Rennpferd nach dem Zieleinlauf und grinste über beide Backen. »Ich werde Sie vermissen. Sie waren eine großartige Studentin. Zweifellos wird es Ihnen leichtfallen, eine gute Stelle zu finden. Sollten Sie meine Unterstützung benötigen … nur zu … Ich bin immer für Sie da!«

Ich war so überwältigt, dass ich Florence, die just in den Nachbarsaal gerufen wurde, nur noch zwei gedrückte Daumen zeigen konnte. Professor Dawn ließ mich los und eilte hinterher. Dann schloss sich die Tür hinter ihnen, und ich war allein.

Einen Augenblick zumindest war ich allein und hatte Gelegenheit, mir Gedanken über Professor Dawns Worte zu machen. Ich war jetzt schon relativ sicher, dass ich seine Hilfe bald bitter nötig haben würde. Im Gegensatz zu Brian und Florence hatte sich für mich noch keinerlei berufliche Perspektive aufgetan. Brian hatte einen ersten Job an einer Abendschule ergattert, und Florence würde, begleitet von einem Riesenglücksstern und einer Megainjektion Vitamin B aus Familienkreisen, in Kürze ein Referendariat in einem sehr gediegenen Internat nahe London antreten. Etliche Bewerbungen hatte ich schon geschrieben, jedoch entweder gar keine Antwort oder abschlägige Bescheide bekommen. Man wünschte sich insbesondere Kandidaten mit jahrelanger Berufserfahrung – oder männliche (klar, die fielen nicht wegen plötzlicher Fortpflanzungsideen aus). Bisher war ich – vorwiegend das primäre Ziel eines guten Abschlusses vor Augen – relativ gelassen damit umgegangen, denn weder meine Eltern noch meine innere Stimme hatten mich allzu sehr gedrängt. Nun aber musste ich Tatsachen ins Auge sehen. Ich war keine Studentin mehr, sondern ab sofort sowohl arbeitssuchend als auch ohne festes Einkommen. Zu allem Übel fiel ja auch mein Stipendium weg. Und das zog unangenehme Verpflichtungen nach sich, die ich jetzt, im Moment absoluter Erleichterung, eigentlich gar nicht sofort näher betrachten mochte.

Ich ließ mich auf dem Wartebänkchen nieder und wurde in den folgenden Minuten Zeugin eines beeindruckenden Schauspiels. In ein und demselben Augenblick öffneten sich nämlich gleichzeitig die Tür des großen Hörsaales und die der Damentoilette. Dem Auditorium entströmte eine Schar größtenteils männlicher Studenten. Aus der Toilette schwebte die McCormick, frisch eingehüllt in eine Wolke aus Parfum und inzwischen frei wehendem purpurrotem Chiffon. Stur geradeaus blickend schritt sie elegant an mir vorbei auf das Meer junger Männer zu, die ihrer Göttin harrten.

Als sich damals die Wogen für Moses teilten, kann es nicht eindrucksvoller gewesen sein. Eine Gasse bildete sich für die McCormick, sie stolzierte hinein, die Wellen aus Studenten – unter vermutlich kritisch erhöhten Testosteronspiegeln – schlossen sich hinter ihr, und die ganze Woge flutete zügig den Gang hinunter. Bis sie aus meinem Sichtfeld verschwand.

Zurück blieb nur ein langer, duftender, purpurroter Chiffonschal, der, ausgebreitet auf dem alten Linoleum, einer breiten Blutspur glich. Eine Weile lang fixierte ich ihn. Ein Fetisch für hunderte Studienkollegen. Keine Frage. Dann beschloss ich, ihn aufzuheben und mitzunehmen. Das Gespinst war so zart, dass es trotz seiner Größe in meine geschlossene Faust passte. Auch wenn es nur ein Andenken sein sollte, wollte ich keinesfalls bei Florence mit dem intensiven Duft auffallen, der dem Stoff entströmte. Also tat ich etwas ausgesprochen Despektierliches damit. Ich öffnete meinen Rucksack und schob das Ding in einen Zip-Beutel, in dem mal ein Sandwich gesteckt hatte.

~

Wir waren erlöst. Kaum hatte Florence mit strahlendem Gesicht ihren Prüfungsraum verlassen, fiel alle Sorge von uns ab. Wir lagen uns in den Armen, hüpften ausgelassen wie zwei Schulmädchen die weitläufigen Korridore der Universität entlang zum Ausgang der altehrwürdigen Bildungseinrichtung.

Die Frühlingssonne empfing uns vor der Kulisse des wolkenlos blauen Himmels. Einen Moment lang standen wir auf der obersten Stufe des Portals und sogen gierig die Luft ein. Sie roch nach Abgasen und Straßenstaub. Ach was. Sie roch nach Freiheit!

Die muffigen Gesichter der Fahrgäste in der Tube konnten uns nicht davon abhalten, das gemeinsame Glück lautstark und ausgelassen zu feiern. Florence hatte einen Piccolo Champagner mitgebracht, und obwohl jeglicher Alkoholgenuss in der Untergrundbahn verboten ist, nippten wir abwechselnd an dem grünen Fläschchen, ohne uns darum zu scheren, womöglich entdeckt zu werden. Die kurzen Nachrichten inklusive abfotografierter Prüfungsbescheinigungen und Besuchsankündigungen, die wir unseren Familien bei dem ohnehin schlechten Netz in der Tube telefonisch zukommen lassen konnten, mussten wahrscheinlich ziemlich albern geklungen haben. So richtig zu Hause waren wir jedenfalls noch nicht in unserem hochehrenwerten Master-Status. Übel nahm uns das jedoch niemand. Im Gegenteil, wir wurden beide von unseren Eltern aufgefordert, nun erst mal kräftig durchzuatmen und ordentlich zu feiern.

Unser Ziel war der Pub, wo Brian uns erwartete. Beim Aussteigen in der Hammersmith-Station kam mir die Idee, Florence »meine« Geigerin zeigen zu wollen. Aber sie war nicht dort. Wie gern hätte ich heute meine Freude mit ihr geteilt. Und wie gern hätte ich mein merkwürdiges Bauchgefühl Lügen gestraft und den Beweis dafür angetreten, dass sie nicht nur meiner Einbildung entsprungen war.

Brian entnahm unseren strahlenden Mienen, dass offensichtlich alles gutgegangen war, und animierte die anwesenden Gäste zu einem tosenden Applaus. Es war Mittagszeit, der Pub gut besucht, denn die kleinen, günstig angebotenen Mahlzeiten wie Sandwiches, Suppen, Pies und Chips zogen viele Studenten gern dem Mensaessen vor. Wir hatten also reichlich Publikum, das uns ausquetschte, wissen wollte, wie es gewesen sei. Natürlich fragten mich die Studentinnen, wie ich denn den Klauen der McCormick entkommen sei, und einen Wimpernschlag lang war ich versucht, meine purpurrote Trophäe herumzuzeigen. Ich ließ es.

Zwei Ehrenplätze hatte uns Brian an der Theke freigehalten. So saßen wir als Stars des Tages exponiert auf den wackeligen Barhockern und ließen uns huldvoll feiern.

Während ich endlich mal eine Weile in Ruhe gelassen wurde und genussvoll das Hähnchen-Käse-Sandwich mit extra viel Salat verzehrte, das Brian mir liebevoll zurechtgemacht hatte, wurde ich Zeugin seiner Unterhaltung mit einem ausländischen Gast. Der verlangte nach dem Bier, für welches ein leicht angerostetes Blechschild warb, das – dekoriert mit einem Staubfänger in Gestalt eines Bündels getrockneter Hopfendolden – zwischen Theke und Garderobenhaken hing.

Bier war eines der Steckenpferde meines Vermieters. Es gab keine Sorte, über deren Geschichte er nichts zu berichten wusste. Hier handelte es sich, so erfuhr ich, um das ebenso berühmte wie nicht mehr erhältliche *Dogherty Ale* aus der Grafschaft Kent. Brian setzte zu einem Vortrag an, dem sein Gast interessiert zuhörte. Der spezielle East-Kent-Golding-Hopfen sei nur ein Grund für den unvergleichlichen Geschmack dieses ganz besonderen Bieres gewesen. Zusätzlich habe es eine Zutat enthalten, deren Geheimnis die Bierbrauerfamilie niemals preisgegeben habe.

Ich war nicht ganz sicher, wie viel der Gast von den Ausführungen tatsächlich verstand, denn seine Zwischenfragen kundeten von dürftigen Kenntnissen der Feinheiten in meiner Muttersprache. Dass es mit seinem Englisch wirklich nicht sehr weit her sein konnte, erwies sich schnell, denn nachdem Brian geendet hatte, bestellte er mit begeistertem Gesichtsausdruck »one *Dogherty Ale*, please« und tippte mit dem Zeigefinger auf die Blechreklame.

Brian seufzte und schüttelte hilflos den Kopf. Ich winkte ihn grinsend zu mir. »Gib ihm irgendwas. Er wird nicht merken, dass es kein *Dogherty Ale* ist.«

Schmunzelnd zapfte Brian ein Glas unserer Hausmarke und stellte es auf den Tresen. Der gewünschte Effekt trat ein, denn mit den Worten: »Great, I never had such a tasty beer« verzog der junge Mann genießerisch das Gesicht und hatte zweifellos das Gefühl, ein besonders seltenes Stück englischer Kultur entdeckt zu haben. Ehe er den Pub eine halbe Stunde später verließ, knipste er noch das Werbeschildchen. Vermutlich als Beleg für seine Freunde zu Hause.

Brian und ich zwinkerten uns einvernehmlich zu.

Es wurde ein langer Abend. Selbst als alle Gäste längst gegangen und die Türen verriegelt waren, saßen wir noch in vertrauter Runde zusammen. Die Pub-Kollegen, ein kleiner eingeschworener Kreis Kommilitonen. Ich merkte, dass auch die über den Tag verteilt gegessenen Kleinigkeiten keine Chance mehr hatten, meinen Alkoholpegel zu neutralisieren. Kurz und gut: Gegen ein Uhr früh war ich sturzbesoffen. Und mir war kotzübel.

Bei Florence und Brian eingehakt, ließ ich mich schließlich abschleppen. Meine Beine versagten alle paar Schritte den Dienst, und die ruppige Brise tat ein Übriges, die Wirkung des Alkohols erst richtig zu entfalten. Folglich okkupierte ich für die nächsten Stunden das gemeinsame Bad. Die traute und höchst einseitige Korrespondenz meines Magens mit der Kloschüssel wollte und wollte nicht enden. Bis ich nur noch gelbe Galle spuckte. Anfangs klopfte Florence ab und zu an die Tür und erkundigte sich nach meinem Befinden. Irgendwann gab sie auf, denn viel mehr als abweisendes Stöhnen bekam sie nicht zu hören.

»Lass mich endlich in Ruhe sterben …«, war meine letzte gnatzige Reaktion auf ihre besorgte Nachfrage gewesen.

Ich öffnete das Badezimmerfenster, um den scheußlich sauren Geruch hinauszulassen. Der Wind hatte sich gelegt, aber die saukalte Morgenluft ließ mich zittern. Trotzdem sog ich gierig die Frische ein, blieb ein Weilchen stehen, beobachtete, wie die Dämmerung sich nach und nach von Grau zu zartem Rosa wandelte. Die ersten Vögel sangen schon. Ab ins Bett jetzt! Im Vorüberwanken fiel mein Blick in den Spiegel überm Waschbecken.

»Cool, so sieht also ein Master of Education aus«, beglückwünschte ich kopfschüttelnd mein totenbleiches Konterfei.

Bis fünf Uhr wälzte ich mich ruhelos in den Kissen und hielt mir meinen malträtierten Magen. Vollkommen unklar, wie ich den für heute geplanten Ausflug auf das Mittelalter-Festival überleben sollte, wenn ich nicht wenigstens noch ein paar Stunden erholsamen Schlaf kriegen würde. Aufstehen und Fencheltee kochen? Ich verwarf den Gedanken. Allein die Vorstellung von heißem Tee brachte meine Körpermitte schon wieder zum Rebellieren. Dr. Nortons Pillen fielen mir ein. Noch immer lagen sie unbeachtet auf dem Schreibtisch.

»Ein bewährtes pflanzliches Medikament, bekannt für seine äußerst milde Wirkung. Keine Sorge. Sofern Sie sich an meine Dosierungsanweisung halten, wird Ihnen nichts geschehen, außer einer geruhsamen, entspannenden Nacht«, hatte er gesagt.

Warum eigentlich nicht? Die Prüfungen waren im Sack, Florence und Brian hier, ich nicht allein. Was sollte schon passieren?

Ich nahm die Packung in beide Hände und zögerte noch einen Augenblick.

Schlafmittel auf einen komplett leergekotzten Magen? Ob das eine gute Idee war?

Aus dem weißen Blister brach ich eine Pille heraus, schlurfte auf Pantoffeln in die Küche, ließ ein Glas lauwarmes Wasser einlaufen.

»Sie allein entscheiden, wann Ihr Leidensdruck so groß ist, dass Sie bereit sind, diese Hilfe anzunehmen.« Auch das waren Dr. Nortons Worte gewesen.

Okay. Mein momentaner Leidensdruck war definitiv unermesslich groß! Mit entschlossener Geste schob ich die Pille in den Mund und spülte sie mit einigen Schlucken Wasser hinunter. Sie schmeckte eigentümlich nach irgendwelchen Kräutern, die ich nicht definieren konnte.

Schon als ich mein Bett wieder erreicht hatte, spürte ich, wie ich mich wohlig zu entspannen begann. Kaum hatte ich den Kopf in die Kissen gekuschelt und mich zugedeckt, fühlte ich, dass eine ungekannte tiefe Zufriedenheit mir ein Lächeln aufs Gesicht zauberte. Eine sonnengeflutete Frühlingswiese schien vor meinem inneren Auge auf. Es war warm. Wunderbar warm.

ZWEI

EINE ANDERE WELT

Ich gestehe, noch nie so tief und traumlos geschlafen zu haben. Völlig entspannt erwachte ich gegen halb neun, streckte mich wohlig und war mit einem frischen Satz aus dem Bett. Für zehn Uhr hatten wir unseren Aufbruch geplant. Genug Zeit also, um in Ruhe zu frühstücken, ausgiebig zu duschen und sowohl den Rucksack als auch mein Köfferchen für den geplanten Elternbesuch zu packen. Ich hatte mich angekündigt, jedoch noch offengelassen, wann genau zu Hause mit mir zu rechnen wäre. Unter die Kofferschlaufen stopfte ich meinen unverzichtbaren Dufflecoat. Man konnte nie wissen. Es war nicht auszuschließen, dass es bei meinen geliebten abendlichen Strandspaziergängen trotz der Jahreszeit noch empfindlich kühl sein würde.

Florence hatte schon den Frühstückstisch gedeckt, und Brian kam gerade mit einer Tüte duftender Croissants zur Tür herein. Zunächst musterte er mich auffällig unauffällig. Dann schienen sich seine übelsten Befürchtungen bezüglich meines zu erwartenden schlechten Katerzustandes in Luft aufzulösen.

»Donnerwetter, du siehst ja großartig aus heute Morgen!

Offenbar musst du dich öfter mal richtig volllaufen lassen. Tut dir ausgesprochen gut.«

Ich lächelte ihm zuckersüß zu. »Ich hätte das viel früher ausprobieren sollen … also, nicht das Saufen, sondern Dr. Nortons Superpillen nehmen. Die Vögel haben schon gezwitschert, als ich endlich aus dem Bad kam. Und du kannst sicher sein, hätte ich mich nicht zu so einer Tablette durchgerungen, könntest du mich heute komplett vergessen.«

Triumph zeichnete sich in Brians Zügen ab. »Siehste, hab ich dir doch die ganze Zeit gesagt, dass der Mann eine Koryphäe ist. Du hättest dir jede Menge Quälerei ersparen können. Aber du mit deinem sturen Kopf wolltest ja nicht hören.«

Ich gönnte ihm seine Rechthaberei. Stimmte ja wirklich. Ich fühlte mich, als könnte ich Bäume ausreißen.

Pünktlich um zehn stand Brians alter Vauxhall beladen und abfahrbereit vor dem Haus. Unsere Laune war grandios. Wir freuten uns auf den Tag, und Florence und ich ließen uns bereitwillig mithilfe dröhnender Mittelalterklänge aus den scheppernden Boxen auf das einstimmen, was uns erwartete. Brian, bereits in leinenem Matschbraun mittelalterlich gewandet, sang ebenso laut wie falsch. Aber was machte das schon, an einem so herrlichen, sonnigen freien Tag?

Schlag zwölf hatten wir den kleinen Ort Hailsham in East Sussex erreicht. Die Tatsache, dass hier die eine oder andere Möwe kreiste, bewies, dass wir nicht mehr weit von der Küste entfernt waren. Ehe wir uns jedoch ins Getümmel stürzen konnten, mussten wir uns zunächst in eine lange, zweireihige Blechlawine einordnen, die sich wie ein bunter Lindwurm im Schritttempo auf die Parkplätze am Ort des Geschehens zuwälzte. Langeweile kam jedoch nicht auf, denn offenbar hatten die Passagiere anderer Wagen den Anlass ihres Besuches erheblich ernster genommen als Florence und ich, die wir in Jeans und T-Shirts angereist waren. Die verrücktesten Kostümierungen bekamen wir zu sehen. Von edlen Rittern über zauberhafte Burgfräulein, Magier, Knappen, Bauersleute bis hin zu schräg herausgeputzten Waldelfen und Hexen gab es reichlich zu begucken und bestaunen.

»Wir sind definitiv underdressed, Florence«, jammerte ich. »Ob man uns so überhaupt reinlässt?«

»Keine Sorge, Mädels! Mit solchen Gästen wie euch rechnet man dort. Und man liebt sie sogar, denn sonst könnten die zahllosen Klamottenstände kaum überleben.«

Ich muss im Nachhinein gestehen, dass unsere anfängliche Ablehnung, Geld für ein solches Kostüm auszugeben, sehr schnell von Begeisterung über die wunderschönen Kleider verdrängt wurde. Wir konnten uns gar nicht sattsehen an den wirklich günstig angebotenen Klamotten und hatten einen Heidenspaß daran, ausgiebig zu probieren. Binnen einer Stunde fühlten wir uns passend gekleidet. Florence hatte sich für einen moosgrünen Waldläuferanzug mit Kniebundhosen, Wams und keckem Federhut entschieden, unter den sie ihre komplette Haartracht prummelte, um wie ein Mann daherzukommen.

Ich gefiel mir ausgesprochen gut in einem blau-weißen, bodenlangen Miederkleid, das mich in eine mittelalterliche Schankmagd verwandelte. Das Erstaunliche war, dass ich mich durchaus nicht verkleidet fühlte, sondern mit dem neuen Gewand, passend zu meinem tatsächlichen Job, lediglich ein paar Jahrhunderte in der Zeit zurückgeswitcht war. Nichts daran war unnatürlich. Es passte zu mir … ich passte hierher und tauchte gemeinsam mit Tausenden anderer Festivalbesucher in eine eigentlich längst vergangene und doch ganz lebendige Welt ein.

Verschiedenste Stände waren auf dem großzügigen Rasenareal neben der eindrucksvollen mittelalterlichen Schlossanlage aufgebaut. Das wuchtige Backsteingebäude mit seinen sechseckigen Türmen wurde zur Hälfte von Wasser umschlossen und war nur über eine steinerne Brücke zu erreichen. Hinter dem Gebäude konnte man schon von Weitem die vielgerühmten Gärten erahnen, die ich später gern besichtigen wollte.

Zunächst statteten wir Florences Bruder einen Besuch ab und bekamen jeder gratis eine Steingutschale mit höllisch scharfer, aber leckerer Ochsenschwanzsuppe angereicht, auf der eine dicke Scheibe rustikales Roggenbrot lag. Sozusagen feuerspeiend schaufelten wir mithilfe grober Holzlöffel. Eine schöne Stärkung, wirklich! Das Beißen im Hals allerdings begleitete mich trotz der leidlich besänftigenden Wirkung des Brotes noch eine ganze Weile.

Dann zog ein Menschenauflauf unsere Aufmerksamkeit auf sich. Ritterspiele, tatsächlich zu Pferd, sollten mit langen Lanzen ausgetragen werden. Wir quetschten uns zu dritt durch die Menge und ergatterten günstige Stehplätze, von denen aus wir eine prächtige Sicht auf das Spektakel hatten. Die beiden Herren in Rüstung schenkten sich nichts. Immer wieder ließen sie ihre gepanzerten Pferde gegeneinander anrennen. Mal fiel der eine, dann wieder der andere in den Sand und wurde umständlich in den Sattel zurückgehievt. Das Publikum quittierte die Sache mit tosendem Applaus. Mir jedoch blieb immer beinahe das Herz stehen, wenn die mit dumpfem Laut auftreffende Lanze erneut einen Reiter zu Boden befördert hatte. Bis er sich wieder regte, hielt ich jedes Mal die Luft an.

Zu guter Letzt blieb dann doch einer liegen. Zwei Knappen halfen ihm auf und führten ihn an den Rand der Arena. Offenbar war ihm nichts Ernsthaftes geschehen, denn nachdem die Knechte mit einiger Mühe den schweren Helm abgenommen hatten, lachte er schon wieder. Der Sieger jedoch holte sich seinen Lohn in Form einer roten Rose aus der Hand eines wirklich reizenden Burgfräuleins ab.

Mir war das alles viel zu archaisch. Da Brian bekundete, er

wolle sich jetzt auch noch die Schwertkämpfe ansehen, vereinbarten wir einen Treffpunkt und trennten uns vorläufig. Ich zog Florence mit zu den Zelten der Weber, Korbflechter, Schnapsbrenner und Kunsthandwerker. Dort erstanden wir beide eine der niedlichen Hexenfigürchen, die man sich als Souvenir ans Schlüsselbund hängen konnte.

Florence entdeckte das Zelt einer Wahrsagerin. »Oh, los, komm, wir lassen uns die Zukunft voraussagen.«

Sie war Feuer und Flamme, aber ich protestierte. Nein, ich wollte noch nie so genau wissen, wie meine Zukunft aussehen würde. Ich mochte das Leben lieber einfach auf mich zukommen lassen und bereit sein, mich überraschen zu lassen. Mich weder damit blockieren, auf das Eintreffen positiver Erlebnisse zu warten, noch ständig vor möglicherweise prophezeiten Katastrophen bibbern. Florence aber war nicht zu bremsen. Mit einem äußerst gespannten Gesichtsausdruck schlug sie eine Stoffbahn des rot-golden gestreiften Zeltes zurück und verschwand im Inneren.

Im Schatten einer alten Eiche fand ich eines dieser netten, einfachen Sitzplätzchen, die hier überall zum Ausruhen einluden. Es bestand aus einer dicken, glattgehobelten Holzbohle, die über zwei hochkant aufgestellte Baumstammabschnitte gelegt war. Dort bezog ich bequem meine Warteposition. Von hier aus konnte ich sowohl den Zelteingang als auch eine ganze Menge des bunten Treibens überblicken. Ein Stelzenläufer in ellenlangen gestreiften Hosen und Zylinder stakste an mir vorbei und warf mir ein Lächeln herunter. Ich fing es auf und schickte es ihm verdoppelt zurück. Er sagte nichts, zog nur charmant seinen Zylinder und war auch schon fort.

Die Luft war erfüllt vom süßen Duft blühender Linden, der sich harmonisch mit den verschiedensten Gerüchen mischte, die aus den Garküchen und offenen Feuerstellen herüberzogen. Als besonders prominent meldete mir meine Nase gerade ein würziges Aroma von Fenchel, Anis, Honig und Ingwer, das dem großen Kupferkessel des Bonbonmachers entdampfte.

Ein paar Yards entfernt spielte eine Gruppe Musiker melancholische Weisen auf alten Instrumenten. Trommel, Laute, Flöte, Drehleier und Glockenspiel begleiteten den Gesang einer jungen Frau in einer Art Feenkostüm, die über eine engelsgleiche Stimme verfügte. Ich schloss die Augen, fühlte den Hauch der lauen Brise, die das Blätterdach über mir teilte und die frühsommerliche Sonne mal mehr, mal weniger an meine Haut ließ. Die Imagination einer mittelalterlichen Welt nahm mich ganz und gar gefangen, drohende Geldknappheit und Zukunftssorgen spielten gar keine Rolle mehr, und gelassene Zufriedenheit breitete sich in mir aus.

Plötzlich wechselten die Spielleute zu lustigen Stücken. Ich öffnete die Augen wieder, merkte, dass erst meine Zehen im Takt wippten, dann die Füße unruhig wurden und ich schließlich mit beiden Beinen den Rhythmus mitstampfte. Immer mehr Zuhörer versammelten sich, bis ich nur noch lauter bunte, vorzugsweise in Leinen und grobe Baumwolle gekleidete Hintern dicht vor mir im Takt schwenken sah.

Ein paar Akkorde später begannen die Leute zu tanzen. Wer, angezogen von der mitreißenden Musik, einfach so dazukam, wurde von irgendeinem Arm in den Kreis der Tänzer gezogen und musste unweigerlich mit. Der Trommelwirbel wurde schneller; immer schneller drehten sich die Tanzenden. Ich sah zu, bis sich auch mir ein Arm entgegenstreckte, der mich in einen Strudel aus purer, ausgelassener Lebensfreude riss.

Ich gestehe, ich vergaß Florence. Vergaß alles um mich herum, ließ mich schwenken, schaukeln, drehen von ständig wechselnden Partnern, deren lachende Gesichter aufschienen, schon wieder wechselten, verblassten, vergessen waren.

Wir tanzten, applaudierten frenetisch, spornten die Spielleute zu immer neuen, immer wilderen Rhythmen an, bis uns der Schweiß in Strömen lief und die Beine nach einer Pause schrien.

»Hört, liebe Leute, wir sind durstig, ihr seid durstig. Gewährt uns ein halbes Stündchen Ruhe, sendet uns zum Lohn eine Schankmaid mit erfrischenden Getränken. Dann wollen wir euch gerne wieder aufspielen«, ließ sich der Trommler, ein Mann mit einem gewaltigen Vollbart und mindestens so gewaltigem Bauch, vernehmen.

Ich fühlte mich angesprochen. Schließlich war ich hier und in meinem wirklichen Leben eine Schankmaid. Aber es eilten schon ein paar ähnlich bekleidete Mädchen herbei und brachten den Musikanten riesige tönerne Bierkrüge.

Die Menge zerstreute sich zögerlich, die meisten legten sich einfach ins Gras, wohl um den nächsten Auftritt nicht zu verpassen. Ich suchte mit den Augen die Menge nach Florence ab. Nichts. Ob sie immer noch bei der Wahrsagerin war?

»Möchtest du einen Schluck?«

Ich spürte eine Hand auf meiner Schulter und fuhr herum. Mein letzter Tanzpartner, ein junger Knappe hier, weiß der liebe Herrgott, was im wirklichen Leben, drückte mir ein Trinkhorn in die Hand, stieß mit seinem an. Dankbar hob ich es an die Lippen und trank in tiefen Zügen den kühlen, herben Johannisbeersaft.

»Wie heißt du, bist du allein hier?«, fragte er, als ich das Gefäß absetzte.

»Ich bin Hope. Und mit zwei Kommilitonen hier. Wer bist du?«

»Benjamin. Im wahren Leben studiere ich Archäologie im zweiten Jahr am Birkbeck College in London. Aber dieses Wochenende bin ich ein anderer Mensch, ein anderer Charakter. Ich diene meinem Herrn, der leider nach dem letzten Schwertkampf etwas lädiert im Sanitätszelt liegt. Also habe ich frei. Wollen wir uns zusammen ein bisschen umsehen?«

Er war ein netter Kerl. Genau das, was ich ein Milchgesicht nennen würde. Er wirkte höflich und harmlos. Zweifellos ein geeigneter Begleiter, wenn ich denn allein hier gewesen wäre. Aber das war ich nicht. Und ich wurde immer unruhiger, wollte ich doch keineswegs Florence verlieren. Benjamin stand mir genau im Blickfeld auf das rot-goldene Zelt. Ich peilte über seine Schulter hinweg an ihm vorbei. Das interpretierte er offenbar falsch.

»Oh, entschuldige. Ich wollte nicht aufdringlich sein. Du suchst jemanden. Bestimmt deinen Freund, oder?« Er schaute mich betrübt an.

»Nein, meine Freundin Florence ist vor dem Auftritt der Spielleute zur Wahrsagerin hineingegangen. Ich muss sie suchen, ehe sie in diesem Riesenameisenhaufen hier untertaucht. Wir haben sicher eine halbe Stunde getanzt. So lange kann es ja nicht dauern, sich die Handlinien lesen zu lassen.«

Benjamins Gesichtsausdruck wirkte erleichtert. »Bei dieser Wahrsagerin kann es manchmal durchaus dauern. Sie ist berühmt dafür, sich viel Zeit zu nehmen. Aber so lange? Nein, glaube ich nicht. Soll ich mitsuchen?«

Da war mir zu viel Hoffnung in seinen blassblauen Augen. Dass er sich den Charakter eines Knappen ausgesucht hatte, um in dieser mittelalterlichen Welt eine geeignete Position zu bekleiden, passte exakt zu ihm. Er war einfach der servile Typ, und ich muss zugeben, nicht unbedingt auf diese Art Männer zu stehen. Ich wollte ihn jedoch keinesfalls verletzen, also erklärte ich, dass ich zwar allein auf die Suche gehen wolle, aber dennoch gern wüsste, wo er später wiederzufinden wäre. Natürlich. Ganz in der Nähe seines Herrn und Meisters, im Umfeld des Sanitätszeltes am Eingang des Festgeländes, würde er sich aufhalten. Ich warf ihm noch eine Kusshand zu, bedankte mich und ließ ihn stehen.

Eine Weile wartete ich noch direkt vor dem Zelt und fühlte Benjamins Blicke in meinem Rücken. Aus den Augenwinkeln sah ich, dass er sich nicht wegbewegt hatte. Drinnen war es mucksmäuschenstill, von Florence draußen weiterhin keine Spur. Ob sie längst fertig war und bereits selbst auf der Suche nach Brian und mir? Oder doch noch da drinnen?

Zehn Minuten später wurde es mir zu dumm. Ich würde jetzt nachsehen. Entschlossen teilte ich die Stoffbahnen und trat in das rot-goldene Halbdunkel.

DIE GLASKUGEL

Hauchdünne Gazeschleier versperrten den tieferen Einblick ins Innere. Goldgelbe, dann satt zarenrote, jetzt wieder goldene Gespinste, Schicht um Schicht drang ich weiter vor. Ein Duft, irgendwo zwischen frisch gemähtem Gras, Jasmin und einer Note, die mir zwar bekannt vorkam, die ich jedoch nicht genau identifizieren konnte, lag in der Luft. Ich spürte, wie er meine Sinne benebelte.

Nachdem ich den letzten Schleier gelüftet hatte, stand ich direkt vor ihr. Sie war allein, saß hinter dem niedrigen Tisch auf einem spartanischen Schemelchen. Nicht gebeugt, nein, ganz aufrecht; nur den Blick hielt sie gesenkt. Ich räusperte mich, wollte grüßen, nach Florence fragen, hatte die Worte bereits geformt, als sie aufsah. Ich bekam keinen einzigen Ton heraus. In ihren Augen lag die Weisheit der ganzen Welt. Sie war nicht die herausgeputzte sexy Wahrsagerin, die man normalerweise auf Jahrmärkten präsentiert bekam. All meine diesbezüglichen Vorbehalte räumte ein einziger Blick in diese goldgesprenkelten grünen Augen aus, die von unzähligen tiefen Falten umgeben waren und eine Wärme und Klugheit ausstrahlten, wie ich sie noch niemals bei einem Menschen gesehen hatte.

Gegen den Hintergrund aus aufgespanntem, tiefdunkelrotem Samt leuchtete ihr sorgsam frisiertes weißes Haar beinahe wie ein Heiligenschein. Die feingliedrige Gestalt umhüllte ein schlichter silbergrauer Mantel, ähnlich einem geradlinig geschnittenen Kimono – einzig geschmückt von einem breiten schwarzen Seidengürtel. Aus weiten Ärmeln lugten zarte, über und über von lichtblauen Äderchen bedeckte Hände hervor, die locker gefaltet auf der Tischplatte ruhten.

»Wie schön, dass Sie da sind, Hope. Bitte, nehmen Sie Platz.«

Ihre Stimme war klar und, obwohl sehr leise und sanft, von einer seltsamen Nachdrücklichkeit, die keinerlei Zögern in mir aufkommen ließ.

Sprachlos vor Staunen setzte ich mich ihr gegenüber. Woher kannte sie meinen Namen? Hatte Florence ihr etwa erzählt, dass ich kommen würde? War denn meine Ablehnung vorhin nicht eindeutig gewesen? Hatte sie mich dennoch angekündigt?

»Wir müssen Ihre Zukunft planen, Hope«, sagte sie nun, als sei es das Selbstverständlichste der Welt.

Wer mich kennt, weiß, dass niemand außer mir selbst meine Zukunft plant. Ich höre mir höflich allerhand Ratschläge an, beziehe sie durchaus in meine Überlegungen ein, aber die Planung meiner Zukunft, die mache ich gemeinhin letztlich ganz alleine. Da bin ich ausgesprochen eigen. Komischerweise gingen mir zwar genau diese Gedanken im Kopf herum, aber es regte sich nicht die leiseste Spur von Auflehnung in mir.

Gut. Wir würden jetzt also meine Zukunft planen.

Es erschien mir vollkommen selbstverständlich, dass sie nun hinter sich griff und eine Glaskugel von enormer Größe auf das Tischchen stellte. Unter anderen Umständen, so viel war sicher, wäre ich jetzt in haltloses Gelächter ausgebrochen. (Eine Glaskugel, also bitte!) Hier und heute tat ich das nicht.

Ich starrte fasziniert in die gläserne Leere und sah ihr dabei zu, wie sie mit entrücktem Gesichtsausdruck die filigranen Hände darüber hielt. Neben mir hätte eine Bombe detonieren können, ich hätte es wahrscheinlich nicht einmal bemerkt, so konzentriert war ich.

Mit sachten, streichenden Bewegungen ließ sie ein Bild in der Kugel entstehen. Eines, das mir für ein Einatmen das Blut in den Adern gefrieren ließ. Um dann mit überwältigtem Ausatmen schneller zu fließen als je zuvor. Ich sah das Haus! *Mein* Haus, das ich jahrelang in meinen Träumen gesucht hatte.

Sie öffnete mir die Tür, ließ mich eintreten, mich umsehen. Ich erkannte die riesige Halle, wusste den Weg, folgte der zweiläufigen breiten Treppe in den ersten Stock hinauf, ging, nein, rannte einen dunklen Korridor entlang bis zum Ende und stand vor der verschlossenen Tür. Mit klopfendem Herzen öffnete ich sie und befand mich in der beeindruckenden Bibliothek. Dunkle Edelholzregale bis hinauf unter die kunstvoll bemalte Decke.

Da! Gegenüber dem Eingang die Galerie. Genau so, wie ich es ein einziges Mal geträumt und jahrelang in meinen Albträumen gesucht hatte.

Dort oben, erreichbar über eine Wendeltreppe, eine Tür. Nicht *eine* Tür. *Die* Tür!

Ich durchflog den Raum, kaum berührten meine Füße das herrliche Intarsienparkett, hetzte die Stufen hinauf. Jetzt hörte ich Stimmen in höchster Erregung. Eine gellend hohe, verzweifelte weibliche Stimme und sanft, beschwichtigend einen Bariton.

Mein Puls raste, der Atem ging mir im Stakkato, mein Moment war gekommen, keine Sekunde zu vergeuden. Ich griff nach dem Knauf.

Doch was? Was ging hier vor?

Mein Blick trübte sich, ich riss die Augen auf, rieb mir die tränenden Winkel, hörte, wie ein entsetztes Schluchzen aus meiner Kehle kam. Ich sah schlechter, immer schlechter. Bis ich erkannte, dass Rauch, vielleicht auch ein grauer Nebel, das Innere der Kugel trübte, das Bild immer unschärfer wurde, schließlich verschwand.

»Nein!«, schrie ich.

Und war zurück im Hier und Jetzt.

Ich wollte hinfassen, festhalten. Aber sie fing meine Hände ein, ehe ich das Kristall erreichen konnte, packte sie ganz fest, aber streichelte mich beschwichtigend.

»Geduld, Hope, Geduld. Bleiben Sie ganz ruhig sitzen. Was ich Ihnen jetzt zeige, sehen Sie nur ein einziges Mal. Konzentrieren Sie sich. Nur Sie werden es sehen können, und niemand außer Ihnen wird etwas damit anfangen können. Sind Sie bereit?«

Wie in Trance nickte ich.

Wieder strich sie mit den Händen, nur Millimeter vom Glas entfernt, über die Kugel. Noch immer schien diese mit undurchdringlichem Dunst gefüllt. Doch jetzt, plötzlich, entstand ein Wirbel, ein Tornado, im Inneren. Aus der Tiefe des Raumes saugte er kreiselnd etwas hervor. Noch konnte ich nicht erkennen, was es war, aber es kam näher, immer näher, bis es einem Blatt gleich, das der Herbststurm an eine Fensterscheibe klatscht, kleben blieb. Auf welkem, gelblichem Zeitungspapier erkannte ich eine altertümliche Annonce:

```
Geboten   wird   die   Position   einer
Hauslehrerin.             Bewerbungen
ausschließlich persönlich.
    Midnight, Midnight 7, Grafschaft
Kent.
```

Dann war es weg. So plötzlich, wie es erschienen war. Die Kugel war leer.

Und zu meinem Entsetzen war ich allein.

DIE MONDE

Gebannt starrte ich noch eine ganze Weile die Kristallkugel an. Wo war die Wahrsagerin geblieben? Hinter einem der Gazegespinste verborgen? War es nur ein Spuk gewesen, der mich genarrt hatte? Ich stand auf, schlug einen um den anderen Schleier zur Seite und fand: nichts!

Benommen blinzelnd trat ich hinaus in die blendende Helligkeit.

Florence stand dort und wartete auf mich. Ganz offensichtlich war sie auf hundertachtzig. »Puh, du hast aber ganz schön lange gebraucht bei dieser komischen Fake-Zigeunerin.«

Zigeunerin? Sie hatte mich an alles Mögliche erinnert, aber ganz sicher nicht an eine Zigeunerin.

Florence ließ gar keine Erwiderung zu, sondern sprudelte sofort weiter ihre Missbilligung heraus: »Hat sie dir auch aus der Hand gelesen und behauptet, du würdest in Kürze heiraten und sieben Kinder bekommen? Fünf Pfund hat sie mir für ihren Hokuspokus abgeknöpft. Vorkasse! Ganz schön happig für zehn Minuten. Ich wollte dich eigentlich warnen, aber du warst verschwunden. Echt war die doch auch nicht, oder was denkst du? Außerdem kriege ich den aufdringlichen Gestank von dem Kraut, das sie da drinnen verräuchert, gar nicht mehr aus der Nase. Schnupper mal, hat sich total in meine Klamotten gehängt.«

Sie hielt mir ihren Ärmel hin. Tatsächlich. Ein Geruch von Patschuli und Moschus, wie auf einem orientalischen Bazar. Ein unerhörter Verdacht keimte in mir auf. Ich hatte weder Patschuli noch Moschus wahrgenommen. »Wie hat sie denn ausgesehen, deine Wahrsagerin, Florence?«

»Na, wie diese Wahrsagerinnen immer aussehen. Ich schätze, so Mitte, Ende zwanzig, orangerotes Flattergewand, schwarzes Haar, Riesen-Creolen, klimpernde Armreifen, geschminkt bis zum Abwinken.«

Ich bekam nichts weiter heraus als »Mein Gott!« und sah mich Florences verständnislosem Gesichtsausdruck gegenüber. Sollte ich ihr erzählen, wem *ich* begegnet war? Einerseits wurde ich das Gefühl nicht los, dass das, was ich im Innern des Zeltes erlebt hatte, niemanden – nicht einmal meine beste Freundin – etwas anging. Andererseits musste ich eine Erklärung liefern und stammelte mir eine schnell erdachte zurecht: »Ich meine … na ja, Florence … also, auch so jemand wird im Laufe des Tages hin und wieder auf die Toilette müssen oder was essen gehen wollen. Wahrscheinlich hat das Zelt einen Hintereingang, und die wechseln sich zu zweit ab. Meine war jedenfalls ziemlich alt und wirklich nett.«

Die Begründung gefiel mir. Und zwar nicht nur Florence gegenüber. Sie war so logisch und einfach, dass sie durchaus geeignet war, auch meine höchst angespannten Nerven zu beruhigen, und genauso plausibel wie die Sache mit der unterschiedlichen selektiven Wahrnehmung im U-Bahn-Schacht.

Florence kicherte. »Und? Erzähl mal, wie viele Kinder kriegst du?«

Ich konnte befreit mitlachen. »Davon hat sie nichts gesagt,

aber sie hat mich auf ein Jobangebot in Kent aufmerksam gemacht.«

»Das ist ja irre. Also sozusagen praktische Zukunftsmusik à la Stellenvermittlung? So was kann in deiner Situation natürlich wirklich fünf Pfund wert sein. Um was handelt es sich denn?«

Florences Reaktion war so sehr von dieser Welt, so wunderbar unbekümmert und arglos. Ich musste weder mehr über diese merkwürdig altertümliche Annonce erzählen noch erwähnen, dass ich keinen Penny gezahlt hatte.

»Es wird eine Hauslehrerin gesucht. Vielleicht nicht unbedingt das, was ich mir als Traumjob ersehne, aber immerhin ein Berufseinstieg. Ich werde mich auf jeden Fall dort vorstellen. Allemal besser, als gar nichts in der Hand zu haben. Vielleicht habe ich ja Glück und bekomme die Stelle. Ich stünde auf jeden Fall ernstzunehmender da, wenn ich aus einem Arbeitsverhältnis heraus nach etwas Geeigneterem suchte, als wenn ich gleich nach Studienabschluss in die Mühlen der Arbeitsvermittlung geriete. Blöd ist nur, dass ich jetzt – abgesehen von der Prüfungsbescheinigung – noch gar keine Belege für meine Qualifikation habe.«

Florence hakte mich unter, und wir schlenderten den Kampfarenen zu, um nach Brian zu suchen. Sie war auf ganz andere Art von meinen Erläuterungen gefangen genommen als ich und ersann einen ausgesprochen vernünftigen Ausweg für dieses in ihren Augen winzige Problem.

»Es wird nicht lange dauern, bis die Briefe mit den Urkunden von der Uni kommen. Dann musst du die Leute eben vertrösten oder Professor Dawn bitten, dir vorab eine Bestätigung zu schicken. Daran soll es doch nicht scheitern.«

Na also. Alles ganz einfach und vollkommen unspektakulär.

～

Brian hatte großartig für uns vorgesorgt und drei Plätze in einem der kleineren Schlafzelte organisiert, die das Management für Besucher aufgebaut hatte. Außer uns hatte man nur noch einem netten Pärchen dasselbe Quartier zugewiesen, und wir genossen alle gemeinsam bis tief in die Nacht hinein den sternenklaren Abend vor dem Zelt im Schatten des gewaltigen Schlosses. Von blakenden Fackeln und einem spät aufgehenden, tief orangefarbenen Vollmond beleuchtet, wirkte das kleine Lager tatsächlich wie eine mittelalterliche Idylle.

Ich hielt mich mit dem Trinken eingedenk der scheußlichen gestrigen Erfahrung sehr zurück und begnügte mich den ganzen Abend lang mit nur zwei Bechern leichten Mets. Gegen zwei Uhr früh fühlte ich eine angenehme Bettschwere und hörte sehr deutlich den Lockruf meiner spartanischen Isomatte.

Allein im dunklen Zelt, öffnete ich die unzähligen Häkchen meines Kostüms. Als ich die puffärmelige Bluse über den Kopf ziehen wollte, spürte ich einen Widerstand an meinem Hals. Irgendetwas hatte sich in der Zierborte verhakt. Ich fühlte nach und stellte fest, dass es ein kleiner Anhänger an einer dünnen Kette war. Kalter Schweiß trat mir auf die Stirn, ich stieß einen spitzen Schrei aus. Was war das, und wie kam das da hin? Ich trug niemals Halsketten, und das Vorfinden einer solchen erzielte bei mir ungefähr denselben Effekt, den manche Menschen kennen, wenn sie plötzlich eine festsitzende Zecke an sich entdecken.

Florence kroch herein. »Was ist los? Spinnen? Ameisen im Schlafsack? Oder schon wieder schlimme Träume?«

Mein Anblick musste lustig gewesen sein, denn ich kniete, die Bluse ungefähr wie eine Schlafmütze halb über den Kopf gestülpt, reichlich verkrampft da, nestelte ungeschickt an dem kurzen Kettchen und kriegte es einfach nicht los.

»Oh, warte, ich helf dir … Nicht ziehen, sonst machst du alles kaputt.«

Florence rückte mich in den schwachen Lichtschein, der durch den zurückgeschlagenen Zelteingang fiel, und befreite mich.

»Wow! Hübsch, wirklich total hübsch«, rief sie begeistert. »Ist mir vorhin noch gar nicht aufgefallen. Hast du die neu? Seit wann trägst du Schmuck? Ein Geschenk deiner Eltern zum Master? Sicher schon früher geschickt und du durftest es erst jetzt auspacken? Wie süß von ihnen!«

Ich nickte stumm.

»Dann schlaf schön, Liebes, und träum was Nettes. Ich komme auch bald.«

Florence war weg, und ich fischte den kleinen Kosmetikspiegel aus meinem Rucksack. Ganz vorsichtig, damit niemand mein Tun entdeckte, schob ich noch einmal den Eingang einen Spaltbreit auf. Mondlicht und Fackelschein reflektierten ein außergewöhnliches Schmuckstück. Am Kettchen hing ein goldener Sichelmond, dessen untere Spitze ein funkelnd klarer Stein zierte.

Eigentlich hätte ich sehr früh am Morgen starten wollen, aber Brian und Florence ließen mich einfach nicht gehen. Es gab noch so viel zu bestaunen, die Endausscheidungskämpfe der martialischen Krieger standen aus, und da ich auf Brians Freundlichkeit und seinen Wagen angewiesen war, um von hier aus zum weit entlegenen Bahnhof zu kommen, musste ich mich bis zum Nachmittag gedulden. Es fiel mir schwer, denn kurz vor dem Einschlafen hatten meine Gedanken Purzelbäume geschossen. Alles ganz einfach und vollkommen unspektakulär? O nein! Hier ging so vieles nicht mit rechten Dingen zu. Bereitwillig hatte ich mich darauf eingelassen, meine Vernunft immer wieder neue Erklärungen für die merkwürdigen Zufälle ersinnen zu lassen. Und vordergründig, sehr vordergründig, fühlte ich mich jedes Mal beruhigt, wenn Ratio über Emotion gesiegt hatte. Allein, diese Siege führten nie zu einem dauerhaften Frieden in meinem aufgewühlten Herzen. Ich suchte. Suchte seit Jahren. Und ich wollte ein für alle Mal finden, wonach ich suchte.

Immerhin hatte ich während der Wartezeit doch noch Gelegenheit, mir ganz allein die wundervollen Parkanlagen in Ruhe ansehen zu können. Ich hatte mir den Rosengarten ausgesucht und schlenderte über die säuberlich geharkten Kieswege. Der erste Flor des Frühjahrs war von überwältigender Schönheit, die Duftsinfonie brachte meine Nase zum Schwelgen. Ich spazierte zwischen den Rosenstöcken und las auf kleinen Messingschildchen die Namen, Angaben zu den Züchtern und kurz gefasste Anekdoten zu jeder einzelnen Sorte. Eine satt rosafarben blühende Art trug den überraschend passenden Namen *High Hopes*. Lächelnd ließ ich mich auf der steinernen Bank in einer offenen Laube nieder, die diese Namensvetterin üppig berankte, hielt das Gesicht der warmen Morgensonne entgegen und schloss die Augen.

Irgendwo in der Ferne setzte Violinspiel ein. So virtuos, wie ich es nur von einer ganz bestimmten Musikantin kannte. Warum überraschte mich das gar nicht? Ich lauschte und meinte, *Mozarts E-Dur-Adagio* zu erkennen. Die Rosen, der Duft, die Wärme, die wundervolle Musik. Was für ein Fest für meine Sinne!

Bis zur Mitte des Stückes genoss ich. Dann war ich sicher, dass sie es wirklich sein musste, und wollte meine Vermutung bestätigt sehen. *Sie* wollte ich sehen! Und mich endlich einmal gebührend bei ihr bedanken. Was lag näher, als dies mit einer voll erblühten *High Hopes* zu tun? Ich stach mir schmerzhaft den Daumen blutig, aber ich hatte eine makellose Schönheit gepflückt, die ihrer Kunst würdig war. Eilig strebte ich der Musik zu, knipste im Laufen die widerborstigen Dornen vom Stängel ab und stand schon vor ihr. Unsere Blicke trafen sich, multiplizierten unser beider strahlendes Wiedererkennen zu einem ernstzunehmenden Konkurrenten im Wettstreit mit der Sonne.

Keine Fremdheit war zwischen uns, als sie die Violine absetzte und mich völlig selbstverständlich begrüßte: »Wie schön, wie wunderschön, dich hier zu treffen. Du hast alle, alle Störenfriede besiegt und bist nun auf dem richtigen Weg.«

Zweifellos meinte sie meine bestandene Prüfung! Ich nickte lächelnd und reichte ihr die Rose. »Alles hat wunderbar geklappt, und vielleicht habe ich sogar Aussichten auf die erste Anstellung. Ich fahre noch heute Nachmittag nach Kent, genauer nach …«

Sie unterbrach mich, legte lächelnd den Zeigefinger an die Lippen, schüttelte den Kopf, »Psst!«, nahm mit entzücktem Gesichtsausdruck die Blume aus meiner Hand entgegen und entdeckte meinen blutenden Daumen. »Oh, meinetwegen … meinetwegen hast du dich verletzt. Ich danke dir, danke dir sehr!«

Sie pustete mit gespitzten Lippen auf die kleine Wunde und wies in den azurblauen Himmel. »Schau, da oben. Weg, schon weggeflogen, der Schmerz.«

Ich stutzte. Genau so hatte es meine Großmutter gemacht, wenn ich mir als kleines Mädchen wehgetan hatte. Und es hatte immer funktioniert. So, wie es auch heute funktionierte. Der kleine, scharfe Schmerz hatte sich aufgelöst. Übrig blieb nur das silbrig irisierende Licht in ihren blauen Augen. Dieser Blick blieb für einen Moment an meiner Halsgrube hängen.

»Gut, sehr gut, du hast es«, sagte sie sehr ernsthaft.

Ich atmete tief durch. Sie wusste etwas davon? Wie konnte sie?

»Es ist wunderschön, aber ich habe keine Ahnung, woher es kommt, noch womit ich es verdient habe. Du?«

Sie legte den Kopf schief und lächelte nun so verschmitzt, wie es Ränkespieler beim Ersinnen einer amüsanten List tun. Aber aufklären tat sie mich nicht.

Kurz vor drei Uhr setzten mich Brian und Florence in den Zug nach Penshurst und winkten mir noch so lange zu, bis sie außer Sichtweite gerieten. Mein Abteil war menschenleer und ich allein mit meinen Gedanken und Plänen. Gleich heute noch wollte ich versuchen, mich vorzustellen. Es erschien mir sinnvoll, mich in Penshurst nach einem Gasthaus umzusehen, um die Nacht dort zu verbringen und morgen mit dem ersten Zug zu meinen Eltern nach Cornwall zu fahren.

Midnight war nur ein winziger Fleck auf der Karte und lag etwa eine Meile von der Bahnstation entfernt. Tatsächlich waren als Dorfkern nur eine gute Handvoll Häuser zu erkennen. Ein weiteres, etwas abgelegenes Anwesen mochte in der Satellitenversion auf meinem Smartphone von dichten Bäumen umstanden sein, sodass sich Gebäude nicht einwandfrei ausmachen ließen. Aber es führte definitiv ein schmaler Weg dorthin. Wo genau mein Ziel lag, wollte ich einfach im Ort erfragen.

Kent, der sogenannte »Garten Englands«, nahm den Zug, in dem ich saß, in seine grünen Arme, und je näher ich meinem Ziel kam, desto aufgeregter, beinahe fiebrig nervös fühlte ich mich. Die Fahrt führte über sanfte Hügel, durch verträumte Täler, vorbei an kleinen, ländlichen Fachwerkorten. Penshursts Bekanntheit rührte offenbar insbesondere von gleich zwei uralten Adelssitzen, die ob der Schönheit ihrer Gartenanlagen und der Pracht einiger Innenräume bereits öfters als Kulissen für Verfilmungen Shakespeare'scher Königsdramen genutzt worden waren. So viel zumindest konnte ich den Touristeninformationen entnehmen, mit denen ich mich abzulenken versuchte.

Zwar wiesen schon am Bahnhof Schilder den Weg zu den Sehenswürdigkeiten, aber obwohl ich gerne irgendwann einmal einen Blick auf Tonbridge Castle und Penshurst Place werfen wollte, galt mein Interesse jetzt nur noch dem eiligen

Erreichen von Midnight 7. Ich musste mich sputen, wollte ich mich noch heute dort vorstellen.

Noch stand die Sonne hoch am Firmament. Und ich hatte Glück, denn in einem schmalbrüstigen, über die Jahrhunderte windschief gewordenen Häuschen nahe des Zentrums von Penshurst fand ich eine preisgünstige Bed-and-Breakfast-Unterkunft für die Nacht. Die Eigentümerin der Pension erinnerte mich schwer an Miss Marple. Nein, nicht an die hagere Miss Marple, die Agatha Christie erfunden hat, sondern an Margaret Rutherford aus den Verfilmungen. Sie hieß weder Marple noch Rutherford. Aber Miss Brooke (Betonung auf Miss!) nahm mich als Hausgast beinahe auf wie ein Enkelkind, das sie (natürlich … Miss!) leider nie gehabt hatte, und zeigte mir mein Zimmer.

Ein romantischeres Plätzchen hätte ich wohl kaum finden können, denn meine Bleibe im ersten Stock schaute auf den gepflegten Garten hinaus. Eine vorwitzige dunkelrote Kletterrose hatte schon den Weg durch das weit geöffnete Butzenfenster in den Raum hinein gefunden, sich im zartgemusterten Vorhang verfangen und verströmte ihren herrlichen Blütenduft.

Munter schwatzte meine Gastgeberin, präsentierte mir das Gemeinschaftsbad, und quetschte mich über meine Herkunft, meinen Beruf, ja, sogar über meine Eltern aus. Ich antwortete ihr gerne und vergnügt. Froh, so willkommen zu sein.

»Machen Sie sich ein wenig frisch, Miss Austin, schließlich haben Sie eine lange Reise hinter sich. Ich richte inzwischen ein paar Sandwiches und Tee für Sie an. Sie müssen ja hungrig sein.« Sie zwinkerte mir zu und verschwand in einer Behändigkeit die Treppe hinab, die ich ihrem gewaltigen Hinterteil nie und nimmer zugetraut hätte. Ich rief ihr einen überschwänglichen Dank hinterher.

In welchem Jahrhundert mochte sie stehengeblieben sein, wenn sie meine anderthalbstündige Bahnfahrt als »lange Reise« bezeichnete?

Mir genügte eine kurze Katzenwäsche. Ich zog mich um und wählte meine fast nagelneuen weißen Nikes, saubere Jeans, weiße Baumwollbluse und darüber einen schlichten, dunkelblauen Pullover. Schließlich ging es um Kinder, da musste es nicht allzu steif sein.

Miss Brookes erwartete mich auf der kleinen Holzterrasse, die eine zierliche Pergola überspannte. Auch hier spürte man ihren grünen Daumen, denn zwischen den glänzenden Blättern der gewaltigen Buschrosen leuchteten die ersten mandarinorangen Blüten.

Ich hatte ganz gut aufgepasst in Hailshams Rosengarten, betrachtete und beschnupperte mit vorgeblichem Kennerblick die prächtigen Blumen und erwarb mir mit dem nächsten Satz Bewunderung und Zutrauen meiner Wirtin. »Miss Brooke, eine so stattliche *Lady Emma Hamilton* habe ich ja noch nirgendwo gesehen! Wie gelingt es Ihnen nur, Lord Nelsons Geliebte mehr als zweihundert Jahre nach der Schlacht bei Trafalgar derart perfekt zu erhalten?«

Miss Brooke blickte mich anerkennend an, dann prustete sie los und zwinkerte verschwörerisch. »Wissen Sie, wie ich das mache, Miss Austin? Ich verrat's Ihnen: Jedes Frühjahr kippe ich der Lady ausgiebig Pferdedung über die Füße!«

Meine neunmalkluge Bemerkung hätte auch nach hinten losgehen können, denn in Wirklichkeit verstand ich ja nicht allzu viel von Rosen. Aber ich hatte Glück gehabt und den Nagel auf den Kopf getroffen. Der Effekt war bemerkenswert, denn jetzt hatte sie mich zweifellos adoptiert und redete von nun an ohne Punkt und Komma. Innerhalb kürzester Zeit kannte ich alle Honoratioren der Stadt und ordnete sie hilfsweise als gedankliche Eselsbrücken den verschiedenen kleinen Köstlichkeiten zu, die meine Wirtin in der Kürze der Zeit für mich angerichtet hatte. Kresse-Sandwich – Bürgermeister Miller, Gurken-Sandwich – Pastor Scrubbs, Scones – Museumsleiter Conolly … und so weiter.

Sie forderte mich immer wieder auf, tüchtig zuzulangen,

und ich hatte meine liebe Mühe, ihr letztlich verständlich zu machen, dass ich längst satt sei und noch etwas Dringendes vorhabe, das nun keinen Aufschub mehr dulde. »Sind Sie so freundlich, mir zu erklären, wie ich von hier aus auf dem schnellsten Weg nach Midnight komme, Miss Brooke?«, bat ich. »Ich möchte mich nämlich noch heute Abend dort um die Stelle einer Hauslehrerin bewerben.«

Zu meinem Erstaunen glitt ein triumphierendes Lächeln über ihre Züge, und sie rückte mitsamt ihrem Stuhl etwas näher heran. »Nun sieh mal einer an! Hat es doch noch genützt, dass Millie Bowles dem Patterson Feuer unterm Hintern gemacht hat.«

Bowles? Ingwermarmelade – Grundschuldirektorin! So war das also. Offenbar würde ich extrem schlechte Schüler bekommen. Das konnte ja heiter werden.

»Ganz vertraulich, Miss Austin: Millie ist eine meiner Bridgeschwestern, verstehen Sie? Sie ist nicht nur eine äußerst engagierte, sondern auch höchst couragierte Lehrerin und hält häufig nicht hinterm Berg, wenn einer ihrer Schüler bedrohlich absackt. Steven Patterson spannt seine Kinder auf den Hopfenfeldern ein, statt sie täglich in die Schule zu schicken, wie es sich gehört. Letztens ist Millie persönlich nach Midnight gefahren und hat diesem Vater die Leviten gelesen. Wir haben uns zwar gefragt, wie ernst Patterson die Ermahnungen genommen hat, nachdem er Millie ja mit dem Traktor vom Hof gescheucht hat, aber anscheinend hat ihr Auftritt letztlich wohl doch genützt. Nehmen Sie sich vor ihm ein wenig in Acht, Miss Austin, er kann manchmal jähzornig werden, aber hinterher tut es ihm furchtbar leid. Und offensichtlich sorgt er sich ja doch um die Bildung seiner Kinder, wenn er nun annonciert hat.«

»Machen Sie sich keine Gedanken, Miss Brooke«, sagte ich im Brustton mutiger Überzeugung, die ich, ehrlich gestanden, nicht ganz so empfand, wie ich sie rüberzubringen versuchte.

Miss Brooke war mein etwas unsicherer Tonfall nicht

entgangen, und sie tätschelte mir das Knie. »Ganz so schlimm wird es schon nicht werden, Miss. Seit dem Tod seiner Frau tut er sich einfach ein bisschen schwer, die Kinder allein zu erziehen. Aber er ist im Grunde seines Herzens kein Unrechter. In diesem Haushalt fehlt eben eine Frau.«

Mit ziemlich gemischten Gefühlen tippte ich auf meine Uhr und erhob mich. »Ich muss mich beeilen, Miss Brooke. Schließlich wäre es nicht sehr höflich, nach Einbruch der Dunkelheit vorstellig zu werden. Bitte erklären Sie mir den Weg nach Midnight 7.«

»Patterson wohnt in Midnight 4. Sie wollen nach Midnight 4, habe ich recht?«

»Nein. Die Annonce gab eindeutig die Adresse Midnight 7 an.«

Alle Farbe wich aus ihren runden, rosigen Wangen. Ich war nahe daran, nach einem Riechfläschchen für sie suchen zu wollen, das sie zweifelsohne irgendwo bei sich haben musste, denn meine Gastgeberin drohte bei der bloßen Erwähnung dieser speziellen Adresse ohnmächtig zu werden. Ich sprang auf und fächelte ihr erst einmal mit einer Damastserviette Luft zu. Gott sei Dank kam sie wieder ganz zu sich.

»Miss Brooke, um Himmels willen, was ist mit Ihnen?«

Sie schnappte nach Luft und hielt sich krampfhaft mit einer Hand die Kehle. Dann schüttelte sie heftig den Kopf und flüsterte: »Midnight 7 existiert nicht mehr. Existiert schon seit über hundert Jahren nicht mehr!«

DREI

DIE ANKUNFT

Es dauerte einen Augenblick, bis ich vollständig erfasste, was sie da gerade gesagt hatte. Dann begannen Überlegungen in meinem Kopf zu kreisen, die versuchten, das ganze Ausmaß des soeben Erfahrenen in sinnvolle Zusammenhänge zu bringen. Mein auf »analytisches Denken« getrimmter Kopf stellte zunächst zwei Fragen: Wie sollte ich eine Adresse erreichen, die seit hundert Jahren nicht mehr existierte? Und vor allem: Warum sollte ich sie überhaupt erreichen *wollen*?

Ich erkannte glasklar, dass es keinen Sinn mehr hatte, um die Antworten noch länger herumzuschleichen wie die Katze um den heißen Brei, denn sie hatten in den vergangenen Stunden begonnen, exakte Formen anzunehmen. Ich war nämlich durchaus nicht mehr sicher, dass all die merkwürdigen Umstände, die mir in den letzten Monaten begegnet waren, nur zufällig eingetroffen waren. Im Gegenteil. Ich war mir sehr sicher, dass es keine Zufälle gewesen waren. War dies der Moment, den meine Großmutter Charlotte damals gemeint hatte, als sie mir nur wenige Tage vor ihrem Tod das Versprechen abnahm, stets alle Sinne für eine ganz besondere

Aufgabe offenzuhalten? Spätestens seit der letzten Begegnung mit meiner Musikerin heute Vormittag schwante mir, dass es etwas zwischen Himmel und Erde geben musste, das letztlich doch nicht so einfach mit dem vernünftigen Menschenverstand erklärbar war. Mehr und mehr hatte ich den Eindruck gewonnen, es *könnte* ... Herrgott, warum gestattete ich mir noch immer nicht, mir selbst zuzugeben, dass es keinen Sinn mehr hatte, im Konjunktiv zu denken? Tatsache war: Jemand, oder etwas, schickte mich, und wirklich explizit *mich,* nach Midnight 7!

Wahrscheinlich hätten die meisten Menschen Angst vor dem gehabt, was ihnen möglicherweise drohen könnte. Miss Brookes heftige Reaktion, in sicherer Entfernung von dieser Adresse, die es angeblich nicht mehr gab, und gemütlich daheim auf ihrer blütenumkränzten Terrasse sitzend, hätte mich erschrecken, warnen, ja, abhalten können.

Aber so war es nicht.

Mein Drang, an dieses Ziel zu kommen, war übermächtig und ließ keinen Raum für Zweifel oder gar Kneifen. Nicht zuletzt hatte das wohl damit zu tun, dass ich mich immer dann, wenn mein Kopf mir doch Unsicherheit einimpfen wollte, an zwei Augenpaare erinnerte. Die ozeanblauen Augen meiner Geigerin und die goldgesprenkelten grünen der sanften Wahrsagerin. Beide waren liebevoll mit mir umgegangen. Und beide hatten mir so deutlich gemacht, dass ich gehen musste. *Musste!*

Ja, Grandma Charlotte, ich habe verstanden ..., schoss es mir durch den Kopf, und ein drittes Augenpaar schien mir aufmunternd zuzublinzeln. Meerblau und nie vergessen.

So hatte ich all meine Überzeugungskraft darangesetzt, Miss Brooke am Ende doch noch die notwendigen Hinweise zu entlocken, um mich zu Fuß auf den Weg nach Midnight machen zu können. Meinen eindringlichen Fragen nach genaueren Informationen jedoch war sie, plötzlich bemerkenswert verschlossen, penibel ausgewichen. Schließlich ließ sie mich ziehen. Nicht, ohne mehrfach das Kreuz über mir geschlagen zu haben und mit einem geradezu verzweifelt unglücklichen Gesichtsausdruck herauszupressen: »Passen Sie auf sich auf, Miss Austin! Und kehren Sie um Gottes willen wohlbehalten zurück!«

Die etwa anderthalb Meilen aus dem Städtchen hinaus waren nach der üppigen Mahlzeit eine willkommene Abwechslung. Meinen Rucksack auf dem Rücken, gegen eventuelle Abendkühle den Dufflecoat darauf geklemmt, schritt ich flott aus und genoss die Bewegung in der lauen Luft. Die schmale Nebenstraße verlief zwar beinahe schnurgerade, aber die leicht hügelige Landschaft bot doch alle paar hundert Yards einen neuen Eindruck. Zunächst führte sie zwischen Hopfenfeldern in hellem Grün entlang, dann erkannte ich in der Ferne die Dächer einer kleinen Ansiedlung – rechts ab von dem beschriebenen Waldsaum, an dessen zweitem Querweg ich links einbiegen sollte. Ich war guten Mutes und konnte mir ohne Weiteres vorstellen, in dieser Gegend für eine Weile eine Stelle anzunehmen. Wie schön würde es erst sein, wenn bald im Juni die abertausend bunten Hortensien blühten!

Ein Traktor überholte mich. Darin saß ein Mann, den ich auf ungefähr Ende dreißig schätzte. Er bog knapp vor mir in den eigentlichen Ort Midnight ab. Ob Steve Patterson der Fahrer war? Vielleicht sollte ich bei ihm vorsprechen, wenn ich den Job in Midnight 7 nicht bekam – oder, genauer bedacht, hoffentlich erledigt haben würde. Aber wer weiß, vielleicht würde er mich dann genauso vom Gehöft jagen, wie er es mit Millie Bowles getan hatte?

Derart waren meine Gedanken, als ich die letzte Anhöhe vor dem Waldrand hinter mir ließ. Der Himmel begann gerade, sich dramatisch zu verfärben, über den dunklen Baumwipfeln strahlte jedes Federwölkchen am Horizont in magischen Goldtönen. Einen Moment blieb ich stehen und betrachtete überwältigt das Naturspektakel. Dann schlug ich entschlossen den bezeichneten Abzweig ein. Ein Blick auf die Uhr sagte mir, dass ich für meinen Weg bisher nur zwanzig Minuten gebraucht hatte. Und es war das wesentlich längste Stück gewesen. Zehn, vielleicht fünfzehn Minuten später, ungefähr also eine Stunde vor dem endgültigen Dunkelwerden, würde ich wohl mein Ziel erreicht haben, rechnete ich mir aus.

Je tiefer ich in den Wald vordrang, desto düsterer wurde es. Einmal drehte ich mich noch um und konnte den letzten hellen Schein auf der Straße erkennen, doch hinter der nächsten Wegbiegung verschluckte mich graugrünes Dämmerlicht. Hatte ich noch gerade eben dem vielstimmigen Abendgesang der Vögel zwischen den Hopfenstangen gelauscht, so fiel mir jetzt plötzlich die absolute Stille auf. Kein Vogel sang, nur das leise Rascheln dürren Herbstlaubes aus vergangenen Jahren war bei jedem Schritt zu hören. Und mein eigener Atem, mein Herzschlag.

Niemand hatte mich bisher feige genannt. Ich war nie feige, bin immer schon mutig gewesen. Aber ich gestehe, mir war nicht mehr ganz wohl zumute. Immer zögerlicher setzte ich die Füße, spürte, wie fest ich den Kopf zwischen die Schultern gezogen hatte, wie starr mein Blick auf den Weg gerichtet war. Ich hielt an und sah mich um. Bäume. Glatte, dicke Stämme, wahrscheinlich Jahrhunderte alt. Hoch über mir die frühlingsgrünen Wipfel. Und merkwürdigerweise vollkommen unbelaubtes Unterholz. Eingangs des Waldes war mir dies noch nicht aufgefallen, aber gut, sagte ich mir, bei so wenig Licht, wie hier eindrang, war vielleicht längst alles tot.

~

Es musste diese spezielle Atmosphäre sein, die mir eine Begebenheit in den Sinn kommen ließ. Damals hatte sie mich zwar sehr beeindruckt, ich hatte ihr allerdings keine mich persönlich betreffende Bedeutung zugemessen. Ich muss ein bisschen ausholen. Ende Oktober vergangenen Jahres war das gewesen. Genau genommen am letzten Oktobertag, also an Halloween. Lisa, eine Kommilitonin, die sich in Studentenkreisen wegen ihrer ansteckend lustigen, manchmal ziemlich schrillen Art großer Beliebtheit erfreute, ließ verlauten, ihre Geburtstagsparty dieses Jahr ganz groß feiern zu wollen. Viele Berührungspunkte hatte ich bisher nicht mit ihr gehabt und war entsprechend überrascht gewesen, als sie auch mir zwei Tage vor der Party eine ihrer begehrten Einladungskarten in die Hand drückte.

Allein diese Kartenübergabe zeugte von Lisas ausgefallenem Sinn für Humor, denn sie tat das in der Mittagspause auf dem Rasen des Campus, wo wir bei herrlicher Oktobersonne lagerten, und quietschte bei jedem Aushändigen eines Umschlags mit einem Gesichtsausdruck voll irgendwie beunruhigend boshaft gesprenkeltem Vergnügen: »Nicht quetschen, nicht falten, warten!« Mit gespannten Mienen schauten wir sie an. Dann gab sie das Kommando: »So, jetzt alle zusammen. Vorsichtig öffnen!«

Sekunden später gellte vielstimmiges Kreischen über den friedlichen, goldbesonnten Campus, und die Mehrzahl der hübschen Klappkarten mit ihren grinsenden Kürbisgesichtern lag im Gras. Lisa wollte sich ausschütten vor Lachen. Den Jungs waren ihre Schreie sichtlich peinlich, die Mädchen schüttelten sich, manche kreischten immer noch, hüpften rum und hielten sich aneinander fest. Ich auch. Nein, ich kann mich da wirklich nicht ausnehmen, denn Lisa hatte offenbar alles an Spinngetier und hübsch hässlichen Käfern gesammelt, was die Fauna im Park ihres Elternhauses draußen in Esher hergab, und jedem Umschlag eine krabbelnd scheußliche Mischung hinzugefügt, die natürlich flugs entwich und von nun an den Campusrasen besiedeln würde.

Rasch waren die Biester verschwunden, die Karten wurden nach und nach aufgesammelt, die Gesichter entspannten sich, und ich weiß niemanden, der die Einladung zur Halloweenparty (Bitte nur ein einziges Geschenk: Kommt in Verkleidung!) nicht gern angenommen hätte.

In Verkleidung! Hm. Mein Ding war so was ja eigentlich nicht, aber ein bisschen Mühe musste ich mir schon geben, um die Gastgeberin nicht zu enttäuschen. Ich wusste, am Folgetag würde ich Frühschicht im Pub haben, ein schwer wieder zu entfernendes, dramatisches Theater-Make-up kam also eher nicht infrage. Folglich entschied ich mich für einen Hexenhut, den ich in der Auslage eines Billighökerers entdeckte. Nur wenige Schritte von unserem Haus entfernt bot er Chinawaren zu Dumpingpreisen an. Im selben Geschäft erstand ich einen schwarzen Umhang mit irgendwelchen aufgedruckten kryptischen Zeichen in Rot, dessen Clou aus einer Filzkrähe bestand, die auf Schulterhöhe festgenäht war und ständig auf ihren merkwürdigerweise gelben Schnabel kippte. Zur Vervollständigung meines Outfits lieh ich den riesigen Reisigbesen aus, mit dem Brian immer das Herbstlaub auf dem Gehweg vor dem Pub zusammenfegte, und malte mir mit Kajal ein düsteres Spinnweb ums Auge. Siebenundzwanzig Pfund fünfzehn waren weg. Drei Pfund kostete die Busverbindung raus nach Esher. Aber man gönnte sich ja sonst kaum mal etwas, also beschloss ich, meinen Frieden mit dieser Verschwendung zu machen und mich einfach auf die Feier zu freuen.

Hier war ich noch nie gewesen. Wusste lediglich, dass Esher als vornehme Gegend galt, hatte gehört, dass der Beatle George Harrison hier gewohnt und während der späten Neunzehnhundertsechziger und frühen Siebziger sein Tonstudio betrieben hatte, der Ort überdies mit dem Claremont House eine historische Sehenswürdigkeit besaß. Sowohl dem Sachsen-Coburger Leopold hatte es einmal als Wohnsitz gedient, bevor er belgischer König wurde, als auch dem französischen König Louis-Philippe, nachdem die Revolution 1848 ihn außer Landes gescheucht hatte. Von diesem Sightseeing-Objekt sah ich jedoch nichts, als mein Bus vor einem modernen Einkaufszentrum hielt, um in die nebelschwangere einsetzende Dämmerung lauter feierabendmüde Menschen aufs Pflaster zu entlassen. Ich schaute vorsichtshalber noch auf den ausgehängten Fahrplan, fand übereinstimmend mit den Angaben in der App heraus, dass der letzte Bus heimwärts sechs Minuten nach Mitternacht abgehen sollte, und setzte meinen Weg zu Fuß fort. Es sei nicht weit, vielleicht zehn Minuten, hatte Lisa gesagt und mir einen Maps-Link geschickt, an den ich mich nun hielt.

Tatsächlich erreichte ich die Nebenstraße ziemlich exakt in der vorausgesagten Zeit. Es war eine stille Straße, die Grundstücke offenbar riesig, die Villen standen allesamt zurückgesetzt in weitläufigen Parks, manche konnte man nur an den fernen Lichtern ausmachen, die durch dichte Hecken schimmerten, alles atmete vornehme Gediegenheit. Ganz im Gegensatz zum innerstädtischen Londoner Parkplatzchaos stand nicht ein einziges Fahrzeug auf der Straße. Zweifellos übernachteten hier die Autos hinter elektrisch betriebenen Toren in klimatisierten Garagen. Die drei, die mich überholten, waren Luxuskarossen. Eine davon, eine dieser unsäglich protzigen, rosafarbenen Stretchlimos, hielt ein ganzes Stück voraus und spuckte drei verkleidete Pärchen aus, die dem Gekreisch und Gelächter nach zu urteilen bestimmt schon seit ein paar Stunden für die Party »vorgeglüht« hatten. Rasch verschwanden sie in einer Einfahrt, die höchstwahrscheinlich zu Lisas Elternhaus gehörte. Kein Wunder, dachte ich, dass meine Kommilitonin es vorzog, während des Studiums bei den Eltern wohnen zu bleiben, und lieber die tägliche Fahrt in

Kauf nahm, anstatt sich in London eine Studentenbleibe zu suchen. Wirklich schick war es hier.

Die Nummer sechs strahlte solarbetrieben. Ich war richtig, betätigte den Knopf an der Gegensprechanlage, hörte Lisas fröhliche Stimme, sah das, was sie aus ihrem Gesicht gemacht hatte, auf dem Monitor, wich – wirklich ein wenig geschockt ob der Vermutung, die Zombieapokalypse sei nun doch angebrochen – einen Schritt zurück, hörte das Summen und drückte gegen die Pforte.

Lisa musste einen professionellen Maskenbildner bemüht haben. So eindrucksvoll hätte sie das nun ganz gewiss nicht selbst hinkriegen können, überlegte ich, während ich auf fackelbeleuchtetem Pflasterweg dem Lärm zustrebte. Dagegen kam ich mir absolut underdressed vor, und wie zur Bestätigung nickte der labberige Rabe auf meiner Schulter, bis ich stehenblieb und er seinen Schnabel wieder senkte. Aber es war nun mal nicht zu ändern.

Jeder Gast hatte alles gegeben, dessen er fähig war, stellte ich fest, nachdem ich mich unters Volk gemischt hatte. Manche trugen fantastische Kostüme, andere hatten sich, wie ich, lediglich halbherzig dem Partymotto genähert.

Den Vogel schoss allerdings jemand ab, den ich hier wahrhaftig nicht unter den Gästen erwartet hätte. Es war eine täuschend echt wirkende Hexengestalt mit allem Drum und Dran, und als ich genau hinschaute (wobei es ziemlich schwierig war, einen näheren Blick zu erhaschen, denn diese Figur war umdrängt von einer Horde Studenten männlichen Geschlechts), erkannte ich niemand anderen als Professor McCormick. Donnerwetter, nicht nur ihre düster verhext wirkende Bekleidung machte Eindruck, es war vor allem ihre Ausstrahlung! Einhundertfünfzigprozentig füllte sie ihre Rolle aus, und niemandem nahm man seine Kostümierung mehr ab als ihr.

Lisa schienen alle gleich lieb und recht zu sein, denn ihre

Begrüßung fiel für jeden überschwänglich aus, und wir hatten alle zusammen einen großartigen Abend.

Ich will nun nicht weiter ins Detail gehen – und damit zurück zum Ausgangspunkt meines kleinen Erinnerungseinschubs: Was mich nämlich genau in diesem Augenblick im finsteren Wald auf dem Weg nach Midnight 7 an diesen Abend erinnerte, war etwas, das erst geschah, nachdem ich die rauschende Feier verlassen hatte, um den letzten Bus zu erwischen. Vernünftig, wie ich nun mal bin, hatte ich mich frühzeitig auf den Weg gemacht, sah sogar noch den vorletzten Bus abfahren, rannte wie eine Irre, wedelte mit dem Besen. Und ärgerte mich ein wenig, ihn doch nicht mehr erreicht zu haben.

Außer Atem hockte ich mich also auf die Bank im Wartehäuschen, zog mein Handy aus der Tasche, checkte Mails und Neuigkeiten, vertrieb mir die Zeit, indem ich Lisas Facebook-Account aufrief und die frisch eingestellten Fotos betrachtete. Auf einem sah man sogar … – nein, nicht mich, dafür war meine Verkleidung nicht spektakulär genug – … aber immerhin im Hintergrund meinen Besen! Etwas an diesem Foto irritierte mich. Ich wusste nämlich noch genau, dass ich in diesem Augenblick schräg hinter Professor McCormick gestanden hatte. Ich konnte mich nicht getäuscht haben, denn ihr sehr spezielles, nicht überriechbares Parfum hatte mir beinahe den Atem geraubt. Nur … auf dem Foto sah man sie nicht!

Eine Viertelstunde noch, dann musste der Bus da sein. Ruhig lag der Platz, keine Menschenseele war zu sehen, der Nebel hatte sich verdichtet. Der gläserne Einkaufspalast mir gegenüber war längst geschlossen, abgesehen von der Leuchtreklame überm Eingang brannte kein Licht. Ich stöpselte meinen Ohrhörer ein, wählte Musik von meiner Lieblings-Playlist und starrte einfach so vor mich hin.

Bis … ja, bis etwas Sonderbares meine Aufmerksamkeit erregte. Erst dachte ich, die miserable Sicht oder vielleicht auch meine zunehmende Müdigkeit spielten meinen Augen einen Streich. Aber nein, da drin, hinter der gläsernen Fassade ging irgendetwas vor. Ich stand auf und steuerte langsam auf das zu, was ich mir nicht erklären konnte. Nicht erklären konnte, weil es nur Sekunden zuvor ganz sicher nicht da gewesen war. Aber doch! Ja, es bestand kein Zweifel. Je näher ich kam, desto weniger vernebelt, desto deutlicher sah ich, bis ich mir quasi die Nase ungläubig am Glas der Eingangstür plattdrückte.

Dunkelrot glühte Kohle in einem kupfernen Becken, ließ ab und zu knisternd, zischend Funkenregen aufstieben, brachte den blank polierten Marmorboden zum Glänzen, beleuchtete schwach die zwölf mächtigen Monolithen, die da – vermutlich ein Deko-Gag aus Pappe – im Rund angeordnet waren.

Vier Gestalten in langen, dunklen Kapuzenumhängen standen um eine Feuerstelle. Was waren das für Leute? Ein paar Halloween Feiernde, die sich einen Scherz erlaubten, oder …? Jetzt hielten sie sich an den Händen und murmelten minutenlang dumpf einen mystischen Singsang. Ich konnte kein Wort verstehen, aber es klang so unheimlich, dass ich hin- und hergerissen war zwischen dem Drang zu fliehen und einer unwiderstehlichen, fesselnden Faszination.

Ehe ich entscheiden konnte, lösten sie sich plötzlich voneinander. Meine Nerven waren aufs Äußerste gespannt, ich wagte kaum zu atmen, denn jetzt sprach einer, meine Neugier siegte, ich hoffte, etwas durch den Spalt zwischen den Türelementen verstehen zu können, spitzte die Ohren.

»Man hat keine Achtung mehr vor uns«, klagte leise ein dumpfer Bass.

»Wie kann man nur? Einfach ein Einkaufszentrum über einer uralten Kultstätte errichten … Das ist doch wirklich unmöglich!«, zeterte schrill und einwandfrei vernehmbar eine andere Stimme.

Bitte, wie? Kultstätte? Was erzählte die da? Waren diese

Mordssteine etwa doch massiv? Hatten die womöglich schon ewig hier gestanden?

»Alles ist heutzutage auf Kommerz und Oberflächlichkeit ausgerichtet. Seht euch das an, die Steine sind zur Dekoration verkommen«, kritisierte ein Sopran.

Aha! Also keine Pappe. Flüchtig schoss mir der Gedanke durch den Kopf, einmal wiederkommen und nachsehen zu wollen.

»Wir können die Sterne nicht mehr sehen. Nie, niemals in hundert Jahren hat man uns den Himmel über unseren Köpfen vorenthalten«, jammerte leise die vierte Stimme.

»Nun, meine Damen, wir werden uns den modernen Zeiten anpassen müssen. Und betrachten wir es doch einmal praktisch: Immerhin werden wir nicht nass, wenn der Himmel die Schleusen öffnet.«

»Immerhin werden wir *doch* nass, mein Bester! Dann nämlich, wenn unser Feuerchen zu groß wird und die Sprinkleranlage anspringt.«

»Und damit die städtische Feuerwehr auf den Plan ruft! Lasst uns die Kohlen auseinanderschieben. Ich habe kein Interesse daran, wegen groben Unfugs, Einbruchs, Hausfriedensbruchs, versuchter Brandstiftung, wer weiß, welch weiterer Delikte, die nächste Nacht in einer ungemütlichen Zelle verbringen zu müssen. *Meinem* Ruf zumindest würde das erheblich schaden.«

Wieso kam mir diese Stimme bekannt vor?

Nun glimmte das Feuer nur noch. Düster warfen die Steine ihre Schatten hoch hinauf in das kolossale Atrium aus Stahl und Glas.

»Mir behagt dieser Treffpunkt jedenfalls nicht mehr. Man hat ihn nicht entweihen können, aber man hat uns den würdigen Rahmen für unbekümmerte Zusammenkünfte gestohlen. Beschäftigen wir uns also kurz und knapp mit dem, was unausweichlich ansteht. Ich erwarte eure Vorschläge, Ladys.«

Stimmgewirr hob an. Vorwürfe wurden laut, Schuldzuweisungen empört abgestritten. Schwer zu verstehen, nur Fetzen bekam ich mit.

»So geht das nicht, Ladys! Eine nach der anderen. Und bitte konkrete, umsetzbare Ideen!«

Wieder erfüllten Gift und Galle den Raum, und ich lüge nicht, wenn ich sage, dass der Geruch brennender Kohle zu mir heraus drang.

»Du hast es versaut mit deinem Tick! Immer deine völlig unnötigen Wiederholungen!«, sagte laut und deutlich jene Stimme, die ich zu kennen glaubte.

»Und du, du hättest es gar nicht erst anrühren müssen!«, kam die Verteidigung der sanften.

»Hast du es bemerkt? Schon wieder! Und nun ist es geschehen. Du hast die Möglichkeit vertan, es wieder ins Lot zu bringen. Also lass dir etwas einfallen«, zickte es süffisant zurück.

Nun Stille.

Dann sehr kleinlaut die Stimme der Angeklagten. Die drei anderen offenbar ganz Ohr, denn ich erkannte im vergehenden Licht, wie die Kapuzenzipfel sich ihr zuneigten.

»Ich weiß, ich habe versagt, kläglich versagt. Und ich weiß auch, weiß genau, dass jetzt nur noch Unschuld heilen kann.«

»Pah, Unschuld! Hübsche Idee. Aber die wirst du nicht finden. Nicht heutzutage. Ich weiß, wovon ich rede.« Das war wieder die Zicke.

»Bitte! Gebt mir Zeit. Ich habe den Glauben an die Menschen noch nicht verloren. Lasst es mich wenigstens versuchen …«

»Du bekommst Zeit! Aber schaff die Sache aus der Welt«, dröhnte der Bass, der offensichtlich der Boss der Truppe war.

Keine Widerrede mehr. Sie waren – puff – genauso plötzlich verschwunden, wie sie gekommen waren. Nichts blieb als der letzte schwache Faden Rauch.

Ich stand starr. Was hatte ich da gerade erlebt?

In einer Halloween-Nacht war vielleicht manches möglich. Vieles würde eine ganz natürliche, logische Erklärung haben. Aber das?

Meine Überlegungen wurden von diesem charakteristischen Geräusch unterbrochen, das Busse machen, wenn sie bremsen und ihre Türen sich für Fahrgäste öffnen. Und ich rannte, um nicht die allerletzte Fahrgelegenheit zu verpassen.

Zurück im Hier und Jetzt. Auf dem düsteren Weg nach Midnight 7. Wenn ich es im Nachhinein betrachte, hätte mir die Erinnerung an jene Halloween-Nacht eigentlich ein paar Lichter aufgehen lassen müssen, aber zu diesem Zeitpunkt war dem noch nicht so. Lediglich die unheimliche Atmosphäre auf meinem Marsch durch den Wald hatte mich daran gemahnt. Immerhin aber den diffusen Verdacht erweckt, dass auch eben Geschildertes ganz direkt mit mir und meiner, nun … nennen wir es »Mission« zu tun gehabt haben könnte.

Ein Blick auf meine Uhr bewies mir, wie erschreckend weit die Zeiger vorgerückt waren. Wie konnte es sein, dass ich für die paar Yards beinahe eine ganze Stunde gebraucht hatte? Auf der Karte hatte ich doch mein Ziel in kaum einer Viertelmeile Entfernung zur Landstraße gefunden. Ich trieb mich zur Eile, hastete auf dem weichen Waldboden voran, bis ein Geräusch mich zusammenzucken ließ. Mein Kopf fuhr herum, und ich entdeckte eine Waldohreule, die sich auf dem dicken Ast einer Platane kaum gegen den steingrauen, wulstigen Stamm abhob. Aufmerksam musterte sie mich aus bernsteinfarbenen Augen.

»Guten Abend«, sagte ich und merkte, wie dünn und ängstlich meine Stimme klang.

Erheblich selbstbewusster tönte die Antwort der Eule. Das kurze »Huh« erinnerte mich an den ersten Ton, mit dem die Londoner Tauben ihren Ruf zu beginnen pflegen. Allerdings schien der Eulenwortschatz mit diesem einen Laut erschöpft. Großstadttauben, dachte ich, mussten vielleicht einfach gesprächiger sein, um in all dem Lärm nicht überhört zu werden. In dieser Stille war ein einziger Laut dieses offenbar ebenso einzigen Lebewesens, das die trostlose Einsamkeit mit mir teilte, schon viel wert. Ein paarmal noch konnte ich den Vogel animieren, mir das Gefühl tiefempfundener Verlassenheit zu vertreiben. Dann schaute er mich herablassend an und hob ab, um mit elegantem Schwung zwischen den Bäumen zu verschwinden.

Ich musste mich zusammenreißen weiterzugehen, denn inzwischen konnte ich kaum noch zehn Yards weit sehen. Murmelnd sprach ich mir Mut zu. »Nicht zurückschauen, Hope! Vor dir liegt das Ziel.«

Kaum hatte ich mit verhältnismäßig fester Stimme die Worte laut ausgesprochen, hatte ich es endlich erreicht.

Nun ja, *was* hatte ich eigentlich erreicht? Ich stand vor einem kolossalen schmiedeeisernen Portal. Dieses verwitterte, rostige Tor hatte gewiss schon erheblich bessere Zeiten erlebt. Jeden der gewaltigen Flügel zierte ein kunstvoll gearbeiteter, verschnörkelter Buchstabe. A und D, eingebettet in Kränze aus Hopfendolden. In kühnem Schwung überspannte es den Eingang zu einer Auffahrt, die sicherlich einmal leicht dreißig Fuß breit gewesen war. Nun aber war davon nur noch ein schmaler Durchschlupf im dichten, kahlen Gestrüpp auszumachen.

Hopfenzüchter, vielleicht Bierbrauer, überlegte ich, griff beherzt mit beiden Händen nach dem Knauf, drehte, zog, drückte, rüttelte. Das Tor war fest verschlossen. Großartig! Sollte ich hinüberklettern? Ich blickte hinauf zu den gefährlich scharf wirkenden Eisenspitzen, die den Bogen krönten. Nein, keine Option. Ich war nicht unbedingt unsportlich, aber die Aussicht, mir beim Übersteigen womöglich die Jeans zu zerreißen, um dann in völlig derangiertem Zustand bei meinem eventuellen Arbeitgeber aufzukreuzen, schien mir nicht gerade erstrebenswert. Ob es einen seitlichen Eingang gab? Ich tastete mich je ein paar Yards nach rechts und links am eisernen Zaun entlang. Dürre Brombeerzweige griffen nach meinen Kleidern, nach meinem Haar, hakten sich fest und wollten mich kaum wieder loslassen. Keine Aussicht auf Erfolg.

Dann probierte ich es mit Rufen. Irgendwo dort, hinter diesen ungepflegten dichten Sträuchern, musste schließlich der Mensch leben, dessen Annonce mich hergelockt hatte. Zunächst einmal, dachte ich mit aufkeimender Empörung, hätte dieser Dienstherr wirklich einen Gärtner suchen müssen, damit eine potenzielle Hauslehrerin wenigstens die Spur einer Chance bekam, überhaupt zur Vorstellung zu gelangen.

Niemand antwortete, und ich stellte fest, dass meine Angst vorläufig einer ziemlich handfesten Wut gewichen war. Ich rechnete die Ausgaben nach, die dieses offenbar nutzlose Unterfangen bereits verschlungen hatte, und ärgerte mich. War das alles hier doch nur ein schlechter Scherz? Warum bloß diese idiotische Forderung, nur persönliches Vorsprechen akzeptieren zu wollen? Aus welcher Zeit stammten denn diese Eltern, wenn sie noch nicht einmal eine Telefonnummer angaben? Und was hätte der ganze Zinnober gebracht, mich hierher zu »entsenden«, wenn ich schon am Tor auf unüberwindliche Hindernisse stieß?

Kurz: Ich war entsetzlich frustriert, und mein unverbrüchlich geglaubter Wille, diesem Geheimnis auf den Grund zu gehen, begann sich an den auftretenden Schwierigkeiten allmählich wundzureiben. Schließlich war es beinahe vollkommen dunkel geworden, und der Gedanke an den Rückweg durch den finsteren Wald ließ neue Furcht in mir aufsteigen.

Gut, noch ein Mal wollte ich den Torbeschlag genau untersuchen. Vielleicht klemmte er ja, eventuell musste man den Knauf nur etwas anders drehen. Ich probierte es. Wieder nichts. Dann schaltete ich das Licht am Handy an, beugte mich dicht über das Schloss, untersuchte es mit den Fingerspitzen. Auch diese Inspektion ergab keinen brauchbaren Hinweis. Entmutigt gab ich auf. In Gedanken schon beinahe auf dem Rückweg, umfasste ich die Gitter, lehnte niedergeschlagen meine heiße Stirn für ein paar Atemzüge gegen die kühlen, verwitterten Streben.

Ein leises, metallisches Klirren ließ mich auffahren. Im nächsten Augenblick spürte ich einen sachten Ruck in meinem Nacken. Ich griff mir ins Genick, fühlte auf der Brust nach. Das Kettchen war nicht mehr da, ich musste es zerrissen, verloren haben. Auch das noch! Wie schade, es war so hübsch gewesen. Ich bückte mich, tastete, leuchtete die Stelle vor meinen Füßen ab. Erkennen konnte ich nichts mehr auf dem dunklen, moosigen Waldboden. Mit dem Gefühl tiefsten Bedauerns richtete ich mich auf und entdeckte im fahlen Dämmerschein: Ohne auch nur den feinsten Laut vernommen zu haben, waren die Torflügel aufgeschwungen!

In rasendem Takt pochte mein Herz, ich hielt einen Moment inne, bis ich spürte, dass der Puls sich ein wenig beruhigte und ich den nächsten Schritt wagen konnte. Dann übertrat ich beinahe andächtig die imaginäre Schwelle der zugewucherten Auffahrt. Von nun an wollte ich schnell sein, ging nicht mehr, sondern lief. Rechts und links fassten verdorrte Zweige der kahlen Ligusterbüsche nach mir. Liguster ist für gewöhnlich ein ausgesprochen robustes Gewächs, was hatte diese kräftigen Pflanzen nur umgebracht, fragte ich mich, doch der Gedanke war schon beim nächsten Laufschritt vergessen. Weiter, weiter hetzte ich den Weg entlang, der immer schmaler wurde. Jetzt musste ich sogar stehenbleiben und die verfilzten Ästchen auseinanderziehen, um hindurchschlüpfen zu können.

War ich überhaupt noch auf dem richtigen Weg? War das hier überhaupt noch ein Weg? Ab und zu fühlte ich das Knirschen von Kieseln unter meinen Füßen. Niemand bestreute etwas mit Kieseln, das nicht ein Weg sein sollte. Nicht ein Weg *war*! Oder doch nur gewesen war? Ich blickte mich um, starrte in die fast vollkommene Dunkelheit und stellte fest, dass sich das Strauchwerk hinter mir wieder geschlossen hatte. Wie sollte ich später bloß wieder zurückfinden?

Mein Atem ging heftig, und mir fiel auf, wie kalt es plötzlich war. Trotz der körperlichen Anstrengung fror ich erbärmlich. Wie gut, dass ich meinen Dufflecoat mitgenommen hatte! Bis zum Hals knöpfte ich ihn zu, schob die Kapuze übers Haar, steckte die Hände in die Manteltaschen, fühlte die kleine Hexe an meinem Schlüsselbund, dachte lächelnd an den Moment zurück, in dem ich den Anhänger mit Florence zusammen auf dem Festival erworben hatte. Meine geliebte Wollfestung, alltägliches, vertrautes Utensil, und der nette Glücksbringer gaben mir tatsächlich neue Sicherheit.

Hatte ich noch vor wenigen Momenten die Augen aufs Äußerste anstrengen müssen, registrierte ich nun zu meiner Erleichterung, dass es heller geworden war. Zwischen den kargen Baumkronen konnte ich den fast vollen Mond aufgehen sehen.

Zwischen den kargen Baumkronen? Zum wiederholten Male fragte ich mich, warum hier alles unbelaubt war. Und was war es, das da auf den Zweigen der Büsche im Mondschein glitzerte? Ich streckte die Hand aus und berührte eine feine Eisschicht, die jeden Ast, all die dürren Reiser ummantelte.

»Willkommen im Winter, Hope«, hörte ich mich flüstern und entdeckte meinen Atem, der wie ein weißes Fähnchen vor dem Mund stehengeblieben war.

Na dann! Tief zog ich die Kapuze in die Stirn, senkte den Kopf und schob mich, den Blick auf den Boden gerichtet, stur geradeaus weiter voran. So lange, bis ich auf einmal keinen Widerstand mehr an mir zupfen und zerren fühlte.

Ich schaute auf. Das helle Licht des vollen Mondes durchdrang hier vollständig den abendlichen Dunst, und ich erkannte *mein* Haus. Nein, das Haus meiner Träume. Es stand auf einer Anhöhe, von wo aus es einen tiefen, langgezogenen Taleinschnitt überblickte. In einiger Entfernung entdeckte ich Wirtschaftsgebäude. Schwarz rahmte der Wald das silbergraue Bild, das sich mir bot. Dunkel hoben sich die Umrisse des dreigeschossigen Gebäudes gegen den sternenklaren Himmel ab. Zinnenbewehrte Türme, Erker, Schornsteine, glasierte Dachziegel, selbst die gewaltige eisenbeschlagene Eingangstür … alles entsprach bis ins Detail dem, was ich nur ein einziges Mal gesehen und seither in meinen Träumen so verzweifelt gesucht hatte. Ich hielt den Atem an. Spürte, wie trotz der Eiseskälte ein feiner Schweißfilm meine Hände in den Manteltaschen zu überziehen begann.

Eine breite, steinerne Brücke führte über einen an den Ufern gefrorenen Bach in den Hof. Dort stand der Brunnen im Rondell. Bissiger Frost hatte die übermannshohen Figuren mit bizarren Eispanzern überzogen. Auf dem starken Rücken eine riesige Kiepe, zum Ausschütten bereitgehalten: ein Mann. An seiner Seite eine anmutige Frau, die zu ihm aufsah. Das Gesicht zwar zur Unkenntlichkeit vereist, aber die Haltung voller Energie und Zuversicht. Ich kannte diesen Brunnen. Kannte ihn, wenn helle Ströme aus der Kiepe in das Auffangbecken plätscherten.

Nichts war mir fremd.

Meine Schritte wurden zügiger. Ein wenig irritierte mich, dass hinter keinem der zahlreichen Fenster Licht brannte, aus keinem der Schornsteine Rauch quoll. Aber ich redete mir ein, man würde vielleicht in einem der Zimmer, die zum Tal hinaus lagen, gemütlich am Kamin zusammensitzen.

Ich wusste, wo der Klingelzug zu finden war, und betätigte ihn. Lange geschah nichts, und ich war beinahe versucht, ein zweites Mal zu läuten. Ich wollte gewiss nicht drängeln, aber mir war einfach so entsetzlich kalt. Ehe ich unhöflich werden konnte, hörte ich endlich Schritte hinter der Tür. Langsam, ein wenig schlurfend kamen sie näher, und meine Anspannung war kaum noch zu ertragen. Ein Schlüssel drehte sich jämmerlich klagend im Schloss. Die orangefarbene Dose Silikonspray, die ich zu Hause in Cornwall neben meinem Fahrrad im Schuppen stehen hatte, fiel mir ein. Dieses Schloss schien genauso selten benutzt zu werden wie die Kette meines Rades. Auf was für komische Ideen man kommen kann, wenn man unter höchstem Druck steht! Schleunigst wischte ich das Bild der Sprühdose weg, denn endlich drehte sich der Knauf, und knarrend öffnete sich die Tür einen Spaltbreit.

Ich erkannte schemenhaft das Gesicht eines Mannes. Flackerndes Kerzenlicht beleuchtete gespenstisch ein Paar müder, alter Augen. Skeptisch musterte er mich von oben bis unten. Hatte ich mich getäuscht oder entdeckte ich da einen höchst missbilligenden Ausdruck? Einen winzigen Moment zu lange hatte sich sein Blick unverwandt auf meine Nikes gerichtet. Man mochte es mir verzeihen, denn mein Weg durch unwegsames Gelände hatte unübersehbare Schmutzspuren im vorhin noch makellosen Weiß hinterlassen. Dafür konnte ich nun wirklich nichts. Ein Gärtner …

»Sie wünschen?«

»Bitte verzeihen Sie, Sir, dass ich zu so später Stunde störe … Ich bin gekommen, um mich vorzustellen. Die Annonce … Sie suchen eine Hauslehrerin? Mein Name ist Charlotte Hope Austin.«

Anscheinend ging sein Missfallen nicht so weit, mir wegen dreckiger Schuhe den Zutritt zu verwehren. War es die

Tatsache, dass Hauslehrerinnen heutzutage rar geworden waren? Suchte man vielleicht schon lange jemanden für die Kinder?

Er zog die Tür ganz auf, und vor mir stand der britischste Butler, den ich mir ausspinnen konnte. Hager, hoch aufgeschossen, das schüttere graue Haar penibel zurückfrisiert, in dunklen Hosen mit messerscharfer Bügelfalte, gestreifter Weste, Fliege, schneegrauem Hemd. Nein, ich wähle keinen unsinnigen Ausdruck, wenn ich von einem schneegrauen Hemd spreche. Es war diese Farbe, die Schnee in Londons Straßen bekam, wenn er zwar frisch gefallen, aber so bedauerlich schnell von Abgasen verunreinigt worden war. Sein Hemd jedenfalls war genauso grau wie seine scharf modellierten Gesichtszüge und seine Hände, die aus steif gestärkten Manschetten herauslugten. So grau, als hätte sich durch endlose Zeiten Staubschicht über Staubschicht gelegt. Und doch wirkte der Mann so lebendig und auf merkwürdige Weise vertraut. Woher? Verdammt noch mal, woher?

Es staubte nicht, als er mir die Hand reichte. »Willkommen in Midnight, Miss Austin. Treten Sie ein und nehmen Sie bitte einen Moment Platz. Ich werde Sie melden.«

Er zündete zwei große Kerzen an, die in Wandleuchtern steckten, wies mir einen lederbezogenen Stuhl zu und ließ mich allein. Einen Augenblick zögerte ich, mich zu setzen, denn der Stuhl, wie alles in dieser eindrucksvollen Halle, wirkte ebenso verstaubt wie der Butler. Sacht klopfte ich auf das Polster. Ganz gewiss hatte ich jetzt aufsteigende Wölkchen erwartet. Doch nein, Fehlanzeige.

Man schien Energie zu sparen in diesem Haus. Wesentlich wärmer als draußen war es hier nicht. Na schön, in unserer Wohngemeinschaft heizten wir den Flur schließlich auch nicht. Aber ob man mich würde bezahlen können, wenn noch nicht einmal Geld für eine elektrische Beleuchtung der Eingangshalle da zu sein schien? Ich steckte meine Hände wieder in die Taschen des Dufflecoats, schaute mich um und fand alles so, wie ich es seit Jahren aus meinem Traum kannte. Jedes Detail hatte sich so unauslöschlich eingeprägt. Hätte ich es malen sollen, wenn ich denn malen könnte, hätte ich alles an seinem angestammten Platz darstellen können. Den Leuchterkranz unter der hohen Decke, eine feine Schmiedearbeit aus zahllosen Hopfendolden. Die hohen bleiverglasten Fenster über der Eingangstür mit ihrer floralen Ornamentik und jedes Ahnenporträt an den Wänden. Eine gewaltige Standuhr, direkt mir gegenüber, deren Zeiger auf Viertel vor sieben standen. Die Fliesen des Fußbodens mit ihrem schwarz-weißen Schachbrettmuster. Die dunkle Holzvertäfelung mit ihren herrlich geschnitzten Zierbordüren. Und natürlich die beiden lebensgroßen Ebenholzskulpturen – perfekte Nachbildungen der Brunnenfiguren –, die je einen Aufgang der breiten, zweiläufigen Treppe zierten. Ihre Gesichter waren einander zugewandt, und in den Zügen beider lag ein Ausdruck voller Liebe und tiefem Vertrauen. Etwas erregte mein besonderes Interesse: Dort, wo die weibliche Statue im Boden verankert war, bemerkte ich einen hellen Rand auf den Fliesen. Ob sie einmal kaputtgegangen oder womöglich ersetzt worden war?

Zwar nahm ich all dies wahr, konnte mich aber dennoch des merkwürdigen Eindrucks nicht erwehren, ich müsste einen grauen Schleier vor meinen Augen wegwischen. Mehrfach rieb ich mit der Hand über die Lider, bemüht, eine ganz klare Sicht auf die wohlbekannten Dinge zu bekommen, doch es gelang mir nicht.

Die bedrückende Stille belebte lediglich das regelmäßige Ticken des goldfarbenen Uhrpendels. Quälend langsam rückten die Zeiger voran, und ich wartete auf jenes akustische Zeichen, das mir die letzte Sicherheit geben sollte. Ich wusste genau, wie die Schläge dieser Uhr klingen würden. Ein einziges Mal nur hatte ich sie schlagen hören – nur geträumt, nur geträumt –, aber dieser Klang hatte sich unauslöschlich eingeprägt. Würde sie jetzt, in der Realität, genauso klingen?

Ehe ich den Gedanken weiterspinnen konnte, erschien der Butler. »Miss Austin, Mr Dogherty empfängt Sie jetzt. Bitte folgen Sie mir.«

Im selben Moment schlug die Uhr siebenmal. Welche Gefühle die gleichzeitige Nennung des Namens Dogherty und der volle, melodische Ton des Stundenschlages in mir auslösten! Ganz genau hatte ich plötzlich wieder die damals unbedeutend geglaubte Szenerie vor Augen, die sich abgespielt hatte, als Brian dem ausländischen Gast im Pub erklärt hatte, das berühmte *Dogherty Ale* sei schon lange nicht mehr zu bekommen.

Dazu schwirrten Miss Brookes Worte in meinem Kopf: »Midnight 7 existiert nicht mehr. Existiert schon seit über hundert Jahren nicht mehr!« Das war kein Zufall! Plötzlich glitten Puzzleteile ineinander, von denen ich nie geglaubt hätte, sie könnten zusammengehören. Mir wurde schwindelig, und ich musste mich beim Aufstehen am Stuhl festhalten.

»Ist Ihnen nicht wohl, Miss Austin?«

Diensteifrig sprang der Butler herbei und stützte mich unterm Ellenbogen. In seinen Augen erkannte ich Besorgnis.

»Oh, danke, es geht schon, Mr …?«

»Winston, Miss Austin.«

Ich versuchte ein gewinnendes Lächeln, denn er hatte mich tatsächlich stabilisiert. »Danke, Mr Winston.«

»Nur Winston, Miss. Meinen Familiennamen habe ich lange vergessen. Winston genügt.«

Winston untermalte seine Worte mit einem kleinen, entschuldigenden Lächeln, das seinen grauen Gesichtszügen eine freundliche Lebendigkeit verlieh. Fast ein wenig keck kam er mir in diesem Augenblick vor.

Er ließ meinen Ellenbogen nicht los und führte mich durch einen langen düsteren Gang, den ich noch nicht einmal in meinem Traum gesehen hatte. Licht spendete hier lediglich der blakende Handleuchter, den er trug. Nur sehr undeutlich konnte ich Bilder an den Wänden erahnen.

Vom Korridor gingen zahlreiche Türen ab. Hinter keiner vernahm ich einen Laut. Erst als wir vor dem Raum am Ende des Ganges standen und Winston angeklopft hatte, hörte ich eine kräftige männliche Stimme »Herein!« rufen.

Tatsächlich! Dieses Zimmer lag zum Tal hinaus. Die deckenhohen, burgunderroten Samtportieren waren aufgezogen und erlaubten einen märchenhaften Blick auf das mondbeschienene, neblige Tal. Im offenen Kamin glimmte träge ein kleines Feuer. Ein lebensgroßes Ölgemälde über dem Sims nahm meine Aufmerksamkeit gefangen. Es zeigte eine blonde, blauäugige Frau von ätherischer Schönheit. Ihr bodenlanges Kleid war ein pfirsichfarbener Seidentraum, reich verziert mit cremeweißen Spitzen. Beim Anblick ihrer Taille, die in ein unglaublich schmales S-Form-Korsett geschnürt war, zog ich unwillkürlich den Bauch ein und hielt für einen Moment den Atem an. Wie konnten bloß alle Organe auf so winzigem Raum Platz finden? Zumal sie ganz offenbar Kinder zur Welt gebracht hatte. Ihre Rechte ruhte auf der Schulter eines vielleicht achtjährigen Knaben im Matrosenanzug, der ihr genauso aus dem Gesicht geschnitten war wie das entzückende kleine Mädchen, dessen Hand der Junge hielt. Ob sie auch während der Schwangerschaften so zusammengequetscht hatte herumlaufen müssen? Und würden diese beiden meine Schüler werden? Kaum denkbar, denn sie wirkten, als stammten sie aus einer längst vergangenen Epoche. Oder ob vielleicht die Porträtmaler früherer Zeiten in Wirklichkeit die ersten Photoshopper gewesen waren und Ideale pinselten, denen im Grunde keine Frau entsprechen konnte? Meine Augen nahmen in den Sekunden des Eintretens alles wahr, und mein Kopf entwickelte die merkwürdigsten Überlegungen.

Keine Zeit weiterzudenken, denn der Herr des Hauses

erhob sich nun von seinem Platz vor dem Kamin, wo er abgekehrt gesessen hatte. »Kommen Sie näher, Miss Austin, nehmen Sie Platz«, sagte er und wandte sich an den Butler. »Bring uns bitte Tee, Winston!«

Mr Dogherty war die Inkarnation des englischen Gentlemans. Für einen Sekundenbruchteil drängte sich mir sogar das Wort Reinkarnation auf, denn solche Männerfiguren waren zweifellos ausgestorben. Der Tageszeit zwar entsprechend, allerdings für sein Alter von geschätzten vierzig Jahren heutzutage reichlich ungewöhnlich, war er bekleidet mit einem längst aus der Mode gekommenen Hausmantel aus ochsenblutrotem Brokat. Ärmel- und Reversaufschläge schimmerten in dezent strukturierter brauner Wildseide. Offenbar trug er unter diesem Kleidungsstück einen vollständigen Anzug, denn sowohl der sehr unzeitgemäß wirkende Klappkragen seines Hemdes als auch der einer Jacke waren deutlich zu sehen. Wahrscheinlich fror er.

Meine Vermutung bestätigte sich, nachdem er mir die Hand gereicht und mich nicht weniger skeptisch gemustert hatte als Winston vorhin. Sein Händedruck war kühl. Nicht verwunderlich, denn trotz der Wärmequelle war es alles andere als gemütlich im Raum. Warum gab er sich mit einem so kleinen Kaminfeuer zufrieden? Kamine, selbst wenn sie voll brannten, grillten doch immer nur die Vorderseite und ließen einem gleichzeitig eiskalte Schauer über den Rücken fahren. Offenbar gab es doch auch eine Zentralheizung, wie unschwer an mehreren gusseisernen Heizkörpern erkennbar war. Ein zweites Mal überkam mich die unangenehme Vermutung, dass dieses Haus nicht mit finanziellen Gütern gesegnet war. Hatte man womöglich weder die Strom- noch die Heizkostenrechnung bezahlt?

»Sie sind gekommen, Miss Austin, um sich für die ausgeschriebene Stellung als Hauslehrerin zu bewerben? Wollen Sie so freundlich sein, mir Ihre Referenzen zu zeigen?«, eröffnete er die Unterhaltung, stützte die Arme auf der Sessellehne ab und hielt die Spitzen seiner schlanken Finger exakt gegeneinander. Aufmerksam schaute er mich aus rauchblauen Augen an.

»Ja, Mr Dogherty. Und nein. Ich kann noch keine Referenzen vorweisen, denn ich habe erst vor wenigen Tagen mein Masterstudium abgeschlossen. Abgesehen von meinem ... Moment«, murmelte ich, bückte mich, kramte das einzige sachdienliche Dokument aus meinem Rucksack und reichte es ihm.

Dogherty strich sich den aschblonden Schnauzer, zwirbelte kurz seinen v-förmigen Kinnbart, setzte sich, las und schien irritiert. »Was haben Sie studiert, Miss Austin?«

Ich berichtete, bekräftigte herzlich, große Lust auf die Lehrtätigkeit bei seinen Kindern zu haben, und ließ durchscheinen, dass ich meine Prüfung mit ausgezeichneten Noten bestanden hatte. Sein Blick wurde interessierter. Ich ahnte, was nun kommen würde, und äußerte vorsorglich gleich mein tiefes Bedauern, nur so unzureichende schriftliche Belege mitgebracht zu haben, ließ aber einfließen, dass es kein Problem darstellen würde, schleunigst eine Bestätigung oder eine Kopie der Urkunde von Professor Dawn per E-Mail oder Fax herschicken zu lassen.

Wieder erntete ich verständnislose Blicke unter zusammengezogenen grauen Augenbrauen (huch, ebenfalls v-förmig und auch noch mit einem scharfen, vertikalen Knick in der Mitte). Eindeutig Missbilligung.

»Nun, Miss Austin ...«, wiegelte er ab, und ich hatte den Eindruck, mit meinen Vermutungen bezüglich der gekappten Stromversorgung auf der richtigen Fährte gewesen zu sein. Offenbar auch noch die Telefonrechnung unbeglichen? Wie geschickt er sich jetzt aus der Affäre zog, verlangte mir allerdings Respekt ab. »Ach, Sie werden verstehen, mich interessiert außer Ihrer Lehrbefähigung natürlich Ihr familiärer Hintergrund. Schließlich muss ich wissen, wem ich gegebenenfalls meine Kinder anvertraue. Meine Gattin hat ein

untrügliches Gespür für derlei Dinge, aber unglücklicher-
weise ist sie heute Abend nicht zugegen. Ich erwarte sie erst
gegen Mitternacht zurück. Bitte, erzählen Sie mir von sich.
Woher kommen Sie?«

Ich holte weit aus. Erzählte von Cornwall, berichtete, da
es mir als allseits bekannter Höhepunkt meiner Vita
erschien, von der Schließung der Minen, von Großmutter
Charlottes Rettungsaktion und meiner Rolle in der ganzen
Sache. Komischerweise gab es kein Erkennen in seinem
Blick. Wie konnte das sein? Diese Thematik hatte damals alle
Gazetten gefüllt. Sollte es möglich sein, dass nur ein paar
Distrikte entfernt keine Meldungen über diese sensationelle
Geschichte in den Zeitungen gestanden hatten? Stattdessen
kam er mir mit der gemurmelten Bemerkung, es sei ja
erstaunlich, dass es ausgerechnet ein Mädchen aus einer
Bergarbeiterfamilie in eine Universität geschafft hatte, wo
doch Frauen dort eine völlige Unüblichkeit seien … und er
müsse in sich gehen, ob ich der rechte Umgang für seine
Kinder sein könnte. Ja meine Güte, wo lebte der Mann denn?
Ich muss gestehen, sein Getue weckte Unmut in mir, und
mein seit Generationen Labour-Party-geschultes Inneres
begehrte gegen diese Form des Dünkels heftig auf. Was
glaubte er? Dass es für mich keinerlei anderweitige Beschäftigung geben würde als diese hier? Hier, in diesem verstaub-
ten, eiskalten Haus?

Ich senkte den Kopf und versuchte meine klammen Finger
an der heißen Teetasse zu wärmen. Immerhin: Guter Tee, den
Winston da zwischenzeitlich serviert hatte! Eine ganze Weile
lang sagte Dogherty nichts. Musterte mich nur. Ich fühlte
seinen Blick auf meinem Scheitel und beschloss, einen neuen
blöden Spruch mit sofortigem Aufbruch zu quittieren. Wohl
war mir nicht bei dem Gedanken, den Weg durch den finsteren Wald zurück in Miss Brookes gemütliches Häuschen
allein anzutreten. Aber es erschien mir zum gegenwärtigen
Zeitpunkt immer noch verlockender, als auch nur eine einzige

Nacht unter dem Dach dieses arroganten Snobs verbringen zu müssen.

Aus der Ferne schlug die Uhr in der Halle zur halben Stunde. Vertrauter Klang, der mich an den wahren Grund meines Hierseins gemahnte. Sogleich änderte sich meine Gefühlslage. Augen tauchten auf. Goldgesprenkelte grüne. »Wir müssen Ihre Zukunft planen, Hope!« Ozeanblaue, silbrige Funken sprühende Augen: »Du bist nun auf dem richtigen Weg!«

Warum war ich wirklich hier? Nicht, um ernsthaft eine Lebensstellung als Hauslehrerin zu ergattern. O nein. Ich war hier, weil ich hier sein *musste*! Und ich würde mich nicht durch antiquierte Vorstellungen von Sozialstrukturen verscheuchen lassen. So nah war ich der Auflösung meiner Fragen noch nie gewesen. Das spürte ich. Da würde ich jetzt gewiss nicht klein beigeben und stiften gehen.

Ich räusperte mich, und meine Stimme klang sanft und vernünftig, als ich Mr Doghertys Schweigen durchbrach. »Ich mache Ihnen einen Vorschlag: Lassen Sie mich morgen Vormittag zur Probe unterrichten. Wenn, wie Sie andeuteten, Ihre Gattin ein gutes Gespür für die Richtigkeit solcher Entscheidungen hat, unterziehe ich mich gern deren Beurteilung. Sollte ich ihren Ansprüchen nicht genügen, können Sie mich ja immer noch ablehnen. Ich gestehe nur, ich hätte Angst, den Weg im Dunkeln zurück nach Penshurst in meine Pension jetzt allein zurücklegen zu müssen. Was denken Sie, Sir?«

Mein Tonfall schien den richtigen Nerv getroffen zu haben. Mr Dogherty straffte sich im Sessel, schlug mit beiden Handflächen gleichzeitig auf die Lehnen und erhob sich. Hatte ich da eben ein kleines, freundliches Leuchten gesehen? Ganz sicher war ich nicht und doch im nächsten Augenblick erleichtert. »Ich werde Ihnen ein Zimmer richten lassen, Miss Austin«, sagte er entschlossen. »Aber …«

»Ich danke Ihnen, Sir! Aber?«

Sein Blick streifte über meinen Aufzug und fraß sich an den schmutzigen Nikes fest.

»Der Weg durch den Wald ...«, murmelte ich entschuldigend.

»Schon gut. Wir werden Sie anständig einkleiden.« Jetzt griff er nach dem Glöckchen, das neben ihm auf einem Beistelltisch stand, und schellte.

Augenblicklich erschien Winston – offenbar hatte der dienstbare Geist auf dem Flur auf weitere Instruktionen gewartet –, nahm seine Anweisungen entgegen und schenkte mir im Umdrehen noch einen aufmunternden Blick. Zumindest seiner Sympathie konnte ich wohl sicher sein.

Weniger Anklang fand ich offensichtlich bei der äußerst sauertöpfischen Mrs Crow, die nur Minuten später auftauchte. Selten habe ich einen Namen als passender empfunden. Diese unglaublich spitze, lange Nase! Diese stechenden, fast schwarzen Augen! Man hätte sie in einem Horrorfilm besetzen sollen. Mausgrau waren ihre Züge. Wie mit pelzigem Staub überzogen. Eigentlich wie die aller anderen Hausbewohner, die mir bisher begegnet waren, nur ... noch ein bisschen mausgrauer und trostloser. Mit einem freundlichen Händedruck Mr Doghertys entlassen, schickte er mich mit der Krähe alleine los.

»Folgen Sie mir, Miss Austin«, krächzte sie und huschte in beachtlichem Tempo vor mir her, die verwirrend verwinkelten Flure entlang. Ich war mir absolut sicher, nie und nimmer allein die Eingangstür wiederfinden zu können.

»In diesem Flügel schlafen die Kinder«, flüsterte sie, während ihre grauschwarzen Röcke über den Boden raschelten. Es klang derart vorwurfsvoll, als sei ich in der Manier einer Herde fliehender Büffel unterwegs. Meinen Ärger schluckte ich runter, erwiderte vorsichtshalber nichts und war fortan bemüht, auf Zehenspitzen halbwegs an ihrer Seite zu bleiben. Treppauf, treppab ging es, immer wieder schloss sie Türen auf und zu.

»Dort links«, sagte sie irgendwann knapp und verzögerte ihr Tempo um einen halben Schritt. Ich gelangte in Vorsprung und griff nichtsahnend in vorauseilendem Gehorsam nach dem Knauf der nächsten Tür.

»Nein!«

Sie brüllte es geradezu. Ich zuckte unter der Schärfe ihres Ausrufes zusammen. »Oh, Pardon, Mrs Crow! Ich wollte gewiss nicht …«

Sie funkelte mich wütend an. »Dieses Zimmer ist tabu, haben Sie verstanden?«

Ich beeilte mich, zu versichern, dass es mir fernläge, verbotene Türen zu öffnen, und ich selbstverständlich nicht im Traum darauf kommen würde …

»Na!?«, sagte sie, und ich wusste, sie traute mir nicht weiter, als sie mich würde werfen können.

Gesenkten Kopfes schlich ich weiter hinter der Krähe her, wartete geduldig, bis sie im flackernden Licht des Wandleuchters den richtigen Schlüssel an dem Bund herausgesucht hatte, das leise klirrend an ihrer Hüfte hing, und betrat in gebührendem Abstand den Raum. Sie entzündete am Feuer ihres Handleuchters zwei Kerzen auf einem Tischchen. Wir schienen uns in einer Art Kleiderkammer oder Magazin zu befinden. Ringsum hohe Regale voll säuberlich gefalteter Tischwäsche, Handtücher, Bettbezüge und hinter den Türen des monströsen Schrankes lange Reihen ordentlich aufgehängter Dienstbotenkleidung.

Ich konnte mir ein Glucksen kaum verkneifen. Offensichtlich ging man in diesem Hause wirklich nicht mit der Zeit. Mrs Crow war mein unterdrückter Laut nicht entgangen. Sie warf mir einen missbilligenden Blick über die Schulter zu, ihre ohnehin kleinen Augen verschmälerten sich bedrohlich. Mit einer Hand fuhr sie die durchweg knöchellangen Gewänder entlang, mit der anderen nahm sie anscheinend zwischen Daumen und kleinem Finger Maß an meiner Figur, griff dann entschlossen zu und hielt mir eine schwarze, nein,

Korrektur, schwarzstaubgraue Gouvernantenuniform vor die Nase.

»Moment«, sagte sie, während ich ihr das Ding abnahm, und bückte sich hinunter in die Tiefen des Schrankes. »Schuhgröße?«

»Fünfeinhalb.«

Schon hatte ich ein paar Treter in der Hand, die mir vermutlich bei jeder Jahrhundertwendeparty allerhand Bewunderung eingetragen hätten. Ledern, solide, braun, ach, was sage ich, graubraun natürlich, flach, geschnürt.

»Anprobieren?«, fragte sie, und ich schüttelte vehement den Kopf. Ganz gewiss wollte ich mich jetzt nicht vor dieser schnippischen Krähe bis aufs Hemd ausziehen.

»Gut. Aber erscheinen Sie bitte nicht morgen in diesen unsäglichen Kleidungsstücken zum Unterricht. Wenn Sie es wünschen, reinige ich sie. Geben Sie doch gleich den Mantel her!«

Krampfhaft hielt ich meine geliebte Wollfestung umklammert. Presste sie an die Brust, als wäre sie das einzige Stück Privatleben, vielleicht das letzte bisschen meines Ichs, das mir in diesem Hause bleiben sollte, wich sogar einen Schritt vor ihrer ausgestreckten Hand zurück.

»Na schön«, stimmte sie widerstrebend zu. »Kommen Sie mit, ich werde Sie jetzt auf Ihr Zimmer bringen.«

Wieder liefen wir durch düstere Gänge, bis wir endlich eine Tür erreichten, die in einen runden Treppenaufgang führte.

»Ich habe Ihnen das Turmzimmer zugedacht«, flüsterte sie, und mir lief ein eisiger Schauer über den Rücken. Wie konnte eine so sachliche Information derartige Effekte erzielen? Mrs Crow wies miesepetrig nach oben und ließ keinen Zweifel daran, dass sie selbst sich die unzähligen ausgetretenen Steinstufen ersparen und mich nun allein lassen würde. Aus den Tiefen ihrer Rocktasche zog sie ein kurzes Talglicht hervor, entzündete es an ihrem Leuchter und verabschiedete sich mit den Worten »Gute Nacht«, die ebenso gut »Frohes Gruseln« hätten bedeuten können.

Mir wurde mulmig, als die Tür hinter ihr ins Schloss glitt. Ich blieb noch einen Moment stehen, lauschte dem Klirren ihres Schlüsselbundes, das immer leiser wurde. Dann schickte ich einen Blick in den düsteren Turm hinauf und gestehe, ich musste mir eindringlich Mut zusprechen. Schließlich riss ich mich zusammen und erklomm Stufe für Stufe schwindelnde Höhen. Mit jedem Schritt zeichnete das dürftige Lichtlein gespenstische zuckende Schatten an die rauen Wände. Ich appellierte an meine Vernunft. Die schien bereits mindestens im Halbschlaf und gab sich eindeutig der vorherrschenden Furcht in meinem Innern geschlagen.

Oben angelangt öffnete ich die schwere Holztür. Peinvoll klang das grelle Kreischen der Angeln. Ein paar Tropfen Öl täten gut, verkündete meine verpennte Vernunft pragmatisch. Wie lange mag sie schon nicht mehr geöffnet worden sein, wer war der letzte Benutzer dieses abgelegenen Gästezimmers, was …, mein Gott, was hat dieser Turm zuletzt gesehen, fragte mein verängstigtes Herz. Zweifellos nichts Schönes, Gutes, einigten sich meine inneren Widersacher.

Zaghaft hielt ich das Licht hoch, sah mich um, erwartete Kobolde und Gespenster in jedem Winkel. Bloß, es gab weder Winkel noch Ecken, denn was ich vorfand, war ein spartanisch eingerichtetes, kreisrundes Zimmerchen. Ein schmales Bett, darauf ein Stapel Wolldecken, ein Stuhl, ein Waschgeschirr mit einem tönernen Krug kalten Wassers, ein verschlissenes baumwollenes Handtuch … und, halb unter das Lager geschoben, ein Nachttopf. Auf dem Kopfkissen lag eine abgegriffene Bibel. Immerhin! Ganz gottverlassen wohl dann doch nicht.

Der Talg tropfte mir auf die Hand. Ein leiser Schmerzensschrei. Dann kleckerte ich eine kleine Lake auf eine der steinernen Fensterbänke (es existierten vier; wahrscheinlich eine in jeder Himmelsrichtung) und drückte das Kerzchen hinein.

Augenblicklich begann es zu flackern und erlosch, noch ehe ich meine Hand schützend gegen die Zugluft halten konnte, die durch die Ritzen der Fenster zog. Leise fluchte ich, wohl wissend, dass ich weder Zündhölzer noch Feuerzeug bei mir hatte. Kaum hatten sich aber meine Augen an die Dunkelheit gewöhnt, erkannte ich, welcher Ausblick sich mir nun bot. Was unten im Salon des Hausherrn einfach hübsch gewesen war, wirkte von oben betrachtet ausgesprochen majestätisch. Hoch am Himmel stand der volle Mond und beleuchtete noch immer das sanfte, rundum von dunklem Wald gesäumte Tal. Funkelnd standen die Sterne im Nachtblau. Wie schimmerndes Engelshaar verschleierte der Nebel den Blick auf den Boden.

Was würde ich vorfinden, wenn die Sonne aufging? Was würde mich am Morgen erwarten? Und vor allem, ganz praktisch gedacht und schmerzhaft empfunden: Wie sollte ich die Nacht mit diesem verdammt knurrenden Magen überstehen? Der Weg hierher war anstrengend gewesen, und Miss Brookes Snacks waren längst in Energie umgesetzt. Genau genommen hatte ich keine mehr und spürte, wie todmüde und erschossen ich war. Trost spendete ein klebriges Karamellbonbon, das ich in den Tiefen meines Rucksackes ertastete und umständlich von seinem Einwickelpapier lösen musste. Ich putzte also, kaum, dass ich das eklig süße Ding aufgelutscht hatte, die Zähne mit eiskaltem Wasser aus dem Krug, spuckte es in Ermangelung eines Waschbeckens in den Nachttopf und schlüpfte vollkommen bekleidet unter die Decken. Deutlich spürte ich den feinen Zug, der durch alle vier Fenster drang. Egal, wie ich mich auch drehte, man konnte ihm nicht ausweichen. Blitzartig fühlten sich Nasenspitze und Stirn wie eingefroren an. Also zog ich die Kapuze meines Dufflecoats übers Gesicht, fühlte mich plötzlich fast geborgen und nickte schließlich ein.

∿

Ich wusste nicht, wie lange ich geschlafen hatte, aber ich schreckte von einem Geräusch hoch und hockte jetzt aufrecht da. Jeder Muskel war gespannt, jeder Nerv vibrierte hellwach. Der Mond war weitergewandert, beleuchtete das Bett inzwischen durch ein anderes Fenster. Ganz deutlich konnte ich die Webstrukturen der Decken auf meinen Knien erkennen. Meine Blicke irrten im Raum umher, aber das Mondlicht blendete so stark, dass ich nicht einmal bis zu den Mauern hinübersehen konnte.

Ich hatte das Gefühl, nicht mehr allein zu sein, lauschte angestrengt. Aus der Halle war dumpf der Schlag der Uhr zu vernehmen. Aber … Moment! Ich war definitiv nicht allein. Wer war da bei mir?

Ein Rascheln.

Ob es hier oben Mäuse gab? Womöglich sogar Ratten?

Nein. Wovon sollten sie sich denn ernähren? Hier war doch nichts.

Vögel vielleicht? Nachtvögel? Eulen, Käuze … oder … Fledermäuse?

Denkbar. Aber was ich fühlte, war die Gegenwart von etwas Größerem als nur einer Fledermaus. Starr vor Entsetzen wurde mir bewusst, dass ich sogar den Eindruck hatte, der ganze Raum sei plötzlich von unsichtbarem Leben gefüllt. Als stünden, säßen, schwebten sie um mein Bett, als beobachteten mich mehrere Augenpaare.

Ich hielt den Atem an, fühlte, wie sich meine Kopfhaut zusammenrunzelte, zu eng für meinen Kopf zu werden drohte. Bin ich ein Opfer? Ich, Charlotte Hope Austin? Betonung auf Charlotte jetzt, bitte!

Feigling oder Kämpfer? Einen Moment zögerte ich noch, dann entschied ich mich für Letzteres, zog entschlossen einen Arm unter der Decke hervor und ließ ihn aufs Geratewohl vorschnellen. Ich traf keinen Widerstand, löste nur eine Reaktion aus, die zwar irgendwie verzerrt, als spräche jemand in eine Konservendose, aber durchaus menschlich, ja, auf mysteriöse Weise sogar vertraut klang: »Aua!«

»Aha!«, entfuhr es mir triumphierend. »Wer seid ihr? Was wollt ihr von mir?«

Eine Idee schoss mir durch den Kopf. Ob es die Dogherty-Kinder waren, die sich einen kleinen Scherz mit mir erlaubten? Ich hörte mich leise glucksen. »Na, Kinder, wolltet ihr euch eure neue Lehrerin schon mal ansehen, ehe man sie euch offiziell vorstellt?«

Ich hatte jetzt befreiendes Gelächter erwartet. Aber ich stieß, tatsächlich körperlich fühlbar, auf eine Wand aus Schweigen. Etwas war da, das reflektierte, jede Energiewelle zurückschickte, die von mir ausging. Eindeutig, nicht nur Luft. Nun wich diese Wand von meinem Bett zurück. Ich spürte, wie sie sich an die äußersten Ränder des Raumes zurückzog, und erschrak über die Erkenntnis, dass kein Schatten den hellen Strahl des Mondes brach. Was, *wer* konnte das sein? Verletzbar, fähig, Schmerz zu empfinden, fähig zu sprechen. Körperlich und doch körperlos.

Mir wurde bewusst, dass ich trotz der bizarren Lage, in der ich mich befand, plötzlich keine Angst mehr verspürte. Die ganze Sache kam mir wie ein Rätsel vor, das ich zu lösen aufgerufen war. Und da war noch etwas: Diese »Wand«, wie ich es gerade nannte, schickte mir unterschiedliche energetische Wellen zurück. Ein Gutteil fühlte sich positiv, weich und warm an. Nur ein gewisses Quäntchen sendete negative, spitzige, eisige Signale.

Ganz eindeutig gelang es mir in den nächsten Sekunden, Zuordnungen zu treffen, was von welchem Teil dieser Wand kam.

Mein Gehör strengte sich aufs Äußerste an, die geflüsterten Fetzen aufzunehmen, die jetzt blechern an mein Ohr drangen.

»Glückwunsch, meine Liebe! ... Ganz schön lange gebraucht ... drei Jahre!«

Kalt, hämisch, negativ.

»… aber … aber geschafft.«

Warm, weich, positiv.

»… alles ins Lot bringen …«

Mutmachend. Positiv.

»… Regeln … fünf Tage! … Du verspielst es kein zweites Mal …«

Resolut, aber positiv.

»… nie wieder … nie mehr versagen.«

Weiche Energiewellen umfingen mich, hüllten mich liebevoll in eine schwerelose zusätzliche Decke. Die im nächsten Moment harsch fortgerissen wurde. Schneidender Hauch.

»… nimm dich in Acht … Ich werde es ihr schwermachen …«

Zur Raison rufend: »… Schluss, aus … fünf Tage! Dann sehen wir weiter …«

So plötzlich, wie er begonnen hatte, war der Spuk vorbei. Sie waren weg, ich wieder allein. Um mich war es gegangen. Sie hatten über mich gesprochen. Daran bestand überhaupt kein Zweifel. Wenn ich doch nur gewusst hätte, welche Aufgabe sie mir zugedacht hatten. Fünf Tage? War das die Frist, die mir gesetzt worden war? Die Frist wofür? Wie lange hatte die ganze Sache jetzt gedauert? Eine, höchstens zwei Minuten. Noch immer klangen die letzten Schläge der Uhr in meinen Ohren nach. So weit war ich also gar nicht von der Halle entfernt. Warum hatte die Krähe mich durch all diese Flure geführt? Nur, um mich zu verwirren? Schwermachen … Wer war das, der es mir schwermachen wollte? Diese Stimme, die einzige Stimme, die Furcht in mir aufkommen ließ … so verflixt bekannt und verflochten mit unangenehmen Gefühlen, denen ich doch keine greifbare Person, kein bestimmtes Ereignis zuordnen konnte. Anders als die drei anderen, die mich anscheinend aufmuntern wollten. In meinem Kopf kreisten die Gedanken, ich versuchte krampfhaft, sie in eine sinnvolle Reihenfolge zu fügen.

Eine ganze Weile blieb ich noch so hocken; bewegungslos, wie gebannt, grübelnd. Bis ich nach einer langen Weile spürte, wie mir zunehmend die Kälte über den Rücken kroch. Ich legte mich wieder hin, vergrub mich unter dem Deckenberg, wartete, bis das Zittern, gemacht aus Aufregung und Frösteln, nachließ und der Körper sich langsam entspannte.

DIE KINDER

Fahlgraues Licht fiel durch die Turmfenster, als ich erwachte. Gerade mal sechs Uhr zeigte meine Armbanduhr und war sich absolut einig mit den melodischen Schlägen ihrer großen Artgenossin in der Halle. Ich fror immer noch, und es kostete mich einige Überwindung, unter den Decken hervorzukriechen. Aber es musste sein, denn ich musste.

Wohin damit? Was machte man mit einem Nachttopf, nachdem man ihn benutzt hatte? Entleerte man ihn aus dem Fenster? Wartete man, bis irgendjemand vom Hauspersonal kam und den Inhalt entsorgte? Peinliche Angelegenheit!

Ich entschied mich, ihn vorläufig wieder unters Bett zu schieben (so war er immerhin aus dem Blickfeld), und beschloss, mich wenigstens notdürftig zu waschen. Eine Überwindung war es, die Kleider abzulegen. Als ich das Wasser aus dem Krug in die Schüssel goss, stellte ich fest, dass hauchdünne Eisscheibchen darin schwammen. Egal. Wenigstens ein bisschen waschen, Zähne putzen, den Mund ausspülen. Wach war ich jedenfalls nach dieser unangenehmen Prozedur. Mein Blick heftete sich an das sorgfältig zusammengelegte Häufchen Kleidungsstücke auf dem Stuhl.

Mit spitzen Fingern nahm ich das schwarzgraue Gouvernantenkostüm hoch, dessen einziger Schmuck aus einem schmalen hellgrauen Kragen bestand. Ein intensiver Duft von Mottenkugeln schlug mir entgegen, der mich von sofort an den ganzen Tag begleiten sollte. Ich öffnete mit steifen Händen die winzigen Knöpfchen, stieg hinein, streifte die Ärmel über. Ohne mein T-Shirt, das ich anließ, hätte der Wollstoff sicher fürchterlich gekratzt. So ging es halbwegs, und schnell stellte ich fest, dass das Material den Temperaturen ganz gut trotzte. Schnell noch die Schuhe geschnürt, das Haar (in Ermangelung eines Spiegels eher notdürftig) zusammengeschlungen und zu einem lockeren Knoten im Genick gebunden, und ich war bereit, meinen ersten Unterrichtstag in Angriff zu nehmen.

Für den Weg durchs unwirtliche Treppenhaus den Dufflecoat über die Schultern geworfen, überlegte ich, was ich nun tun sollte. Im Haus war kein Laut zu hören. Ob ich zu früh auf den Beinen war, vielleicht alle noch schliefen? Würde man mich rufen? Oder erwartete man, dass ich von selbst herunterkam? Ich geduldete mich noch eine Viertelstunde, schaute aus den Fenstern. Nirgends in diesem verhangenen Himmel, der das noch immer neblige Tal überwölbte, konnte ich auch nur eine Spur der Sonne entdecken. Nicht einmal einen Schimmer. Draußen war es im Grunde genauso grau wie in der vergangenen Nacht. Nur dass das Grau ein paar Nuancen heller war. Wo der Mond scheinen konnte, musste doch auch irgendwo die Sonne sein!

Nachdenklich wandte ich mich von den Fenstern ab, griff in meinen Rucksack und friemelte das Handy heraus. Der Akku war leer. Tot. Na super. Hier gab es nirgends eine Steckdose fürs Ladegerät. Und wenn ich mich nicht ganz täuschte, würde ich auch sonst im Haus kein Glück haben, denn ich hatte ja für mich beschlossen anzunehmen, dass der Hausherr nicht in der Lage war, seine Stromrechnung zu begleichen.

Ich fuhr erschreckt herum. Nichts hatte ich gehört, nicht

einmal das Klirren ihres Schlüsselbundes, aber mein Gefühl hatte mir gesagt, dass ich plötzlich nicht mehr allein im Zimmer war. Richtig. Mrs Crow stand schon direkt hinter mir.

»Guten Morgen, Miss Austin. Ich hoffe, Sie haben wohl geruht.«

»Geht so …«, murmelte ich und bemerkte ein zufriedenes Aufblitzen in den dunklen Augen der Krähe.

»Bitte folgen Sie mir.«

Wieder schleppte sie mich durch ein Gewirr endloser Flure. Kaum heller als letzte Nacht. Wieder verlor ich völlig die Orientierung. Bis wir auf einmal in der Halle ankamen und sie mir die Tür zu einem Zimmer aufhielt, aus dem uns wohlige Wärme entgegenströmte. Um flugs hinter mir zu verschwinden; genauso spukhaft unauffällig, wie sie oben im Turm erschienen war.

An einem gedeckten Frühstückstisch saß Mr Dogherty in einem sehr eleganten, aber wiederum stark aus der Mode gekommenen Anzug nebst steifem, hohem Vatermörderkragen im unvermeidlichen Schneegrau und schaute mir aufmerksam entgegen. »Kommen Sie bitte, nehmen Sie Platz …« Erstaunt wirkte sein Blick auf meinen Dufflecoat: »Sie kommen mir etwas verfroren vor, Miss Austin. War Ihr Zimmer nicht gut genug beheizt?«

Ich setzte mich auf den zugewiesenen Stuhl neben ihm und ließ meinen Mantel von den Schultern gleiten.

»Um genau zu sein, der Turm war überhaupt nicht beheizt«, antwortete ich und konnte nicht vermeiden, dass ein leichter Vorwurf in meiner Stimme lag.

»Der Turm? Mrs Crow hat Sie allen Ernstes im Turm untergebracht? Ich hatte doch Winston gebeten … Verdammt noch mal, hat sie ihn ausgetrickst.« Er wirkte konsterniert bis stinksauer, griff nach einer Klingel, und kaum hatte er das schrillende Ding wieder abgestellt, flatterte die Krähe auch schon herein.

»Sie wollen Miss Austin umgehend ein wohltemperiertes Zimmer im Nordflügel zurechtmachen, Crow«, donnerte Dogherty, und man sah ihm seinen mühsam beherrschten Zorn an.

»Ja, Sir, selbstverständlich, Sir, ich dachte nur, eine Fremde …«

»Was Sie dachten, Crow, interessiert mich wenig. Vorläufig ist Miss Austin unser Gast. Höchstwahrscheinlich wird sie uns als Hauslehrerin der Kinder länger erhalten bleiben. Also richten Sie einen angemessenen Raum her. Sie können gehen.«

Die Tür fiel vielleicht eine Spur zu heftig hinter ihr ins Schloss.

»Es tut mir sehr leid, Miss Austin. Bitte verzeihen Sie diese Unannehmlichkeit. Ich ahnte nicht …«

»Kein Problem, Mr Dogherty. Ich hab's ja überstanden. Ein wenig warmes Wasser zum Waschen wäre mir allerdings sehr recht gewesen.«

Bedauernd schüttelte er den Kopf. »Es ist unerhört. Das wird ein Nachspiel haben.«

»Oh, bitte, keine Umstände oder gar Ärger fürs Personal! Dafür möchte ich nicht verantwortlich sein.«

Er machte eine wegwerfende Handbewegung. »Keine Sorge. Für das Benehmen meiner Dienstboten Gästen gegenüber bin ich allein verantwortlich. Aber nun langen Sie erst mal tüchtig zu.«

Höchstpersönlich goss er mir Tee ein, schob mir die dampfende Porridgeschüssel zu, legte geröstetes Toastbrot auf meinen Teller, reichte die Butterglocke und das Kristalltöpfchen mit Jam. Meine Lebensgeister erwachten, kaum dass ich etwas Warmes im Magen hatte. Leichthin plauderte ich über das trübe Wetter, beschwerte mich scherzhaft über die Abwesenheit der Sonne.

»Sie scheint nie, Miss Austin. Leider werden Sie sich daran gewöhnen müssen.«

»Nie? Warum nicht? Weil der Nebel im Tal sich nicht auflöst?«

Sein Ausdruck verzog sich zu einer todtraurigen Grimasse. Mit einem Mal wirkte er abwesend, und der doch eigentlich so aufrechte, große Mann erweckte den Eindruck, als würde er schrumpeln und vollständig in seinem Anzug versinken.

»Sie scheint schon so lange nicht mehr … seit …«, flüsterte er, und mir kam es weder so vor, als sei dieses Flüstern überhaupt an mich gerichtet, noch, als würde er eine Antwort auf seine eigentümliche Bemerkung erwarten.

Mir blieb Zeit zum Staunen und zum Nachdenken, denn Mr Dogherty war minutenlang wie abgeschaltet. Wenn die Sonne denn tatsächlich seit geraumer Zeit hier nicht schien – wobei ich mir keine Vorstellung davon machen konnte, wie lange dieses »seit« wohl schon her sein mochte –, erklärten sich zumindest die völlig verdorrt wirkende Vegetation dort draußen und die bittere Kälte, die im Tal herrschte. So weit meine laienhaften naturwissenschaftlichen Überlegungen. Wie es allerdings zu einem solchen dornröschenschlafähnlichen Zustand des ganzen Anwesens gekommen sein mochte und warum die Bewohner von Midnight 7 nicht längst in freundlichere Gefilde ausgewichen waren, verstand ich nicht. Immerhin hatte ich ja hierherkommen können. Was sprach also dagegen, dass die Familie (wie ja offenbar Mrs Dogherty) wenigstens ab und zu das unwirtliche Grau gegen ein paar Sonnenstunden außerhalb tauschte, wenn es denn möglicherweise gewisse meteorologische Besonderheiten mit diesem Flecken Erde so wenig gut meinten? Oder hatte das Ganze vielleicht mit greif- und belegbaren Tatsachen rein gar nichts zu tun?

Weiter geriet ich nicht mit meinen Überlegungen, denn Dogherty kam wieder zu sich, als zwei Kinder eintraten. Ein Junge von vielleicht zwölf Jahren in einem rauchblau-schneegrauen Matrosenanzug, das aschblonde Haar säuberlich auf der Seite gescheitelt, und ein kaum siebenjähriges, niedliches Mädchen mit langen Flechten in einem schneegrauen dreiviertellangen Kleidchen. Beide hatten denselben faden Teint wie der Vater, ein leiser Hauch von Traurigkeit umwehte sie, und sie hätten mein Herz in einem tiefen See aus Mitleid ertrinken lassen, wären da nicht diese besonders strahlenden blauen Augen der beiden gewesen. Fast vertraut erschienen sie mir, denn sie glichen aufs Haar ihren Bildnissen auf dem Gemälde im Salon.

Mr Dogherty stellte uns einander vor. Sein Sohn Thomas machte einen formvollendeten Diener. Artig knickste die kleine Julie und reichte mir die Hand.

»Guten Morgen, ihr beiden. Ich bin gekommen, um euch zu unterrichten, und sehr gespannt darauf, was ihr schon alles wisst und könnt.«

»Bleiben Sie bei uns, Miss Austin?«, fragte das Mädchen mit einem scheuen Augenaufschlag, und nun zog sich mein Herz doch endgültig zusammen, denn in ihrem Ton lag eine unerklärlich tiefe Sehnsucht.

»Dein Vater und ich haben ausgemacht, dass wir es probieren wollen. Und wenn es ihm und euch gefällt, wie ich Kinder unterrichte, und eure Mum ein gutes Gefühl bei der ganzen Sache hat, dann will ich gerne bleiben«, entgegnete ich herzlich.

Wie sollte ich deuten, was bei der Erwähnung ihrer Mutter in den Augen der beiden zu lesen war? Ich verstand nicht, wandte mich an Mr Dogherty: »Wird Ihre Frau denn auch mit uns frühstücken?«

Er schüttelte den Kopf. »Es tut mir leid, Miss Austin. Sie ist sehr früh aufgebrochen. Ich erwarte sie nicht vor Mitternacht zurück. Erledigungen … Sie verstehen?«

Ich verstand nicht! Hatte er nicht schon gestern Abend in quasi demselben Wortlaut verkündet, seine Frau käme erst spät heim? War sie auswärtig berufstätig? Ausgeschlossen war das natürlich nicht.

Julies Bruder schaltete sich ein und zog meine Aufmerksamkeit auf sich. »Wenn es Ihnen gefällt, wie wir uns betragen, Miss Austin! Mein größtes Interesse gilt der Geschichte. Früher hat Mum uns unterrichtet …« Er stockte einen Moment, ehe er mit gesenkter Stimme fortfuhr: »Ach, jetzt geht es natürlich nicht mehr …«

Meine vernünftige Seite erlebte das Aufleuchten einer Menge gewaltig dimensionierter Kronleuchter. Logisch, jetzt war mir alles klar! Die elenden Witterungsbedingungen machten Papa Doghertys Hopfengeschäft kaputt, und die Mamá ging folglich arbeiten. Dass Dogherty, der mir wie ein alter Patriarch vorkam, diese Tatsache nicht gern eingestand, war verständlich. Offenbar fühlte er sich in seinem Stolz schwer getroffen. Aber es passte doch alles ausgezeichnet zusammen. Die kalte Bude, die fehlende Elektrizität, der verwilderte Garten, die langen Reihen verdorrter Hopfenstöcke. Meine Güte, wie froh und erleichtert war ich, eine so einfache, äußerst plausible Erklärung für die Dinge gefunden zu haben!

»Keine Sorge, Thomas«, wandte ich mich jetzt vergnügt an den Jungen. »Wir werden schon interessante Lerninhalte finden, die dir auch richtig Spaß machen.«

Es war Hoffnung, die in den Augen des Jungen lag. So offensichtlich tief empfundene Hoffnung, dass ich es eigentlich hätte bemerken sollen, wie wenig sie zu meiner an sich lapidaren Aussage passte. Wirklich! Es hätte mir auffallen *müssen*, aber in diesem Moment fiel es mir nicht auf. Noch nicht.

Dazukommen musste erst eine Begebenheit, die sich folgendermaßen zutrug:

Ich versuchte während des weiteren Frühstücks im Plauderton herauszufinden, an welchem Wissensstand ich bei den

Kindern würde anknüpfen können, und wandte mich zunächst an den sehr vernünftig wirkenden Thomas. Er konnte darüber Auskunft geben, dass man sich in seinem Lieblingsfach zuletzt mit der Französischen Revolution beschäftigt hatte. Beruhigend für mich, denn damit fand ich eine Bestätigung meiner Einschätzung, dass der Junge wahrscheinlich mit dem Pensum der achten Klasse vertraut sein dürfte. Gern wollte ich ihm den Gefallen tun, seinen Wissensdrang während unserer Probestunde im Fach Geschichte zu befriedigen. Thomas' Augen leuchteten. Ich konnte mir seiner vollen Aufmerksamkeit sicher sein, als ich ihm erklärte, im Rahmen meines Unterrichts zum Thema »Industrielle Entwicklung in Europa und Übersee« hätte ich einen kleinen, spannenden Diskurs vor, der sich unter anderem um die *RMS Titanic* drehen sollte. Eine Sache, die meiner Erfahrung nach insbesondere Jungen immer sehr fesselte.

»Es interessiert dich? Fein, wusste ich es doch, das ist was für dich«, frohlockte ich und begann, mich sicherer zu fühlen. »Dann wollen wir uns mal zurückerinnern an diesen unseligen Tag, als das größte Passagierschiff der Welt in den Tiefen des Atlantiks unterging.«

»Die *Titanic* wird untergehen, Miss Austin?«, fragte er mit vor Entsetzen aufgerissenen Augen. Mir war völlig unklar, warum sich der Junge des Futurs bedient hatte.

»Sie *wird* nicht untergehen, Thomas, sie *ist* untergegangen! Du hast noch nie davon gehört? Gut, es ist ja auch schon eine ganze Weile her. Heute weiß man ja, warum dieses Unglück geschehen konnte, aber damals glaubten die Menschen, dieses Schiff sei unsinkbar. Eine Technikgläubigkeit, die rund tausendfünfhundert Menschen das Leben kostete.«

Drei Augenpaare waren in einem Ausdruck ungläubigen Staunens auf mich gerichtet. Es war so still im Raum, dass man eine Maus hätte pupsen hören können. Was war hier los? Warum guckten sie so? In welchem schrägen Film war ich gerade unterwegs? Mit einem aufmunternden Lächeln, einem halbgar zuversichtlich auffordernden Nicken schaute ich in die Runde, versuchte, Reaktionen zu erzeugen. Einen Stirnklatscher beim Vater vielleicht? Ach, natürlich, ganz vergessen. Kinder, das war ein Ding. So etwas in der Art. Aber Dogherty schaute mich an, als sei ich ein Alien. Man wird sich denken können, wie unwohl ich mich in meiner Haut fühlte.

Was tun? Wie diese merkwürdige Situation auflösen?

Mr Doghertys Gesicht wurde noch erheblich grauer, als es ohnehin schon war. Zornige Falten zeichneten sich auf seiner Stirn ab, als er jetzt sprach.

»Miss Austin, bei allem Respekt, wollen Sie uns verschaukeln? Ich muss schon sagen, ich zweifle stark an Ihrer Kompetenz! Die *RMS Titanic* ist zwar mit einem Eisberg kollidiert, aber bekanntlich lediglich leicht beschädigt worden und befindet sich nun gemächlich auf Kurs nach Cape Race. Keine Menschenseele ist zu Schaden gekommen! Moment …«

Er sprang auf, ging hinüber zu einem Zeitungsständer, zog die zuvorderst eingesteckte Ausgabe des *Daily Mirror* heraus und reichte sie mir. »Hier, der Beweis für die Unhaltbarkeit Ihrer Behauptungen. Der *Mirror* hätte wohl kaum über derartige Lappalien wie Menüfolgen in der ersten Klasse, Kunstgegenstände an Bord oder prominente Persönlichkeiten berichtet, wenn ein so furchtbares Unglück geschehen wäre, wie Sie es uns hier weismachen wollen. Lesen Sie nur, lesen Sie!«

»Sie haben diese ebenso beruhigende wie entsetzlicherweise falsche erste Information tatsächlich so lange aufbewahrt?«, murmelte ich und spürte, dass ich diese Frage weniger Dogherty, sondern eher meinem völlig verwirrten Kopf stellte.

Er schien es gehört zu haben. Ärgerlich hob er eine Augenbraue, und ich verkroch mich hinter der Zeitung.

Warum hatte Dogherty dieses uralte Zeitdokument so flott griffbereit? Es stammte vom 16. April 1912! Und er hatte recht gehabt, wie ich beim Umblättern feststellen konnte. Ausführlich bebildert berichtete die Zeitung über lauter Nebensächlichkeiten im Zusammenhang mit dem Schiff und bagatellisierte, was tatsächlich geschehen war. Ich sah nur kurz auf, während ich mich mit den Unglaublichkeiten beschäftigte, wie »Everyone safe … Passengers taken off … No lives in danger … Struggling towards port«, und wurde gewahr, wie verwirrt die Kinder blickten. Eben noch so voller Hoffnung schien jetzt das Funkeln in den blauen Augen erloschen zu sein. Mein Magen krampfte sich zusammen, mein Atem ging flach. Völlig überspannt fuhr ich heftig auf, als es an der Tür klopfte.

»Herein!«, donnerte Dogherty, offenbar stocksauer.

Winston steckte vorsichtig den Kopf herein. Wahrscheinlich war er einen derart harschen Ton von seinem Boss nicht gewohnt. »Sir … ich bitte vielmals um Verzeihung, Sir, aber Sie hatten ausdrücklich gewünscht … Ich werde dem Boten Beine machen, wenn ich ihn das nächste Mal erwische. Es geht nicht an, dass er selbst die Vortagszeitung erst nach dem Frühstück liefert.«

»Schon recht, Winston. Geben Sie her! Besser die Nachrichten von gestern als gar keine Nachrichten.«

Mr Dogherty ging dem Butler mit energischen Schritten entgegen, dankte dem befremdet dreinschauenden Mann, der sich sicherlich keiner schweren Untat bewusst war, nahm den *Daily Mirror* entgegen, schob die breite Adressbanderole vom Titelblatt. Und erstarrte.

Dann sah er auf. Sein Ausdruck hatte sich vollkommen gewandelt. Mit einem anerkennenden Lächeln schaute er mich an. »Das haben Sie schon gewusst, Miss Austin? Die neuesten Erkenntnisse stimmen exakt mit Ihren Behauptungen überein. Na, schlechte Nachrichten reisen immer hurtig, nicht wahr? Sie waren tatsächlich schneller als der gestrige *Mirror*. Ich bin beeindruckt«, sagte er und setzte gleich die Erklärung für das ganze Mysterium hinzu: »Nun gut, Sie kommen ja auch aus London, da erfährt man so etwas natürlich flotter.« Dann wandte er sich an die Kinder, deren Mienen sich inzwischen entspannt hatten. »Seht ihr, Miss Austin scheint doch die Richtige zu sein. Ich habe ihr Unrecht getan. Dann wollen wir es mal mit ihr versuchen, nicht wahr?«

Sie nickten. Und das Strahlen im Grau war wieder da.

Für mich eine Situation, die all meine Sinne aufs Höchste forderte. Aber Gott sei Dank! Ich hatte sie beisammen, meine Sinne. Blitzschnell schossen mir alle möglichen Überlegungen durch den Kopf. Für das, was hier gerade ablief, konnte es nur eine einzige Erklärung geben. Und die war ungeheuerlich! Ich riskierte einen Blick auf die Zeitung.

Sie stammte vom 17. April 1912.

Man braucht eigentlich eine Weile, bis man sich mit so etwas arrangiert hat, nicht wahr? Ich hatte diese Weile jedoch nicht. Zwei Kinder und deren Vater saßen mir gegenüber und erwarteten etwas von mir. Eine Antwort. Aber bitte eine zeitgemäße. Nur gut, dass die *Titanic*-Katastrophe zu meinen erklärten Steckenpferden gehörte. Welche Kenntnisse konnte ich also bereits aus London mitgebracht haben? Ich musste mir eingestehen, dass die Fehlinformationen der Presse meiner Aufmerksamkeit bei der Beschäftigung mit dem Thema entgangen waren. Diesen *Mirror* sah ich zum ersten

Mal. Ich bat Mr Dogherty um die Zeitung, nuschelte etwas wie: »Darf ich mal sehen, Sir, inwieweit sich der Bericht mit dem deckt, was ich bereits in London erfahren konnte?«, und er reichte mir das Blatt bereitwillig.

Viel Zeit blieb mir nicht, ich musste mich konzentrieren, aber nach dem letzten Schluck nur mehr lauwarmen Tees war ich im Bilde und hatte einen Plan für Thomas' »zeitgemäßen« Unterricht. Es ergaben sich genügend ziemlich schlaue Fragestellungen zum Thema, die ich unterbringen konnte. Die Antworten waren gut einhundert Jahre später bekanntlich längst gefunden und mir natürlich geläufig. Aber ich würde mich schon geschickt durchwurschteln und war sicher, der Bub konnte nur begeistert sein, denn ich würde die *richtigen* Fragen aufwerfen und freute mich schon darauf, gemeinsam mit ihm Spekulationen anzustellen.

Nach dem Frühstück zogen wir alle zusammen in ein kleines Unterrichtszimmer um. Viel zu kühl und sachlich erschien mir das ganze Ambiente. Mir fehlten kindgerechte Anschauungsobjekte, die meinen Schülern Spaß am Lernen bereitet hätten. Hatte Mama Dogherty tatsächlich im völlig antiquierten Frontalunterricht gelehrt? Unter der Tafel lag ein abgebrochenes Stück weißer Kreide mitsamt einem staubtrockenen Schwamm. Ansonsten existierte lediglich ein altertümlicher, drehbarer Globus. Ich hatte natürlich während des Studiums eine ganze Anzahl praktischer Unterrichtsübungen absolviert. Aber da hatte es jede Menge kindgerechten Materials gegeben. Arbeitshefte, Bücher, farbige Lernsets für die untersten Stufen. Hier existierte nichts dergleichen. Buchstäblich nichts.

Möbliert war der Raum lediglich mit einem erhöhten Pult für den Lehrer, für die Schüler gab es nur zwei einfache Holzbänke. Fest verbunden mit niedrigen Tischen, an denen weder Thomas noch Julie eine vernünftige Sitzposition einnehmen konnten. Thomas musste sich mit seinen bereits bemerkenswert langen Beinen geradezu in die Bank hinein-falten, während Julie mit ihren kurzen Ärmchen kaum die schrägstehende Tischplatte erreichte. Trotzdem bemühten sich beide, sehr gerade und ordentlich dazusitzen, und Julie zeigte mir ihre Schiefertafel. Jawohl, eine Schiefertafel, an der am Bändchen ein Griffel hing.

»Wo finde ich Unterrichtsmaterial, Mr Dogherty? Gibt es Farbstifte, Pinsel, Zeichenpapier für Julie? Und Thomas, wo sind eure Hefte?«

Dogherty blieb mir die Antwort auf meine Frage an ihn zwar schuldig, doch die Kinder zogen eifrig die kleinen Schubladen unter ihren Tischen auf. Thomas holte ein Feder-mäppchen heraus, Julie besaß immerhin vier Buntstifte und einen Bleistiftstummel sowie einen Zeichenblock mit Häschendeckblatt und sowohl ein kariertes Rechen- als auch ein liniertes Schreibheft, was sie als Zweitklässlerin auswies.

»Wunderbar! Wenn Sie möchten, Sir, könnte ich nun mit den Kindern allein weitermachen. Selbstverständlich sind Sie aber auch herzlich willkommen, bei uns zu bleiben. Wenn es Ihnen nichts ausmacht, würde ich gern die beiden *Mirror*-Ausgaben nutzen. Würden Sie so nett sein, sie mir auszuleihen?«

Mr Dogherty lächelte verbindlich. »Selbstverständlich, Miss Austin. Ich schicke Winston und glaube auch ganz sicher, jetzt entbehrlich zu sein. Wir treffen uns zum Lunch wieder. Zweifellos werde ich meinen Kindern auf den ersten Blick ansehen, ob es ihnen gefallen hat. Ich empfehle mich also …«

Sie waren so süß! Während ich mit Thomas die Geschichte des Baus der *Titanic* und all die technischen Details des Schiffes durchsprach, wir gemeinsam darüber orakelten, an welcher Stelle genau der Dampfer mit dem Eisberg kollidiert war, was hernach passiert sein mochte, damit das angeblich unsinkbare Schiff doch absaufen konnte, wir die Rettungsboote auf den *Mirror*-Fotos zählten, zu einer allfälligen bösen Erkenntnis kamen und so fort, ließ ich Julie das Schiff malen und ein wenig schreiben.

Lustigerweise zeichnete die Kleine drei Schornsteine, und als ich sie aufforderte, ihr Gemälde mit dem Zeitungsfoto zu vergleichen und den Fehler zu suchen, fand sie ihn zwar schnell, sagte jedoch ganz empört: »Aber Miss Austin, es gibt doch in Wirklichkeit gar keine Schiffe mit vier Schornsteinen!«

Ich strich ihr über den blonden Scheitel. »Julie, da hast du gerade ein kleines Geheimnis aufgedeckt, weißt du das? Den vierten Schornstein hat man nämlich nur zur Zierde aufs Deck gepflanzt, um das Schiff noch gewaltiger und majestätischer wirken zu lassen. Eine echte Funktion hatte er nicht. Magst du ihn trotzdem dazumalen, damit gleich jeder sieht, um welchen Dampfer es sich auf deinem wunderschönen Bild handelt?«

Verschmitzt lächelte sie und hielt das Köpfchen ein bisschen schräg. »Na gut, dann will ich das mal machen.«

Thomas schaltete sich ein und gab zu bedenken, dass es wohl ein bisschen unverantwortlich gewesen sei, den Passagieren etwas von dieser »absoluten Unsinkbarkeit« des Schiffes zu erzählen, und konstatierte, auf See sei man doch immer noch allein in Gottes Hand. Das wisse nun wirklich jedes Kind. Was die Ingenieure sich dabei gedacht hätten, die Menschen so in Sicherheit zu wiegen?

»Guter Ansatz, Thomas«, lobte ich ihn. »Ich denke, es ist ein Irrglaube, dass es mithilfe noch so ausgefeilter Technik gelingen kann, die Gesetze der Natur auszuhebeln.«

Zustimmend nickte er, und ich hatte meinen Schwenk zum eigentlichen Unterrichtsthema geschafft. Seiner Aufmerksamkeit konnte ich jetzt sicher sein, und wir begannen (ich immer den Lehrplan zum Fach im Hinterkopf), tiefer in die Thematik »Industrielle Revolution« einzusteigen.

Beide Kinder waren während der folgenden Stunden mit Feuereifer bei der Sache. Jedes auf seine Weise und entsprechend den Anforderungen, die ich natürlich ganz unterschiedlich stellte. Verschiedene Jahrgangsstufen gleichzeitig hatte ich noch nie unterrichtet. Aber ich hatte das Gefühl, beiden gerecht zu werden. Die Zeit verging jedenfalls wie im Fluge, und eigentlich hätten wir alle drei gar nicht aufhören wollen, als uns ein Gong zum Lunch rief.

»Mittagessen!«, murrte Thomas. »Schade, ich hätte so gern noch weitergemacht. Aber morgen früh werden wir ja fortfahren. Nachmittags haben wir immer noch eine Musikstunde, ansonsten aber frei. Kommen Sie, Miss Austin!«

Ich ließ mich von ihm ins Esszimmer führen. Vater Dogherty saß bereits zu Tisch und sah uns erwartungsvoll entgegen. »Na, Kinder? Wie war es?«

»Fabelhaft, Vater!« Thomas strahlte, und Julie holte stolz ihr Gemälde hinterm Rücken hervor, legte es neben seinen Teller (»Schau!«) und ließ sich ausgiebig loben. Auf Dohertys Frage, ob er mich denn einstellen solle, kam das »Ja!« aus dem Mund der Kinder begeistert und gleichzeitig.

Boff! Das war der Stein, der mir vom Herzen fiel. Mein Hierbleiben war also erst mal gesichert. Wenn ich es nicht allzu dämlich anging, würde ich vielleicht sogar herausbekommen, was ich so sehnsüchtig zu finden hoffte. Und würde möglicherweise sogar endlich begreifen, warum ich *wirklich* hier war. Nein. Hier sein *musste*! Und worin meine Aufgabe denn nun genau bestand. Wie gut es mir doch gelang, meine Frage jetzt ganz harmlos zu formulieren! Ich war richtig stolz auf mich, als ich meine eigene Stimme hörte. »Mr Dogherty, Sir, erlauben Sie mir bitte heute Nachmittag, mich ein wenig nach Unterrichtsmaterial umzusehen? Sie haben doch gewiss eine bestens ausgestattete Bibliothek, nicht wahr?«

DAS HERZ DES HAUSES

Jeder wird sich vorstellen können, wie ich mich fühlte, als Mr Dogherty mich nach dem Lunch die Treppe in den ersten Stock hinauf vor die zweiflügelige mächtige Eichentür zur Bibliothek geführt hatte.

Ich hielt den Atem an, spürte ein Kribbeln am ganzen Körper, als hätte ich mich gerade in einem schönen saftigen Brennnesselbusch gewälzt. Hört sich scheußlich an. War aber so.

»Bitte schön, Miss Austin«, sagte er mit einem Lächeln, »treten Sie ein in die wunderbare Welt der Literatur, die dieses Haus beherbergt. Ich lasse Sie jetzt allein. Sie finden sich zurecht, denke ich. Für die Entdeckung von Büchern braucht man keinen Wegweiser, sondern seine Ruhe.«

Er war weg. Zaghaft war meine Bewegung, als ich nach dem kühlen Messingknauf fasste. Hoffnung? Oder doch die Angst vor der Enttäuschung? Geräuschlos schwang der Flügel auf, gab den ersten Blick frei und mir entfuhr ein »Boah!«. Mein Gott, das war es doch. Das war das Ziel meiner jahrelang geträumten Suche! Das Brennnesselgefühl war weg. Stattdessen überzog eine Gänsehaut meinen ganzen Körper.

So eine von der beinahe andächtigen Art, wie man sie bei der Besichtigung überwältigend ausgestatteter Kirchen verspürt.

Anscheinend war diese Bibliothek das Herz des Hauses. Der fensterlose Raum erstreckte sich über zwei Stockwerke. Eine flache Glaskuppel, die ich von außen gar nicht bemerkt hatte, spannte sich hoch über mir und ließ das fahle Tageslicht herein. Langsam begann ich, Einzelheiten wahrzunehmen. Auf halber Höhe verlief eine Galerie, die über zwei sich gegenüberliegende Wendeltreppen zu erreichen war.

Etliche gut mannshohe, relativ schlicht gearbeitete Regale standen schräg angeordnet derart in Reih und Glied, wie man es aus Leihbüchereien kennt. Aber den Mahagoniregalen, die alle Wände über beide Etagen lückenlos bedeckten, war eine unglaubliche Liebe zum Detail gewidmet worden. Schnell begriff ich beim Nähertreten, dass bestimmte geschnitzte Symbole jeweils einem anderen Literatur- und Wissensgebiet zugesellt waren und die Unüberschaubarkeit der Büchermengen sinnvoll ordneten. Eine Maske stand beispielsweise für Bühnenstücke, ein Globus wies auf Atlanten, eine Kogge zeigte den Weg zu Seekarten und jedweder Art von Büchern, die sich mit der Seefahrt beschäftigten, ein Koffer für Reiseberichte, eine Lyra für Gedichtbände, das zierliche Herz für Liebesromane und so fort.

Eingedenk meiner schlechten Traumerfahrungen wollte ich sichergehen, dass all dies hier real war. Ganz vorsichtig strich ich mit den Fingerspitzen über das Herz. Es fühlte sich glatt an. Solide. Nein, es zerbrach nicht, verbog sich nicht, löste sich nicht auf. Meine Berührung führte nicht zu einer katastrophalen Kettenreaktion. Keine Mauer stürzte ein. Nicht mal ein Stäubchen wirbelte auf.

Dieser Minitest machte mich mutiger. Ich ließ meinen Blick durch den Saal schweifen. Wusste doch ganz genau, was ich jetzt entdecken wollte.

Da!

Dort über einer der beiden Wendeltreppen befand sich die

Tür. Jene Tür, auf die ich in diesem einen, einzigen, initialen Traum zugestürzt war. Die Tür, hinter der sich verbarg, was meine Träume jahrelang gesucht hatten. Die Tür, hinter der meine Aufgabe lag. Diese Aufgabe, von der ich nicht wusste, wie sie aussah. Aber die dringend erfüllt werden musste, um … ja, um was eigentlich?

Gleich. Gleich würde ich es herausfinden. Würde sie öffnen.

Und dann?

Plötzlich hatte ich Angst.

Ganz langsam stieg ich hinauf. Ich wusste, ich war allein. Hatte ich den Mut? Was würde geschehen? War ich fit? Vollkommen Herr all meiner Sinne? Funktionierte mein Körper einwandfrei? Klar, das Herz pochte mir bis zum Hals, mein Atem ging viel zu schnell. Was Wunder? Aber ich fühlte die Spannkraft meiner Muskeln. Adrenalin war offenbar genügend im Umlauf. Ja. Ich war stark. Noch zwei Stufen, dann zwei Schritte. Die Hand hatte ich schon ausgestreckt.

Da hörte ich ein Hüsteln.

Ich schoss herum. Suchte mit den Augen den Raum unter mir ab. Kein Mensch zu sehen. Ich wartete.

Nichts mehr. Alles still. Zaghaft rief ich: »Hallo?« Keine Antwort. Noch einmal: »Hallo? Ist da jemand?«

Unendlich lange Wartesekunden. Und schließlich erkannte ich, wer gehüstelt hatte.

Hinter einem der vielen schräg in den Raum gestellten Regale war ein junger Mann hervorgetreten, schaute zu mir herauf. In der Hand hielt er ein aufgeschlagenes Buch, sein Daumen bildete das Lesezeichen. Er war hochgewachsen, mochte etwa in meinem Alter sein. Obwohl seine Gestalt absolut nicht schmächtig war, wirkte er unglaublich ätherisch, beinahe wie ein Gespenst. Auch sein Teint war grau. Aber was mich furchtbar erschreckte, war die Tatsache, dass er nicht, wie es bei den Kindern zu beobachten war, wenigstens den Kontrast dieser strahlenden Augen bieten konnte.

Abgesehen davon, dass seine braun und nicht blau waren, hatte ich noch nie, wirklich noch niemals in meinem Leben, einen Menschen gesehen, dessen Blick so hoffnungslos und gequält gewirkt hätte. Ein eisiger Schauer überlief mich, und in mir kam ein solch überwältigendes Mitleid hoch, wie ich es nicht einmal beim Anblick der jämmerlichen Obdachlosen empfand, die Londons Straßen bevölkerten. Auch sie bewirkten, dass sich mein Herz zusammenzog und mein angeborenes Helfersyndrom Alarm schlug. Wie gerne hätte ich sie alle gerettet. Nichts als ein, zwei Plastiktüten mit ihrer ganzen Habe, im Winter über den Lüftungsschächten der U-Bahn auf der Suche nach ein bisschen Wärme. Manche, und das waren wahrscheinlich noch die Glücklichen, einen mageren Hund bei sich als einzigen Gefährten. Wenigstens eine Seele, für die es sich zu sorgen und zu leben lohnte. Ich habe nie verstanden, warum sie diese treuen Seelen nicht mitnehmen durften in die Notunterkünfte, die die Stadt zur Verfügung stellte. Keiner, egal wie saukalt die Nächte waren, trennte sich von seinem besten Freund und zog dann am Ende doch das Plätzchen draußen vor. Ehrlich, mich zerriss es immer völlig, wenn ich ihnen begegnete, und ich hätte sie zu gern alle mitgenommen, warm eingepackt und gefüttert.

Aber selbst die waren gar nichts gegen diesen jungen Mann.

Dabei war er ausgesprochen gut gekleidet. Unmodern, okay, aber adrett und in einem unübersehbar teuren Anzug. Es war nur diese Haltung, dieser Ausdruck, diese Augen, die eigentlich schön waren, wie der ganze Mensch eigentlich schön war. Einer, nach dem ich mich normalerweise auf der Straße umgedreht hätte. Aber … Herrgott, es warf mich schier um, wie wahnsinnig traurig er aussah.

Die Sprache hatte es mir auch noch verschlagen. Mehr als ein mickriges »Oh« bekam ich nicht heraus.

»Guten Tag«, sagte er höflich, und seine Stimme war so warm und lebendig, wie sein Erscheinungsbild eisig und schon beinahe wie längst gestorben wirkte. »Sie sind sicherlich Miss Austin, habe ich recht? Mrs Crow berichtete von Ihrer Anwesenheit. Es freut mich, Ihre Bekanntschaft zu machen. Darf ich mich vorstellen? Ich bin Collin Dogherty, der ältere Bruder Ihrer beiden Schüler.«

Wieder kriegte ich nur »Oh« heraus. Aber immerhin war ich fähig zu nicken, und meine Füße setzten sich wie von selbst in Bewegung; ich stieg die schmale Treppe hinunter, ging die paar Schritte auf ihn zu, streckte die Hand zur Begrüßung aus, und er nahm sie. Sein Händedruck war kräftig, aber kühl. Eine Kühle, die gar nicht mit dem freundlichen Gesichtsausdruck korrespondierte. Hatte ich gesagt, dass ich ihn schön fand? Definitiv untertrieben! Seine Züge wirkten, als hätte ein besonders begabter italienischer Meister ein Idealbild schaffen wollen. Ich schätze mal, er hätte Marmor genommen und am Ende seiner Arbeit tage-, wochen-, ach was, monatelang liebevoll poliert.

Nein, ich übertreibe wirklich nicht! Er hatte etwas von Michelangelos David. Sogar das Haar. Diese seidigen Locken, die nicht etwa weibisch aussehen, sondern einfach einen unwiderstehlichen Drang heraufbeschwören, unbedingt sofort hindurchstreichen zu wollen. Selbstverständlich tat ich nichts dergleichen, sondern bestätigte lediglich, die zu sein, für die er mich hielt. Besonders selbstbewusst klang ich nicht. Dafür war ich viel zu sehr durch den Wind. Diese Diskrepanz zwischen seinem Ausdruck und seiner Gestalt und warmen Stimme verwirrte mich dermaßen, dass ich überhaupt nicht wusste, wie ich mich ihm gegenüber verhalten sollte. Selbst wenn er so freundlich schaute wie jetzt, vermittelte sein Blick nichts als Tragik.

»Verzeihen Sie, wenn ich Sie erschreckt haben sollte, Miss Austin. Ich lasse Sie auch sofort wieder allein. Ich wollte mir nur frische Lektüre holen. Was langsam schwierig wird, denn inzwischen habe ich wahrscheinlich alles hier …«, er machte eine weit ausholende Armbewegung, »alles hier mindestens zweimal gelesen.«

»Donnerwetter!«, entfuhr es mir. »Woher nehmen Sie die Zeit? Es müssen zig Tausende sein.«

Er wandte sich halb ab, und seine Stimme war kaum mehr als ein Flüstern. »Wenn ich von allem so viel hätte wie Zeit …«

Dann ging er. »Es war mir ein Vergnügen, Miss Austin«, sagte er noch, und die Tür fiel hinter ihm geräuschlos zu.

Ich stand minutenlang da wie gelähmt. Die Kinder hatten mein Herz gerührt. Aber er …? Ich konnte gar nicht fassen, was ich eben erlebt hatte, was der Auftritt dieses jungen Mannes mit mir gemacht hatte. Es war ganz merkwürdig, jedenfalls ein Gefühl, wie ich es noch nicht kannte. Mir fehlte das richtige Wort dafür.

Hope, ermahnte ich mich, benutz deinen Verstand! Was wusste ich? Er war vielleicht ein bisschen älter als ich. Aber … seine Geschwister waren doch noch so klein. Und auf dem Bild über dem Kamin wirkte ihre Mutter viel jünger als Mr Dogherty, die Kinder aber genau so, wie ich sie jetzt in meinem Unterricht sitzen sah. Alt war das Gemälde demnach noch nicht. Konnten Collin, Thomas und Julie überhaupt dieselbe Mutter haben? Warum war Collin dann nicht auch auf dem Ölgemälde? Ah, Häschen, ich seh dich hopsen, schoss es mir durch den Kopf. Bestimmt war Mr Dogherty früher schon einmal verheiratet gewesen. Danach fragen konnte ich ihn schlecht. Nein, das wäre unhöflich gewesen. Ich grübelte, und plötzlich kam mir die Statue in der Halle in den Sinn. Ich hatte doch diesen merkwürdigen Rand am Fuß gesehen, der so wirkte, als hätte zuvor einmal eine größere Plastik dort gestanden, die ausgetauscht worden war. Na klar! Collin war bestimmt das Kind aus erster Ehe, und die Spuren seiner Mutter hatte man nach der Scheidung tilgen wollen. So was kam ja häufig vor. Genügte das aber, um derart trübsinnig zu werden? Ach, vielleicht, dachte ich, ist die Mutter der Kleinen zugänglich. Ich würde sie einfach bei Gelegenheit fragen. Oder er, dieser Collin, würde mir abermals über den Weg laufen …

Langsam hatte mich das Denken wieder zu mir gebracht. Logisches Nachdenken vertrieb bei mir komische Geister. Eigentlich funktionierte das immer ganz gut.

Okay, Hope, sagte ich mir, warum bist du konkret hier in dieser Bibliothek?

Ich wandte mich um, stieg ein zweites Mal auf die Galerie und ging festen Schrittes auf die bewusste Tür zu. Dieses Mal erreichte ich sie. Ich drehte den Knauf. Dienstfertig folgte er meiner Bewegung. Ich hörte ein deutliches Knacken, zog. Seltsam. Die Tür war offenbar nicht abgeschlossen. Sie klemmte auch nicht. Aber sie wollte sich einfach nicht öffnen lassen. Ich zog erneut. Rüttelte ein bisschen. Und kam mir vor wie gestern Abend am schmiedeeisernen Tor zu dieser äußerst merkwürdigen Welt.

Es gab einen Knauf zum Öffnen. Der tat, was Türknäufe eben so tun. Aber dennoch … Mir schien der Schlüssel zu fehlen, um diesen Teil des Geheimnisses um Midnight aufdecken zu können.

Ich gebe zu, ich war total entmutigt. Schaute mich noch ein wenig zwischen den Büchern um, nahm das eine oder andere heraus, stieß auf Geschichtsschreibung von anno dunnemals, ärgerte mich ein bisschen, denn nun würde ich Thomas wenig handfestes Anschauungs- und Quellenmaterial bieten können und musste mich weiterhin auf meine doch recht improvisierten Methoden stützen. Einen kleinen Packen Bücher nahm ich dennoch mit und verließ die Bibliothek, die sich in meinen Augen plötzlich vom Status des verheißungsvollsten Ortes im ganzen Haus zur schlichten Bücherhalle entzaubert hatte.

Auf dem Korridor stockte ich abrupt, als auf einmal

Musik an meine Ohren drang. Das konnte nicht sein! Die Kinder hatten von nachmittäglichem Musikunterricht gesprochen. Aber konnte ein Achtklässler, konnte die kleine Julie eine Violine so spielen? Im Leben nicht!

Plötzlich wich das Gefühl der Frustration über die offenkundige Nutzlosigkeit meines Einsatzes hier, und es überkam mich eine Freude, eine Wärme, die mich jede Verdrossenheit vergessen ließ. Ich fühlte, wie ich lächelte. Dann lachte. Dumpf hallte es von den düsteren Wänden wider. Es war mir egal, ich machte sogar ein paar kleine Hüpfer vor Glück.

Nein! Ich täuschte mich nicht. So spielte nur eine!

DER SCHATTEN

*S*ie ist hier, jubelte es in meinem Innern. Sie ist hier, sie ist hier, sie ist hier!

Wenn *sie* hier war, konnte mir nichts geschehen. Ich musste zu ihr. Musste sie sehen, musste sie fragen. Sie würde Antworten wissen. Würde mir helfen. Ganz sicher. Von alleine wurden meine Füße schneller. Immer schneller durch die Korridore auf die Musik zu.

Sie hätte doch irgendwann lauter werden müssen! Ich lief schon, fühlte, wie meine Wangen glühten, wie das Herz jetzt vor lauter Freude pochte. Aber die Musik wurde nicht lauter. Ich kam ihr nicht näher. Ich blieb stehen. Lauschte. Da vorne, da, um die Ecke, da würde es langgehen. Ich versuchte es, bog links ab, dann wieder rechts, dann Treppenstufen hinauf. Es war egal, wohin ich lief. Es blieb immer dieselbe Lautstärke.

Ich musste mich beeilen. Sie spielte schon den *Winter*. *Sommer, Herbst* … schon vorbei. Wo war der *Frühling*? Sie fing doch immer vorne an. Hatte ich ihn in der Bibliothek überhört? Wahrscheinlich!

Ein paarmal blieb ich stehen, horchte an einer Tür.

Nein.

»Verdammt!«, sagte ich laut, und ich glaube, ich stampfte sogar mit dem Fuß auf.

»Miss Austin!«

Man stellt sich eine Winternacht am Polarkreis kalt vor, ja? Geradezu kuschelig wäre eine Winternacht am Polarkreis gegen die Eiseskälte dieser Stimme!

Sie fror mich geradezu in der Bewegung ein. Nur meine Augen quittierten den Dienst nicht. Leider. Denn sie entdeckten die fuchsteufelswild gewordene Krähe. Herrgott, konnte die grimmig gucken. Und herablassend. Und richtig angeekelt. Klar, eine Hauslehrerin stampfte besser nicht mit dem Fuß auf, wenn man sie als Vorbild wahrnehmen sollte. Und sie lauschte auch nicht an fremden Türen.

»Ähm … ja, Mrs Crow? Entschuldigung … Ich habe mich wohl wieder mal verlaufen. Ich suche das Musikzimmer.«

Mein letzter Satz wurde von den Schlussklängen des »Winters« untermalt. Danach war es still, und Mrs Crows Augen ruhten immer noch hasserfüllt auf mir.

»Kommen Sie mit. Ich zeige Ihnen Ihr neues Zimmer im Nordflügel.«

Sie drehte sich um und fegte los. Wieder hatte ich Mühe, ihr zu folgen. Eine eigentümliche Art hatte sie, sich fortzubewegen. Das war mir gestern schon aufgefallen. Ihr Körper blieb kerzengerade, die Arme schwangen nicht, in den Schultern kein Zucken, kein Wiegen in den Hüften, gar nichts. Es wirkte, als sei sie auf Schienen unterwegs. Wieder bog sie tausendmal ab. Das machte die garantiert mit Absicht, nur um mich zu verwirren. So groß war das Haus doch gar nicht. Auf jeden Fall hatte sie erneut Erfolg mit ihrer Taktik. Ich verlor völlig die Orientierung.

Irgendwann blieb sie endlich stehen. Vor einer Tür, von der ich meinte, dass wir schon x-mal dran vorbeigelaufen waren. Gut. Im Grunde sahen die Türen alle gleich aus. Dunkles Holz, Kassetten, Messingknäufe. Zweiflüglig zu den Gesellschaftsräumen, einfach die Zimmertüren.

Aber wirklich, was für eine angenehme Überraschung! Hübsch war es, mein neues Zimmer. Warm war es. Im Kamin brannte ein anständiges Feuer, auf dem Tisch stand Teegeschirr, eine kleine Auswahl Gebäck und Sandwiches. Es gab ein Bett mit altertümlichem Baldachin, das gemütlich aussah, zwei tiefe Sessel (über der Lehne des einen hing mein Dufflecoat, den ich beim Frühstück hatte liegen lassen), einen Stehsekretär neben dem Fenster, hinter dem es zu dunkeln begann. Und, der Knaller: sogar ein kleines Bad!

Sofort verzieh ich der Krähe alles.

»Zu Ihrer Zufriedenheit, Miss Austin?«, fragte sie und klang, vermutlich ob meines begeisterten Gesichtsausdruckes, längst nicht mehr so ätzend.

»Herzlichen Dank, Mrs Crow!«, antwortete ich, und meinte es so.

Sie wollte schon verschwinden, da fiel mir ein, dass ich ja noch all meine Sachen oben im Turm hatte. »Oh, bitte, ehe Sie gehen … meine persönlichen Dinge …«

»Natürlich«, sagte sie. »Aus der Tür links, den Flur entlang, einmal rechts bis zum Ende. Dann sind Sie im Treppenhaus. Ich kann Sie jetzt nicht begleiten, die Köchin erwartet mich. Kommen Sie Punkt sieben herunter zum Dinner. Dazu müssen Sie nur rechts, dann die Treppe hinunter und sind in der Halle. Die Uhr werden Sie hören.«

Weg.

Komisch. Wenn es denn so einfach war, sich im Haus zurechtzufinden, was machte sie bei ihren Führungen mit mir im Schlepptau dann immer so ein Bohei? Ach, egal, sagte ich mir. Ehe ich jetzt loslaufe, zunächst eine schöne Tasse Tee. Ich goss mir ein. Nahm ein Gurkensandwich dazu, das wirklich lecker schmeckte, ließ mich für einen Moment in einem der Sessel nieder und ruhte mich aus. Die Kekse sahen verlockend aus. Aber ich verkniff es mir, welche zu essen, denn ein Blick auf die Uhr zeigte mir, dass es bereits halb fünf, das Abendessen demnach nicht mehr weit war.

Zehn Minuten später machte ich mich auf den Weg in den Turm. Irgendjemand hatte die Wandleuchter angezündet. Jeden zweiten zumindest. Passte wieder zu der Sparsamkeit, die ich Dogherty unterstellte. Es war kein Vergnügen, in diesem Gemäuer allein durch die Gänge zu wandeln. Vor allem nicht im Dunkeln. Und dunkel war es inzwischen geworden. Akribisch hielt ich mich an Mrs Crows Anweisungen, und ohne mich zu verirren, erreichte ich tatsächlich den Aufgang zum Turm. Der war natürlich stockfinster. Nur der schmale Lichtstreif, der durch die Tür fiel, deren Drehknauf ich noch in der Hand hatte, erhellte die Treppe ein bisschen. Hoch würde ich vermutlich problemlos kommen. Aber runter? Ich sah mich schon mit gebrochenem Genick lang ausgestreckt auf den ausgetretenen Steinstufen liegen. Kein hübsches Bild.

Also versuchte ich, aus einem der Leuchter die dicke Kerze herauszupruckeln. Aussichtslos. Ich verbrannte mir nur den Daumen. Zurücklaufen, eine Kerze aus meinem neuen Zimmer organisieren? Oder doch nach der Krähe suchen, damit sie mich begleitete, mir leuchtete. Nein. Die Küche würde ich niemals finden. Ich entschied mich dafür, die Tür einfach offenzuhalten. Würde schon genügen, das bisschen Schein. Womit aber? Ich sah mich um. Es gab nichts, das man hätte unterklemmen können. Denk nach, Hope! Schließlich ist man als Frau findig und praktisch veranlagt.

Ich entschied mich für einen meiner braunen Schnür-schuhe. Passte perfekt. Flott auf einer Socke nach oben, schnell alles zusammenraffen und dann nichts wie weg aus diesem unwirtlichen Trutzturm.

Klappte alles vorzüglich. Oben angekommen leuchtete mir der Mond, ich fand sofort all meinen Kram, stopfte ihn in den Rucksack und trat ohne Zögern den Rückzug an.

Ich kam ziemlich genau bis zur Hälfte des Abstieges. Dann spürte ich einen Luftzug, hörte einen Knall von unten, und plötzlich war es zappenduster. Sagte ich schon mal, dass ich fluchen kann wie ein Droschkenkutscher? Tat ich jetzt. Und tastete mich Stufe für Stufe in Zeitlupe abwärts. Erleichtert atmete ich auf, als ich im schieren Blindflug endlich die Tür erreicht hatte. Meine Hand suchte den Knauf, fand ihn, drehte. Nichts. Rütteln. Nichts. Anheben vielleicht? Auch damit tat sich nichts. Diese verfluchte Tür betrug sich exakt so wie die vorhin in der Bibliothek. Ich war, das musste ich mir mit Entsetzen eingestehen: gefangen!

Panik stieg in mir auf. Nun kann man mir vorwerfen, maßlos zu übertreiben, denn eine Tür, die sich öffnen lässt, ohne dass über einem das Dach abzubrennen droht, ist dafür wirklich kein guter Grund. Aber ich habe eine Erfahrung in meiner frühen Kindheit gemacht, die vielleicht verständlich erscheinen lässt, warum ich so reagierte.

Ich muss vier oder fünf Jahre alt gewesen sein, als meine Eltern mit mir während der Ferien Verwandtschaft in Canterbury besuchten. Damals habe ich von Sinn und Zweck des Canterbury-Aufenthalts, der mir ein wahrhaft scheußliches und tiefsitzendes Trauma bescherte, natürlich noch nichts gewusst, aber selbstverständlich kann ich dazu heute etwas Genaueres erzählen. Es war folgendermaßen: Roger, ein Vetter meines Vaters, hatte eines der mittelalterlichen Weberhäuser gekauft, die sich entlang des Flusses Stour in entzückender, wenn auch ein wenig morbider Idylle reihten.

Früher hatten französische Hugenotten, die im sechzehnten und siebzehnten Jahrhundert wegen ihres protestantischen Glaubens aus dem katholischen Frankreich vor Verfolgung hatten fliehen müssen, hier ihre Seidenweber-Werkstätten gehabt. Idyllisch gelegen zwar, diese Fachwerkhäuschen, aber teils noch unsaniert und deshalb günstig zu haben gewesen. Die direkte Lage am Fluss hatte das uralte Holz allerdings schon arg angegriffen, Eile war geboten.

Roger wollte nun restaurieren und umbauen, um ein Restaurant zu eröffnen, denn das Kochen war seine Profession. Vater war dem Hilferuf des Cousins nach einer zupackenden Hand gefolgt. Wie man im Stollen Holzstützen und Balken vor Feuchtigkeit schützte, damit hatte Dad nun wirklich Erfahrung. Einen besseren Mann konnte Roger, der beschlossen hatte, aus finanziellen Gründen möglichst viel in Eigenarbeit zu leisten, kaum für sein Vorhaben finden.

So weit, so gut. Roger und seine Frau Mary hatten vier Kinder, zwischen fünf und zwölf Jahre alt, drei Buben und ein Mädchen. Die hatten einen ganzen Haufen Freunde. Und jeden Morgen, wenn Mary die Männer mit jeder Menge säuberlich in Tüten verpackter Sandwiches an die Arbeit entlassen hatte, nahm die ganze Bande mich, als eine der Kleinsten, unter ihre Fittiche, um mir zwischen Fluss und den uralten Häusern ihren natürlichen Abenteuerspielplatz zu zeigen. Ich erinnere mich genau. Zunächst war es herrlich. Es gab einen kleinen Kahn, mit dem wir schipperten, alte Bäume, auf die auch ich kletterte, so hoch ich eben kam. Na ja, und die noch leerstehenden Häuser, in die wir unerlaubt eindrangen, um sie zu erkunden. Die Größeren wussten immer einen Weg, wie man hineingelangte. Manche Innenräume wirkten so, als seien sie erst gestern verlassen worden, als müsste gleich der Hausherr durch die niedrige Tür kommen, um uns zur Rede zu stellen. Ein bisschen gruselig war es schon. Aber in der lustigen Gruppe fühlte ich mich sicher.

Einmal, und da komme ich zu meinem Erlebnis, spielten wir Verstecken in solch einem Haus. Meine Großcousine Marianne zog mich eine hinter einem fadenscheinigen Wandteppich verborgene Stiege hinauf auf den Speicher und flüsterte: »Hier oben finden sie uns nie!«

Wo hatte sie mich da nur hingeführt? Durch ein winziges, vor Dreck fast blindes Sprossenfenster, das auf den Fluss hinausging, fiel spärliches Licht, und nur langsam gewöhnten sich meine Augen an das Dämmern. Der ganze Dachboden, so viel war immerhin zu erkennen, hing voll alter Kleidungsstücke, die bis auf die Holzdielen hinunterreichten. Darunter zog Marianne mich in Windeseile und bedeutete mir, ja keinen Mucks zu machen. Es roch nach Mottenpulver und Staub. Ich musste husten, Marianne hielt mir die Hand vor den Mund, machte: »Pscht!«

Drunten hörten wir den Sucher rufen: »Ich finde euch. Alle! Gebt nur acht!«

Dann Gekicher, wenn er erfolgreich gewesen war, oder polternde Fluchtversuche, Gelächter, irgendwann viele Stimmen, die nach uns beiden riefen. Und dann die Stimme von Onkel Roger: »Kommt ihr da wohl raus, ihr Saubande!«

»Oh, jetzt ist es vorbei mit dem Spiel«, sagte Marianne erschreckt, und ehe ich überhaupt reagieren konnte, war sie rausgekrochen, die schmale Stiege hinuntergestürmt, und als ich die Tür fast erreicht hatte, knallte Marianne sie, aus mir heute noch unerfindlichen Gründen, vor meiner Nase zu. Ich rüttelte, drückte mit aller Kraft gegen das Holz, aber ich bekam sie nicht auf. Was blieb mir? Hinauf an das Fensterchen und hinausrufen. Es würde Ärger geben. Aber besser Ärger ausstehen, als hier ganz allein zu bleiben.

Völlig still war es jetzt im Haus. Vermissten sie mich denn noch gar nicht? Ich erreichte nur mit Mühe den Fensterknauf, stieß die Flügelchen auf und rief dem trägen Fluss zu: »Hier bin ich, hier oben! Ihr habt mich vergessen!«

Es gab keine Antwort, von fern hörte ich allerdings die Kreissäge, was nur bedeuten konnte, dass mein Dad und Onkel Roger sich schon wieder ihrer Arbeit widmeten. Meine Güte, was hatte ich für weiche Knie! Die mir kurz darauf völlig den Dienst versagten. Weil ich mich nämlich umdrehte und mich im eindringenden Nachmittagslicht nun den schrecklichsten Ungeheuern gegenübersah. Lauter Hexen und Teufel schauten mich an. Gemeine, düstere Gesichter mit Warzen auf riesigen Zinken, schiefen, aufgerissenen Mäulern mit krummen Zähnen, die Augen gelb oder rot, die Blicke starr, nicht wenige mit Hörnern. Harlekinbunte Kleider, andere aschegrau, viele mit Schellen, alle ohne Hände und Füße. Und zu allem Überfluss und meinem allergrößten Entsetzen: ein Bär! Groß wie ein Turm, dunkelbraunes Zottelfell, das Gebiss gefletscht, Reißzähne lang wie mein Unterarm. Und der hatte Pranken – mit furchtbar scharfen Krallen.

Ein leichter Windhauch drang durch das geöffnete Fensterchen. Und schon begannen sie sich auch noch zu bewegen. Schaukelten, lachten lautlos und doch voller Häme, ließen ihre Schellen leise klingen, drohten, schienen auf mich zuzukommen. Ich wich zurück bis an den Treppenabsatz. Jetzt, genau jetzt, hatte mein letztes Stündlein geschlagen. Mein Herz raste, ich bekam kaum Luft, atmete viel zu schnell, mir wurde schwindelig.

Dann schrie ich. Schrie so gellend, so durchdringend, dass ich wohl selbst das Kreischen der Säge übertönt haben musste und diese plötzlich verstummte. Tränen schossen mir aus den Augen. Ich raste noch einmal die schmalen Stufen hinab, probierte, die Tür zu öffnen, ruckelte, trommelte mit den Fäusten wie wahnsinnig dagegen, zerrte. Bis ich den Knauf in der Hand hielt und mit dem Hosenboden auf der untersten Treppenstufe zu sitzen kam. Nein, ich würde mich nicht mehr umdrehen! Sollten sie doch kommen, alle, die es da oben auf mich abgesehen hatten. Ich steckte den Kopf zwischen die Knie, schlang die Arme um meine Beine, heulte, wimmerte wie ein geprügelter Hund in dem sicheren Bewusstsein, dass mein Leben nun gleich zu Ende sein würde.

Es erwies sich, dass dem so nicht sein sollte, denn nur Minuten musste ich verharren, ohne dass sie kamen. Minuten jedoch, die mir wie eine Ewigkeit erschienen und sich so tief einprägten, dass ich es bis heute nicht ertragen kann, allein eingesperrt zu sein.

Den abgerissenen Messingknauf noch in der Hand, fanden sie mich. Vater nahm mich auf den Arm, ich klammerte mich an ihn, trieb ihn wie verrückt, mich wegzubringen, nur weg aus diesem Horrorhaus. Noch heute rieche ich den Duft von frisch gesägtem Holz in seinem Hemd. Und obwohl ich weiß, das ist ein schöner Duft, erinnert er mich allzu sehr an diese schreckliche Geschichte und weckt durchaus keine angenehmen Assoziationen.

Mutter streichelte mich, wischte meine Tränen fort, wischte, wischte, ach, der Strom wollte einfach nicht versiegen, noch immer ging mein Atem wie nach einem Tausendmeterlauf, Onkel Roger zog eine leere Lunchtüte aus der Hosentasche, stülpte sie mir über Mund und Nase, hieß mich tief und ruhig atmen. Erst stieß ich sie weg, hatte das Gefühl zu ersticken, aber sie zwangen mich, und nach einigen tiefen Zügen wurde es besser. Wenn ich nur dran denke, rieche ich allerdings bis heute *Stinking Bishop*, eine Käsesorte, die ihren Namen wirklich nicht versehentlich trägt und die wir Kinder genauso verabscheuten, wie die Erwachsenen sie liebten.

Was mich dort oben so erschreckt hatte, so stellte sich bald heraus, waren nur urtümliche Karnevalskostüme gewesen, die der Hauseigentümer, dessen Ahnen aus dem Schwarzwald stammten, sammelte. Aber diese Larven in Kombination mit der speziellen Situation sind mir so tief eingebrannt, dass ich damals als Kind schon nur schwachen Trost aus der lapidaren Erklärung gewann. Gelegentlich erscheinen sie mir im Traum, und gewisse Trigger bringen mich noch immer völlig aus der Fassung.

Man stelle sich also vor, ich saß auf der untersten Stufe im dunklen Turm (mit nur einem Schuh, denn natürlich öffnete sich die Tür nach außen und hatte ihn beim Zufallen in den Flur geschubst), droben geisterte definitiv irgendetwas herum (was ja die vergangene Nacht bewiesen hatte), ich war völlig allein, und vermutlich würde man mich jetzt nicht, wie damals, rasch vermissen und befreien. Mein Kopf wollte mir nicht gehorchen und spulte all die Bilder aus der Kindheit ab wie einen Kinofilm. In meine bangen Blicke den Turm hinauf mischte mein Geist unglaublich real wirkende, schreckliche Schemen, zeichnete sie glasklar und scharf umrissen. Die würden mich zweifellos gleich holen kommen.

Quatsch!

»Quatsch«, brüllte ich ins Dunkel und die dicken Turmwände warfen meine Stimme zurück. Quatsch, Quatsch, Quatsch … Ja, natürlich war das Quatsch. Trotzdem: Ich zitterte, mein Herz raste, die Atmung ging viel zu schnell. Außerdem war mein Fuß eiskalt. Ich roch Holzspäne. Und *Stinking Bishop*!

Hier gab es weder das eine noch das andere. Was für einen Schwachsinn sich der Geist doch zusammenreimen konnte! Dieses Hyperventilieren, das musste ich irgendwie abschalten, denn wenn ich so weiterkeuchte, würde es nicht mehr ewig dauern, bis ich wegklappte.

Ob die Krähe nach mir suchen würde? Sie wusste ja, wo ich hingewollt hatte. Wahrscheinlich würde sie feixen, wüsste sie, dass ich hier festhing. Spätestens beim Dinner allerdings musste ja auffallen, dass ich fehlte, versuchte ich mich zu beruhigen und stellte fest, dass meine Zähne klapperten. Hätte ich doch wenigstens meine bewährte Wollrüstung hiergehabt! Aber der Dufflecoat hing ja wohlverwahrt in meinem gemütlichen Zimmerchen, nach dem ich mich jetzt so sehr sehnte.

Nun begann es mir schwindelig zu werden. Beide Füße waren schon eisig, Ameisen schienen durch meine Finger zu kribbeln, ständig musste ich gähnen, und meine Brust schien langsam, aber sicher durch einen eisernen Ring zusammengepresst zu werden, kalter Schweiß stand mir auf der Stirn. Wenn mir nicht bald etwas einfiel …

Eine Tüte! Lieber Gott, ich brauche eine Tüte!

Mein Flehen, eher schon ein stummes Stoßgebet, wurde

offenbar erhört, denn ehe mein Kopf das Denken aufgeben konnte, fiel es mir ein, dieses rettende kleine Utensil. Meine Hände hatten sich bereits in Pfötchenstellung begeben, als ich anfing, in meinem Rucksack zu kramen. Normalerweise erfühlt man eine Plastiktüte. Aber nicht, wenn Ameisen … na, ich erwähnte es ja. Also kippte ich in meiner Panik einfach den gesamten Rucksackinhalt auf die Stufe neben mir. Ziemlich weit unten musste der Zip-Beutel liegen, den ich nach der Prüfung mit Professor McCormicks purpurrotem Schal befüllt hatte. Halleluja, ich hatte ihn! Benutzte meine klappernden Zähne, um den Verschluss zu öffnen, denn meine Finger wollten ihren Dienst nun endgültig nicht mehr verrichten. Dafür funktionierte mein Geruchssinn umso besser. Schwül, orientalisch, schwer, verführerisch stieg mir in die Nase, was die Kunststoffhülle bisher zuverlässig konserviert hatte: Deborah McCormicks Parfum!

An der Uni hätten jetzt Kohorten männlicher Studenten verzückt geschnüffelt. Mich hingegen kostete es eine ziemliche Überwindung, dieses einzig sinnvolle Hilfsmittel zu benutzen. Aber es half nichts. Mit den Kanten meiner stocksteifen Hände stülpte ich die Tüte über, riss mich mächtig zusammen und atmete – ein, aus, ein, aus – ganz tief das nun rettende Kohlendioxid. Nach und nach lösten sich die Krämpfe in meinen Händen, der Eisenring um meine Brust. Das Kribbeln ließ nach, die Atmung normalisierte sich, meine Sinne funktionierten wieder richtig, und das Erste, was ich tat, war, den Beutel wieder zu verschließen, um diesem penetranten Duft zu entgehen. Nur Sekunden später – ich hockte vornübergebeugt auf der Treppe, die Ellenbogen auf die Knie gestützt, den Beutel samt Inhalt noch immer in den Händen – fand sie mich.

Grell erschien mir das Licht ihres Leuchters, ich blinzelte, hatte schon ein ehrlich empfundenes »Danke, danke, dass Sie mich befreien, Mrs Crow« auf den Lippen. Es auszusprechen, dazu kam ich nicht, denn Mrs Crow stieß einen markerschütternden Schrei aus.

Nun gut, ich musste einen merkwürdigen Anblick geboten haben, das will ich zugeben. Aber eine derartige Erregung zu entfachen, wie sie sich nun auf den graufaltigen Zügen von Mrs Crow zeigte, hätte ich nicht für möglich gehalten, zumal sie nicht etwa mich, sondern bloß die blöde Tüte anstarrte und in die Luft schnupperte wie ein Kaninchen vor dem leckeren Bund Löwenzahn. Irgendeine Eingebung trieb mich. Wahrscheinlich aus Angst, sie würde mir die Tür wieder vor der Nase zuschlagen, um das, was eine derart offensichtliche Erschütterung bei ihr auslöste, nicht weiter ertragen zu müssen, sprang ich auf und schoss an ihr vorbei auf den Korridor hinaus.

Mrs Crow brüllte: »Halt!« Und ich blieb stehen, drehte mich zu ihr um. Funkelnd wütenden Blickes fauchte sie mich an: »Was haben Sie da?«, und zeigte mit ihrem knochigen vorgestreckten Finger auf meinen Zip-Beutel, den ich noch immer in der Hand hielt.

»Eine Plastiktüte«, erklärte ich wahrheitsgemäß und konnte mir keinen Reim auf ihr komisches Benehmen machen.

»Geben Sie her!«, befahl sie.

Na schön, eben hatte das Ding mir zwar das Leben gerettet, aber ich konnte nicht behaupten, mit besonderer Leidenschaft an der Tüte zu hängen, also händigte ich sie ihr aus.

Mit gierigem Griff, ich kann es wirklich nicht anders ausdrücken, riss sie den Beutel an sich, stellte den Leuchter auf einem Fensterbrett ab, hielt das Objekt ihrer Begierde gegen das Licht. Und dann ging eine unglaubliche Wandlung mit ihrem Gesicht vonstatten.

DAS VERBOTENE ZIMMER

ie pelzig grauen Falten schienen sich zu glätten, die eben noch wütend funkelnden Augen bekamen einen verträumten, sanften, geradezu zärtlichen Ausdruck. Mrs Crow öffnete vorsichtig die Tüte und steckte, ganz ähnlich wie ich vor wenigen Minuten, ihre Nase hinein. Ich zog die Augenbrauen hoch, blickte mit zunehmender Verwunderung auf das sich bietende Bild. Was schnüffelte sie da? Es war ja kaum anzunehmen, dass sie plötzlich dieselben Probleme entwickelte wie ich.

»Mrs Crow, ist Ihnen nicht gut?«, fragte ich höflich, und sie schaute mich an, wie benebelt. Sicher, Deborah McCormicks Parfum konnte benebeln. Ich schätze mal, das sollte es auch. Jedenfalls war es dermaßen aufdringlich, dass man es vermutlich meilenweit gegen den Wind wahrnehmen konnte. Aber die alte Krähe guckte so entrückt, nicht mal ich, die ich ja nun die Nase wirklich tief und eine ganze Weile da hineingesteckt hatte, hatte einen derartigen Effekt verspürt. Da musste doch noch etwas anderes eine Rolle spielen!

Nun fasste sie so vorsichtig, wie ein Forscher vom Zerbröseln bedrohte Pergamente berühren würde, nach einem Zipfel des roten Schals. Achtlos ließ sie die Tüte zu Boden fallen, und meterlang entfaltete sich der hauchdünne Stoff. Mrs Crow legte sich sorgsam die Bahnen über den Unterarm und schmiegte weltvergessen ihre Wange in das zarte Gespinst.

Ich wagte kaum zu atmen. Was war auf einmal aus dem harten, stocksteifen Weib geworden? Wie eine Liebende, der ein Kleidungsstück des Angebeteten eine Trennungszeit erträglich macht, führte sie sich auf. Sie stand da mit geschlossenen Augen, ihre ganze Haltung wirkte weich und verletzlich. Und nun seufzte sie auch noch derart sehnsuchtsvoll, dass in mir kurz der Impuls aufkam, sie in die Arme nehmen und trösten zu wollen. Woran mochte sie der Duft, woran der Schal erinnern?

Ich hörte die Uhr in der Halle siebenmal schlagen. Dinnerzeit. Mrs Crow reagierte nicht darauf. Sie war noch immer weit weg. Ich überlegte, ob ich jetzt wenigstens meine Sachen von der Treppe klauben sollte. Oder den Schuh wieder anziehen, der kaum drei Fuß entfernt auf dem Boden lag. Aber ich ließ es, traute mich nicht, mich zu bewegen und die Entrückte zu stören. Nein, ich hatte keinen Einfall, wie ich die Situation auflösen und zur Normalität zurückkehren sollte. Also wartete ich. Wartete bewegungslos, bis die Uhr Viertel nach sieben, halb acht, Viertel vor acht schlug, und musste kurz in mich hineinkieksen bei dem Gedanken an die Kerle unter ihren Bärenfellmützen vor dem Buckingham-Palast, die von einem Wachwechsel bis zum nächsten exakt so stillstehen mussten.

Dieses Kieksen, das war wohl nicht genug »in mich hinein« gewesen, denn Mrs Crow reagierte und fuhr mich in gewohntem, scharfem Ton an: »Was gibt es da zu lachen?«

Ich zuckte ertappt zusammen und stammelte: »Oh, oh, bitte, ich bitte um Entschuldigung, Mrs Crow! Mir schlafen gerade alle Gliedmaßen ein, und ich dachte an die Palastwache, die auch so lange reglos stehen muss.«

»Aha«, fauchte sie. »Woher haben Sie diesen Schal? Er

gehört Ihnen nicht. Sie haben ihn gestohlen! Sie waren im verbotenen Zimmer. Habe ich recht?«

»O Gott, nein!«, stieß ich hervor, und mir wurde heiß und kalt. »Niemals würde ich Ihren Verboten zuwiderhandeln. Ich habe ihn gefunden, als ich …«

»Sie lügen, Miss Austin!«

»Ich lüge ganz sicher nicht. Ich habe ihn gefunden. Meine Professorin, Mrs McCormick, hat ihn auf dem Flur der Universität verloren, und ich habe ihn aufbewahrt, um ihn ihr bei nächster Gelegenheit zurückzugeben.«

Okay, das war nicht die ganze Wahrheit, denn ich hatte diese Absicht tatsächlich nicht gehabt. Aber gefunden hatte ich ihn. Und ganz gewiss nicht gestohlen.

Zweifelnd schaute sie mich an und zischte: »Wie heißt Ihre Professorin mit Vornamen?«

»Deborah.«

Zack. Aus dem herrischen Weib wurde wieder die entrückte Liebende. Allein die Nennung des Vornamens hatte genügt.

»Deborah!«, hauchte sie und wiederholte den Namen noch und noch mal.

»Sie kennen Sie, Mrs Crow?«, fragte ich. »Professor McCormick war Mitglied meiner Prüfungskommission.«

Jetzt schüttelte sie heftig den Kopf. »Das kann nicht sein.«

»Aber doch, natürlich! Oder nur eine Namensgleichheit? Das wäre doch immerhin möglich.«

»Beschreiben Sie sie!«

Ich gab mein Bestes und entwarf ihr ein für mein Empfinden sehr lebendiges Bild, wobei ich mich hütete, das unter weiblichen Studenten übliche Vokabular zu benutzen, das den zickigen, männermordenden Vamp gezeichnet hätte, und mich sowohl auf Fakten als auch die männliche Sicht auf die Professorin stützte. So, wie Mrs Crow auf die Namensnennung reagiert hatte, fühlte ich mich auf der sicheren Seite und konnte tatsächlich zu meiner Erleichterung feststellen, dass die alten Krähenaugen wieder zu leuchten begannen.

»Das ist sie!«, rief sie aus, als ich fertig war. »Das ist meine Herrin, wie sie leibt und lebt. Sie lebt, sie lebt!«

»Ja, natürlich lebt Professor McCormick«, erwiderte ich verwirrt. »Aber warum ›Ihre Herrin‹? Arbeitet Ihre Herrin in London? Dann verstehe ich, warum sie früh morgens aus dem Haus muss und erst gegen Mitternacht zurückkehrt. Der Weg ist ja doch weit.«

»Sie dummes Ding!«, herrschte sie mich an.

Ich riss die Augen auf. Was hatte ich denn nun schon wieder falsch gemacht? Die Uhr in der Halle schlug acht. Mein Magen knurrte. Ich war nun bereits eine Stunde zu spät dran. Es würde nichts mehr geben, außerdem hätte ich Mr Dogherty verärgert. Und wie sollte ich das hier erklären?

Ich würde zunächst überhaupt nichts erklären müssen, denn Mrs Crow hatte offenbar beschlossen, *mir* etwas zu erklären. Sie packte mich grob beim Ellenbogen und zog mich wieder einmal endlos alle möglichen Korridore entlang. Treppauf, treppab, verschiedene Türen galt es auf- und wieder abzuschließen. Meinen matten Einwurf, ich wolle doch ganz gern endlich meine Klamotten mitnehmen, beachtete sie gar nicht.

Unvermittelt blieb sie irgendwann endlich vor einer Tür stehen. Kann schon sein, dass es jene Tür war, vor deren Öffnen sie mich gestern Abend so eindringlich gewarnt hatte. Wie gesagt, eigentlich sahen ja alle gleich aus. Wozu ihre Warnung überhaupt nötig gewesen war, verstand ich allerdings nicht, denn sie kann unmöglich vermutet haben, ich sei mit Stemmeisen oder Dietrich angerückt, um gewaltsam einzudringen. Jetzt jedenfalls drückte sie mir ihren Leuchter in die Hand, fummelte ungeschickt an ihrem enganliegenden Kragen herum und brachte nach einigen Umständen und

Halsverrenkungen einen recht derben Schlüssel ans Licht, welcher an einer ebenso groben Kette hing. Der hübsche, zierliche Mondanhänger, der mir das Tor zu Midnight 7 geöffnet hatte, fiel mir ein. Was für ein Unterschied!

Mrs Crow steckte ihn ins Schloss, drehte zweimal um, stieß die Tür weit auf, nahm mir das Licht wieder ab und vollführte eine einladende Geste.

»Nach Ihnen!«, flüsterte ich, denn irgendwie hatte ich die Befürchtung, sie würde mich einsperren. Unbegründet. Sie ging vor, ließ mich eintreten und schloss die Tür hinter uns wieder. Es musste ein sehr großes Zimmer sein, die Funzelbeleuchtung genügte nicht, um den ganzen Raum zu erhellen. Mrs Crow schien das zu wissen, schien die Absicht zu haben, mich zu beeindrucken, lief, während ich nah am Eingang stehenblieb, mit seltsam hüpfenden, beinahe elfenhaften Bewegungen von Leuchter zu Leuchter, derer es viele gab, und entzündete einen um den anderen.

Nun war ich tatsächlich beeindruckt, und eines bemerkte ich sofort: Hier gab es kein einziges Stäubchen, alles wirkte so, als sei die Putzkolonne just abgerückt. Und: Hier gab es Farben! Im gleißenden Schein erstrahlte ein Raum, der einer Königin würdig gewesen wäre. Ich vermutete, bedachte man die enorme Deckenhöhe, dass er sich über zwei Stockwerke erstreckte. Verschiedene Grün- und Goldtöne dominierten und vermittelten das Gefühl, sich in einem gepflegten Garten aufzuhalten. Gärten dufteten, also sog ich unauffällig den Geruch ein und stellte fest, es roch auch hier nach Deborah McCormicks Parfum. Nur leicht, aber doch wahrnehmbar. Ein Blick in die Höhe offenbarte herrliche Stuckarbeiten an der Decke, die anscheinend – ebenso wie die kunstvollen Gobelins, mit denen die Wände behängt waren – Liebesszenen zeigten. Genauso verhielt es sich mit dem Baldachin und den gerafften Portieren an dem enorm großen Himmelbett auf seinem Podest, das den ganzen Raum dominierte. Mrs Crow eilte daran vorbei und zog mit einem einzigen

Griff an einer Kordel die golddurchwirkten Vorhänge dahinter auf. Lautlos glitten sie auseinander und gaben durch im Halbrund angeordnete Fenster den atemberaubenden Blick auf das mondbeschienene Tal frei. Ich muss zugeben, es verschlug mir die Sprache. Was für ein Raum!

Erst jetzt bemerkte ich weitere Details. Zum Beispiel die zwei gegenüberliegenden schmaleren Türen. Oder die brokatbezogene Chaiselongue mit den vielen kleinen Seidenkissen darauf, das Toilettetischchen mit seinen blanken Spiegeln und dem breiten, gepolsterten Hocker davor.

Die Krähe sah meinen Blick, winkte mich dichter heran, zeigte mir die Bürsten, Kämme, Handspiegel, Parfumflakons und Rouge- und Puderdosen, welche sämtlich die verschnörkelten Initialen DD trugen. Wer war DD?

Sie musste die Frage in meinen Augen gelesen haben, denn sie antwortete: »Deborah Dogherty, Sie Dummerchen.«

Jetzt klang sie nicht mehr ätzend, sondern eher gutmütig, ja, fast wohl mitleidig ob meiner langen Leitung.

Ich runzelte die Stirn. »Das kann nicht dieselbe Deborah sein, Mrs Crow. Meine Professorin heißt McCormick.«

»Ach, Kindchen!«, lachte sie schrill. »Nachnamen sind doch Schall und Rauch.«

Meine Stirn blieb gerunzelt. Sie seufzte, schüttelte geradezu niedlich lächelnd den Kopf. »Sie haben noch immer nicht verstanden. Kommen Sie, kommen Sie …!«

Wieder schnappte sie meinen Ellenbogen, griff nach ihrem Kerzenhalter, schubste mich auf eine der beiden anderen Türen zu und stieß sie auf. Hier herrschte normale Geschosshöhe, was natürlich beileibe nicht hieß, dass die Decken so niedrig gewesen wären wie in einem Neubau. Bis an die Stuckbordüre hinauf waren drei Wände von verspiegelten Einbauschränken bedeckt. Mrs Crow ließ Türen leise auseinandergleiten und gewährte Einblick in die Garderobe einer Gesellschaftsdame aus dem Beginn des vergangenen Jahrhunderts. Säuberlich sortiert nach Anlässen und Farben fand sich alles vom Alltags- oder Reisekostüm über jahreszeitlich angeordnete Komplets, Sportbekleidung (vorwiegend Tennis, Fechten und Reiten), Jagdkostüme, Cocktailkleider bis hin zu einer umfangreichen Sammlung von Ballroben, Mänteln, Stolas, Boas, Jäckchen und Pelzen – all das, was ein modebewusstes Frauenherz zur damaligen Zeit hatte höherschlagen lassen. Zwei Schrankabteile beherbergten ausschließlich Schuhe, Pantöffelchen und Stiefel, alle von feinster Machart. Eines barg ausschließlich seidene Leibwäsche, das nächste Morgenmäntel und Negligés. Und alles umwehte, hier wesentlich deutlicher als im Schlafzimmer, Deborah McCormicks Parfum.

Mrs Crow zupfte den einen oder anderen Ärmel aus der Reihe, schmiegte ihre Wange in die edlen Stoffe und wirkte unendlich glücklich. »Sehen Sie nur, Miss Austin! All diese herrlichen Stücke hat sie irgendwann getragen. Ich erinnere mich an jeden einzelnen Anlass, weiß noch, wie ich ihr half, sich anzukleiden, wie sie dann am Frisiertischchen saß, während ich ihr das wunderschöne schwarze Haar aufsteckte und ihr dann zur Krönung ihrer außergewöhnlichen Schönheit und Anmut den jeweils passenden Schmuck anlegte ...«

Andächtig schob sie den dunkelroten Samtärmel, den sie just liebkost hatte, zurück an seinen Platz und rollte erneut den Spiegel zurück, hinter dem sich die Dessous befanden. Gut versteckt hinter einer Schublade verbarg sich eine Tresortür mit vier übereinander steckenden Zahlenrädern. Sie stellte sich so davor, dass ich nicht sehen konnte, welche Kombination sie wählte.

Als das massive Metalltürchen aufschwang, die Krähe ihren Leuchter davorhielt, stockte mir der Atem. Eine, noch eine, noch eine, insgesamt sechs der flachen Laden zog sie heraus. Auf dunkelblauen Samt gebettet lag – das konnte man wahrhaftig nicht anders sagen – ein Vermögen. Preziosen von offenkundig so hohem Wert, dass mir, als praktisch denkendem Menschen, natürlich gleich die vermutlich unbezahlten Stromrechnungen Mr Doghertys einfielen. Warum, zum Deibel, lebte man hier so spartanisch, wenn doch Werte im Überfluss vorhanden waren? Es war kaum anzunehmen, dass Mr Dogherty von diesem Tresor nichts wusste. Vermutlich hatte er seiner Frau all diese Kostbarkeiten irgendwann einmal sogar selbst geschenkt. Also … ich hätte mich an seiner Stelle ja wirklich von manchen Stücken getrennt. Oder hockte Mrs Dogherty so drauf, dass sie lieber fror und im Halbdunkeln saß, als irgendetwas in klingende Münze zu verwandeln?

Mrs Dogherty. Mein Kopf arbeitete.

Wer war denn nun eigentlich Mrs Dogherty? War sie das schwarzhaarige Fabelwesen, dessen Ausstattung und Schlafzimmer ich gerade hatte besichtigen dürfen?

Oder war sie die engelsgleiche Blonde, deren Konterfei unten im Salon hing? Jene, der die Kinder so ähnlich sahen? Die, die offenbar jeden Morgen in aller Früh zur Arbeit fuhr und nicht vor Mitternacht heimkehrte? Welcher Mrs Dogherty entsprach die Statue am Fuß der Treppe in der Halle, welcher der Figur, die den Brunnen draußen im Hof zierte? Für mich eine leicht zu beantwortende Frage. Für Mrs Crow offenbar auch. Aber wir beide dachten ganz gewiss an zwei Frauen, die kaum unterschiedlicher sein konnten, und für mich bestand in diesem Augenblick nun wirklich kein Zweifel mehr, dass Mr Dogherty zweimal verheiratet gewesen sein musste.

Diese banale Erklärung passte ebenfalls zu der Tatsache, dass sich mit Collin ein Sohn im Haus aufhielt, der nicht nur wesentlich älter war als meine Schüler Thomas und Julie, sondern den beiden auch kaum glich. Ich war also auf der richtigen Fährte gewesen. So weit, so gut und absolut nicht ungewöhnlich. Auch dass die Krähe anscheinend außerordentlich an ihrer ersten Herrin gehangen hatte und wahrscheinlich die jüngere Mrs Dogherty nicht recht akzeptierte, war nicht allzu schwierig zu erraten. Aber warum dieses

»verbotene Zimmer«, das ja Mrs Crow wie den Heiligen Gral zu hüten und zu pflegen schien? Wo war diese erste Mrs Dogherty? War sie tatsächlich in Wirklichkeit Deborah McCormick? Und warum holte sie nicht wenigstens ihren ganzen Krempel hier ab? War doch alles eine Menge wert. Hatte sie es so wenig nötig? Professoren verdienten nicht schlecht, aber so üppig war es dann doch auch wieder nicht. Merkwürdig, merkwürdig …

Mrs Crow unterbrach meine Überlegungen, schob die Laden wieder zu, verschloss den Tresor, ließ die Zahlenräder wirbeln und sagte: »Wollen Sie nun noch das Bad sehen, Miss Austin?«

Natürlich wollte ich, und wir traten ein in einen marmornen Wellness-Tempel vom Allerfeinsten. Eine Badewanne, erreichbar über zwei breite, ringsum laufende Stufen, in der die Kinder leicht fürs Freischwimmen hätten üben können. Spiegel – selbstverständlich fleck- und tropfenfrei poliert – rundum. Da hatte sich jemand sehr gern selbst betrachten mögen. Tiegelchen, Fläschchen, Ampullen, Flacons, Cremes und Lotionen en masse auf gläsernen Borden, eine mit weißem Leder bezogene Ruheliege, stapelweise riesige, schneeweiße Handtücher.

Dass die Krähe tatsächlich von einer schweren Deborah-Sucht befallen war, erwies sich sofort, denn sie fabulierte in derart schwelgerischem Tonfall vom »Alabasterleib der Herrin«, den sie so lange »die Ehre zu pflegen« gehabt hatte, dass in mir ein sehr heftiges Gefühl von Fremdschämen aufkam. Wie konnte die alte Frau sich mir, einer Fremden, gegenüber nur so auslassen? Mir jedenfalls wurde die Situation immer peinlicher, und mir fehlten langsam die erstaunten, überraschten, entzückten oder so ähnlich … ach, mir fehlten einfach die passenden Worte. Also lächelte ich, so gut ich konnte, hob etwas hilflos beide Hände und die Achseln gleich noch mit. Mrs Crow nahm das als Zeichen meiner absoluten Begeisterung, machte aber ein Gesicht wie jemand,

der einem gerade das unglaublichste Geheimnis anvertraut
hatte und nun doch endlich den überschwänglichen
Ausbruch erwartete.

»Wahnsinn!«, war alles, was mir noch einfiel. Doppel-
deutig und ein bisschen mau, das gebe ich zu. Denn tatsächlich *hatte* Mrs Crow mir so ziemlich das unglaublichste
Geheimnis anvertraut.

DIE ERSTE VERSUCHUNG

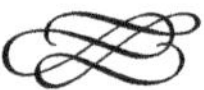

»Ich werde Sie bei Mr Dogherty entschuldigen und ihm sagen, Sie seien früh zu Bett gegangen, um morgen frisch und ausgeschlafen für die Kinder da sein zu können. Dafür wird er Verständnis haben«, löste Mrs Crow mein Dilemma um das unhöflich verpasste Abendessen und setzte dankenswerterweise noch hinzu: »Ich hole Ihnen etwas aus der Küche. Die Köchin wird bestimmt noch dort sein. Schließlich sollen Sie nicht hungrig schlafen gehen.«

Sie war schon aus dem Raum, als mir einfiel, dass mein Rucksack noch immer auf der Turmtreppe lag, aber als sie kaum zwanzig Minuten später mit einem ausladenden Tablett in Händen zurückkehrte, hatte sie ihn lustigerweise auf den Rücken geschnallt mitgebracht. Das moderne Utensil passte so gar nicht zu ihrem Aufzug, skurril sah das aus, ich musste lachen, aber, o Wunder, sie lachte mit, als sie ihn abnahm und neben mein Bett stellte.

»Praktisch, so etwas«, sagte sie. »Man hat die Hände frei, und es trägt sich trotz des Gewichts ganz leicht. Nur ... so recht passend nicht für eine Dame, nicht wahr?«

»Ach, na ja, wahrscheinlich dauert es noch eine ziemlich

lange Weile, bis ich zur Dame werde«, gab ich schelmisch zurück.

Unsere neue Vertrautheit schien die Krähe unbedingt ausbauen zu wollen, denn wieder fiel sie in mein Lachen ein. »Greifen Sie zu, Miss Austin, und dann schlafen Sie gut. Das Wasser im Bad ist warm, Sie sehen, der Kamin brennt gut und qualmt nicht. Ich wünsche Ihnen noch einen angenehmen Abend und ziehe mich nun zurück. Wann wünschen Sie, geweckt zu werden? Frühstück wird um sieben Uhr serviert.«

»Dann bitte um sechs. Gute Nacht und herzlichen Dank für alles!«

Sie lächelte, zog die Tür hinter sich zu, und ich setzte mich zum Essen an das Tischchen. Neben der angewärmten Tellerabdeckung lag eine staubweiße Serviette, und als ich sie entfaltete, bemerkte ich ganz flüchtig den Duft von frisch gemähtem Gras und Jasmin. Ich stutzte. Irgendwie kam er mir bekannt vor. Woher nur? Ich hob den Stoff dicht an die Nase, schnupperte. Ob das …? Verflixt, ja! Dieser Duft war derart ungewöhnlich, dass er sich unauslöschlich eingeprägt hatte. Natürlich! Im Zelt der Wahrsagerin hatte es doch so gerochen. Ich schnupperte noch einmal. Ach, schade … nun war er schon verflogen, gar nicht mehr wahrnehmbar. Vertrieben hatte ihn der charakteristische Geruch nach Minzsoße und Schafweide, der aufdringlich unterm Haubenrand hervordampfte. Oh, ich kann diese Kombination von Minze und Hammel auf den Tod nicht ausstehen! Aber was blieb mir übrig? Ich hatte Hunger, und allein die winzige Gemüsebeilage aus ziemlich matschig zerkochten Möhren und Erbsen, garniert mit einer Prise welker Petersilie, würde mich garantiert nicht satt machen. So zäh, wie das Fleisch überdies geraten war, konnte die Köchin wahrhaftig keine Meisterin ihres Fachs sein. Aber egal, ich aß, oder besser: ich schlang. Schnell und mit Todesverachtung – ohne meinen Geschmacksnerven durch langes Kauen eingehende Beschäftigung mit der ungeliebten Note zuzumuten. Trotzdem blieb sozusagen der Stall auf meiner Zunge kleben, verursachte der »Genuss« des Abendessens zusätzlich fieses Aufstoßen. Einen ordentlichen Kräuterbitter hätte ich mir gewünscht, aber es blieb nur der Tee, gefolgt von ausgiebigem Zähneputzen zur halbwegs gelingenden Geschmacksneutralisierung.

Sollte ich noch ein Bad nehmen? Der Raum war ungeheizt, nicht gerade kuschelig, aber die Wanne, standesgemäß auf Löwenfüßen ruhend, wirkte einladend, Handtücher lagen bereit. Warum also nicht? Ich steckte den Stöpsel ein, drehte den Wasserhahn auf. Angenehm warm und reichlich schoss es heraus. Kurz jedenfalls schoss es reichlich und warm. Etwa halb wadenhoch. Dann kam nur noch kaltes Wasser.

Egal. Das musste eben reichen. Auf dem Rand stand eine altertümliche Glasflasche. Ich öffnete den Verschluss. Roch gar nicht schlecht. Lavendel, etwas Zitrone. Auf die Gefahr hin, nun das ganze Bad zu verderben, gab ich vorsichtig zunächst nur ein paar der herausbröselnden Salzkristalle ins Wasser, ließ die Hand durchs Nass gleiten. Milchig und erstaunlich duftig war das Ergebnis. Doch, das war gut. Rasch stieg ich aus den Kleidern, steckte das Haar unter ein Handtuch, kletterte hinein, streckte mich aus. Knapp nur bedeckte mich das Wasser. Bloß der Busen guckte ein bisschen raus und wurde zusehends kalt. Lange würde ich hier sicher nicht liegen, dachte ich gerade, als ich ein Geräusch vernahm und aufschreckte.

Leise öffnete sich eine schmale Tür, die offenbar auf den Gang hinausführte, ein eisiger Hauch streifte mein nasses Gesicht und mir stockte der Atem. Nackt und ungeschützt in diesem Gruselhaus? Herrje! Ich langte schon nach dem Handtuch, das ich griffbereit auf einem Hocker neben der Wanne platziert hatte, fasste mit der anderen nach der Badeessenzflasche, um wenigstens irgendetwas zur Verteidigung zu haben, als ich erkannte, wer die Tür geöffnet hatte, und mich augenblicklich wieder unter die Wasseroberfläche zurückrutschen ließ.

Da stand nämlich niemand anderes als Collin Dogherty.

Mit einem herzerweichenden Seufzer setzte er zwei riesige, dampfende Wassereimer ab, schloss die Tür hinter sich und schaute mich verlegen an.

»Mrs Crow schickt mich. Ich bitte um Entschuldigung! Sie sagte, Sie bräuchten mehr heißes Wasser für Ihr Bad. Hätte ich geahnt, dass Sie bereits ausgekleidet sind ...«

»Oh, schon gut«, stieß ich erleichtert hervor. »Das ist aber sehr nett. Machen Sie sich keine Gedanken, ich liege ja sozusagen wohlbedeckt.« Glatt gelogen, denn sosehr ich mich auch bemühte, meine Schulterblätter ganz flach gegen den Wannenboden zu drücken, ganz gelang es nicht, meinen kompletten Körper unter dem milchweißen Wasser zu verbergen. Trotzdem ermunterte ich ihn: »Ich bitte Sie, gießen Sie gern warmes Wasser dazu, ja?«

»Ich schaue auch ganz bestimmt nicht!«, beteuerte er, und ich bemerkte, wie die staubgrauen Wangen ein etwas dunkleres Staubgrau annahmen.

Er wandte sogar den Kopf ein wenig beiseite, als er einen um den anderen Eimer auf die Wannenkante hievte und das Wasser hineinlaufen ließ.

Wohlig breitete sich neue Wärme aus.

»Herzlichen Dank, Mr Dogherty«, sagte ich, deutlich besser versteckt nun und ein wenig mutiger.

Er lächelte. O mein Gott, was für ein bezauberndes Lächeln! Sah ich da nicht sogar ein Fünkchen in seinen dunklen Augen aufblitzen?

Artig nahm er die leeren Eimer, hob die Schultern, machte wieder diese Verzeihung heischende Miene. »Noch einmal ... Entschuldigung, verehrte Miss Austin! Ich bin schon wieder weg.«

»Noch einmal danke! Und eine gute Nacht!«, erwiderte ich.

Er verschwand so schnell, wie er gekommen war. Und ich ertappte mich dabei, das eigentlich sehr schade zu finden.

Wohlgewärmt, sauber und angenehm duftend kroch ich nur wenig später in mein warmes Bett. Irgendjemand hatte inzwischen das Geschirr abgeräumt, offenbar gelüftet, um den Essensdunst zu vertreiben, und dicke neue Scheite in den Kamin gelegt. Ruhig brannte das Feuer. Bald fielen mir die Augen zu, und bevor der Schlaf mich übermannte, dachte ich mit einem Lächeln an Collin Dogherty. Nein, das stimmt nicht ganz. Ich dachte nicht an Collin Dogherty. Ich dachte an Collin. Und ein warmes, heiteres, irgendwie sehr aufregendes Gefühl breitete sich in mir aus, das ich bisher nicht gekannt hatte und das ich noch nicht recht zu benennen wusste. Morgen, dachte ich, morgen werde ich ihm sicher wieder begegnen. Ich freute mich darauf.

UM MITTERNACHT

Traumlos musste ich die ersten Nachtstunden verbracht haben, zumindest erinnerte ich mich an nichts, als ich abrupt und aus unerfindlichen Gründen ungeheuer alarmiert erwachte und die Uhr in der Halle schlagen hörte. Im Gegensatz zu dem, was oben im Turmzimmer vernehmbar gewesen war, klangen die Schläge laut. Die Krähe hatte mir den Weg ja beschrieben. Es war von hier aus offenbar tatsächlich nicht weit bis in die Halle. Ich setzte mich auf, zählte mit, zählte bis neun. Aber nein, das war unmöglich, es musste viel später sein, die ersten Schläge hatte ich im Schlaf wahrscheinlich noch nicht mitbekommen. Heruntergebrannt waren die Kaminscheite, glühten nur noch, tauchten den Raum in sacht rötlichen Schein, ohne ihn zu erhellen. Ich versuchte erfolglos, etwas auf den Leuchtzeigern meiner Uhr zu erkennen.

Angestrengt horchte ich ins Dunkel. Es war nichts zu hören. Und trotzdem spürte ich, dass irgendetwas im Haus vorging. Als überträge sich ein Rumoren, eine Vibration vielleicht, auf mich. Wahrscheinlich bildete ich mir nur etwas ein, und es war nicht mehr als dieses ungute Gefühl im Bauch, das mich hier ja sowieso ständig beschlich. Sollte ich aufstehen und nachsehen? Mich wirklich durch die dunklen, kalten Korridore schleichen? Doch, ich musste!

Der Griff nach meiner Wollfestung beendete das letzte Zaudern. Ich schlüpfte in meine Nikes, band mit fliegenden Fingern die Schnürsenkel, tastete nach dem Handleuchter auf dem Tischchen, brachte endlich – nachdem mir zwei Streichhölzer abgebrochen waren – den Docht zum Aufflammen, öffnete meine Zimmertür und stand auf dem finsteren Gang.

Nur rechts, dann die Treppe runter … So etwa hatte Mrs Crow mir den Weg in die Halle beschrieben. Ich hielt die Hand vor die Kerze, ärgerte mich schon nach den ersten Schritten auf meinen bequemen, leisen Sohlen, die Zündholzschachtel nicht mitgenommen zu haben, ging langsam, atmete möglichst flach, um das schwache Licht nicht auszupusten. Wahrscheinlich ganz gut, diese Konzentration auf die Kerze, denn das lenkte mich von meiner Angst ab.

Da stand ich nun, direkt vor der mächtigen Uhr, die zwei Minuten nach Mitternacht anzeigte. Absolute Stille um mich her. Oder doch nicht? Zu hören war nichts, aber da gab es noch immer dieses Rumoren, diese Vibration, diese Nervosität, die vom Haus auszugehen schien, als wäre es ein lebendiges Wesen.

Wohin wollte ich? Mein Kopf gab keine Antwort, wohl aber durchbrach die Stille plötzlich eine Stimme. Eine? Nein, jetzt waren es zwei. Eine männliche, eine weibliche. Ich konnte nicht verstehen, was sie sagten, aber sie sprachen definitiv nicht in ruhigem Ton miteinander, sondern brüllten sich an. Meine Füße setzten sich von selbst in Bewegung, stockten nur, wenn der Streit, der irgendwo im Haus ausgetragen wurde, aussetzte, eine Atempause der Streitenden mir den Wegweiser nahm.

Es war mir nicht ganz klar, wohin ich lief. Noch immer kam mir das Haus wie ein Labyrinth vor. Aber nachdem ich eine Treppe hinaufgestiegen war, einen weiteren Korridor durchschritten hatte, stand ich vor einer Tür, die ich wiedererkannte. Es war die zweiflüglige Bibliothekstür, die ich nun aufstieß.

Drinnen flackerte ein Wandleuchter. Ich sah mich um. Stille. Niemand hier. Hatte mich wieder ein Spuk genarrt? Vielleicht. Aber warum, wenn denn keine Menschenseele anwesend war, brannte dann ausgerechnet hier Licht?

Nun wieder. Klar und unüberhörbar. Aber kein Streit mehr. Nur noch Schluchzen. Weibliches, eindeutig verzweifeltes, zutiefst betroffenes Schluchzen. Dort! Dort oben, hinter der Tür auf der Galerie, die wer weiß wohin führte.

Ich hastete die Wendeltreppe hinauf, hörte Wortfetzen. Beruhigend, männlich tief, beschwichtigend.

Ich drehte den Knauf. Und dieses Mistding tat dasselbe wie am vergangenen Nachmittag bei meinem ersten Besuch in der Bibliothek. Es drehte sich, aber es öffnete nicht.

Wieder hörte ich dieses herzzerreißende Schluchzen. Und der Mann, anscheinend nun ungeduldig, sagte: »So glaub mir doch endlich!«

Ich legte mein Ohr an das glatte Holz, lauschte angespannt.

»Sie hat alles zerstört!«, wimmerte die Frau. »Wie kann ich dir noch trauen? Du bleibst jeden Beweis schuldig. Ich habe dir mein Leben geschenkt, das Leben unserer Kinder … und du trittst alles mit Füßen, nur weil sie …«

Der Rest ging wieder in kläglichem Weinen unter.

»Aber du verstehst alles falsch, ich habe nie …«

»Doch, das hast du!«

»Frag ihn! Er kennt die Wahrheit. Ich bitte dich!«

»Er steht zu ihr. Das muss er ja auch.«

»Er ist auf unserer Seite, du weißt doch, er liebt dich.«

Wovon redeten die da? Ein Eifersuchtsdrama? Ja, das schien mir die einzig plausible Erklärung.

Er steht zu ihr? Wer steht zu wem? Wer liebt wen?

Plötzlich hatte ich das Gefühl, doch nicht allein in der Bibliothek zu sein. Man kennt das, wenn man spürt, dass einen irgendjemand fixiert. Es fühlte sich an, als würde mir ein Blick Löcher in den Rücken brennen, und ich schoss herum.

Gerade schnell genug, um drunten einen Schatten hinter einem Bücherregal verschwinden zu sehen.

»Wer ist da unten?«, fragte ich. Und bekam keine Antwort.

Diese paar Augenblicke lang war es jenseits der Tür ruhig geblieben.

Nun hörte ich sehr sanft Worte aus einem Mund, den ich nun zuordnen konnte. Jawohl, es war Mr Dogherty, der da sprach: »Ich liebe dich. Dich und keine andere. Gib uns doch Zeit, gib uns Gelegenheit, alles aufzuklären!«

Keine Erwiderung. War das ein gutes Zeichen? Sprach das dafür, dass sie sich nun in den Armen …?

Ich hatte den beruhigenden Gedanken noch nicht ganz zu Ende gebracht, als ich ein ohrenbetäubendes Knirschen, dann Knacken, dann Krachen hörte. So etwa, wie wenn etwas großes Hölzernes zerbirst. Fast gleichzeitig ein markerschütternder Schrei, so kurz, dass er – kaum angestimmt – schon verklungen war. Und nur Bruchteile von Sekunden später ein Geräusch, als pralle etwas Schweres nach einem Fall aus ziemlicher Höhe auf.

Nur ein einziges Wort. Klagelaut, voller Unglauben, Fassungslosigkeit, blankem Entsetzen. Aus Mr Doghertys tiefster Kehle: »Nein!«

UND DANN ...

... **D**ann hämmerte ich mit den Fäusten gegen diese verfluchte Tür. Immer und immer wieder. Tränen stiegen mir in die Augen. Nicht so sehr, weil es zunehmend wehtat, sondern eher aus purer Verzweiflung, die sich nach und nach mit unbändiger Wut darüber mischte, zwar endlich zur richtigen Zeit am richtigen Ort gewesen zu sein, aber dennoch nichts verhindert zu haben.

Irgendwann gab ich mich frustriert geschlagen. Von der anderen Seite war längst kein Mucks mehr zu hören, das Vibrieren, Rumoren hatte aufgehört. Ich sah meinen Leuchter auf dem Boden liegen. Die Kerze war herausgebrochen, an den Rand der kunstvoll gedrechselten Holzbalustrade gerollt und verloschen. Ich hob beides auf, wollte mir Licht für den Weg zurück am Wandleuchter holen, stieg niedergeschlagen die Wendeltreppe hinunter. Just in dem Moment, als meine Füße das Parkett berührten, öffnete sich blitzschnell ein Flügel der Bibliothekstür, eine Gestalt huschte hinaus, die Tür knallte zu, und mit dem Luftzug erlosch die Flamme im Lüster. Nur das schwache Mondlicht fiel nun noch durch die gläserne Kuppel.

Es blieb mir nichts anderes übrig, als meinem zugegebenermaßen in diesem Haus schlecht ausgeprägten Orientierungssinn zu folgen, und ich war fast ein bisschen stolz auf mich, weil es mir gelang, nur zweimal, und das auch nur beinahe, falsch abzubiegen. Als ich die Halle erreicht hatte, war es leicht, und nur eine einzige der zahllosen Zimmertüren auf dem Korridor versuchte ich vergeblich zu öffnen. Direkt heimatlich fühlte es sich an, als ich mich auf den Rand meines Bettes sinken lassen konnte und unter die Decke schlüpfte.

Natürlich war an Schlaf vorerst kaum zu denken. Warum bekam ich diese verhexte Tür nicht auf? Was genau geschah dahinter? Worüber stritten sie? Warum rumste da etwas? Warum passierte nach diesem markerschütternden Schrei Doghertys absolut nichts mehr? Wer war dieses Gespenst, das ob der doch offensichtlich sich anbahnenden Katastrophe untätig blieb und vor mir die Flucht ergriff?

Ich marterte mir das Hirn und fand keine Antworten. Ob ich morgen gleich beim Frühstück meinen Dienstherrn ganz direkt darauf ansprechen sollte? Oder seine Frau, sofern sie denn nicht schon wieder in aller Früh irgendwohin aufgebrochen war? Die Kinder vielleicht? Nein. Diesen Gedanken verwarf ich schnell, denn ich wollte die beiden Kleinen gewiss nicht mit dieser gespenstischen Geschichte ängstigen.

Collin?

Oh, das war vermutlich die beste Idee. Ja, ich würde es versuchen!

Mit diesem Vorsatz muss ich irgendwann eingeschlafen sein. Und ich kann nicht einmal sagen, ob sich tatsächlich zugetragen hatte, woran ich mich sofort nach dem Aufwachen erinnerte, oder ob ich nur geträumt hatte. Es war eine ganz ähnliche Situation gewesen wie in der vergangenen Nacht oben im Turmzimmer.

Wieder hatte ich vier verschiedene Stimmen, vier verschiedene Einflüsse wahrgenommen. Drei mit liebevoller, warmer Zuversicht, eine genauso gehässig wie gestern. Ein

Ausspruch von ihr war mir ganz genau im Gedächtnis geblieben: »Ihr werdet schon noch sehen! So, wie sie auf ihn reagiert, wird euer lächerlicher Plan nicht aufgehen. Ich kriege sie schon so weit. Und auf meine gute alte Maude ist sowieso Verlass.«

Wer war diese »gute alte Maude«?

Es klopfte an meiner Zimmertür. Zuckersüß meldete die Krähe, es sei sieben Uhr, das Frühstück stehe unten bereit. Ich dankte, rief: »Komme gleich« und sprang aus dem Bett.

ALLES AUF ANFANG?

Hurtig erledigte ich meine Morgentoilette, stieg in die Gouvernantenuniform. Heute genügte es mir, meinen Dufflecoat lediglich über den Arm gelegt mitzunehmen, denn im Gegensatz zum Vortag war ich natürlich nicht verfroren, plante aber, noch vor Unterrichtsbeginn ein wenig Luft schnappen zu gehen und die direkte Umgebung des Hauses ein wenig zu erkunden. Leicht fiel es mir jetzt, den richtigen Weg zu finden. Mein Anklopfen beantwortete der Hausherr prompt mit einem aufgeräumten »Herein!«.

Am gedeckten Frühstückstisch saß Mr Dogherty in seinem sehr eleganten, aber total unmodernen Anzug nebst steifem, hohem Vatermörderkragen im unvermeidlichen Schneegrau (exakt wie gestern) und schaute mir aufmerksam entgegen (auch exakt wie gestern). »Kommen Sie bitte, nehmen Sie Platz …«

Wiederum dieselbe Wortwahl wie gestern.

»Guten Morgen, Mr Dogherty. Wir frühstücken heute auch ohne Ihre Frau? Wie schade, ich würde sie so gern endlich kennenlernen.«

Er nickte. »Es tut mir leid, Miss Austin. Sie ist sehr früh

aufgebrochen. Ich erwarte sie nicht vor Mitternacht zurück. Erledigungen … Sie verstehen?«

Ich stutzte. Wieder so ein Déjà-vu! Und das nächste folgte auf dem Fuß. Höchstpersönlich goss er mir auch heute Tee ein, schob mir die dampfende Porridgeschüssel zu, legte geröstetes Toastbrot auf meinen Teller, reichte die Butterglocke und das Kristalltöpfchen mit Jam. Jede Bewegung war eine Blaupause der gestrigen Abläufe.

Die Sache schien irgendeiner Regelmäßigkeit zu folgen, der ich unbedingt auf die Spur kommen wollte. Kurz überlegte ich, was gestern unser nächstes Gesprächsthema gewesen war, ehe die Kinder gekommen waren, und es fiel mir ein. Folglich führte ich eine Art Test durch, plauderte wieder über das trübe Wetter und beschwerte mich scherzhaft über die Abwesenheit der Sonne.

»Sie scheint nie, Miss Austin. Leider werden Sie sich daran gewöhnen müssen.«

Ha! Genau diese Worte hatte er gestern auch gewählt. Zudem denselben Gesichtsausdruck an den Tag gelegt. Ich erinnerte mich genau.

Sein Ausdruck verzog sich zu einer todtraurigen Grimasse. Mit einem Mal wirkte er abwesend, und der doch eigentlich so aufrechte, große Mann erweckte wieder den Eindruck, als würde er schrumpeln und vollständig in seinem Anzug versinken.

»Sie scheint schon so lange nicht mehr … seit …«, flüsterte er, und erneut kam es mir weder so vor, als wäre dieses Flüstern überhaupt an mich gerichtet, noch, als würde er eine Antwort auf seine eigenartige Bemerkung erwarten.

Wieder blieb mir Zeit zum Staunen und zum Nachdenken, denn Mr Dogherty war minutenlang wie abgeschaltet. Dieselbe Fragestellung schoss mir erneut in den Kopf: Warum ging die Familie nicht wenigstens ab und zu Sonne tanken, wenn in diesem Tal ständig derartiges Mistwetter herrschte, während draußen die Welt in herrlichem Frühlingsstrahlen lag? Konnten sie nicht hinaus? Warum? Ich war doch auch hineingekommen.

Noch jemand schien ja hineinzukommen. Der Zeitungsbote! Schließlich hatte er gestern, zwar verspätet, aber doch, jene Ausgabe gebracht, die meine Ausführungen über das Sinken der *Titanic* untermauert hatte. Alles klar! Ich musste also nur abwarten. Gleich würden die Kinder erscheinen. Ob wohl auch sie dasselbe Verhalten an den Tag legen würden, wie es ihr Vater tat? Oder ob sich etwas geändert haben würde? Passierte durch mein Hiersein überhaupt etwas? Oder fingen wir täglich wieder sozusagen bei Adam und Eva an? Das konnte auf Dauer hübsch langweilig werden. Und mal abgesehen von dieser Befürchtung stieg mir eine andere, erheblich relevantere ziemlich unangenehm kribbelnd in den Nacken: Wenn sich durch mich nichts voran bewegte, wie sollte ich dann jemals etwas daran ändern können, was ich ändern *musste*, was der eigentliche Zweck meines Aufenthalts hier war?

Meine Überlegungen wurden unterbrochen durch das Eintreten von Julie und Thomas. Und da hatte ich meine Antwort. Zumindest *eine* Antwort. Die Kinder mussten weder erneut vorgestellt werden, noch fremdelten sie in irgendeiner Weise. Beide bekundeten vergnügt, sich auf den Unterricht zu freuen. Thomas fragte, ob wir uns denn hoffentlich noch einmal mit den Ursachen für den Untergang des luxuriösen Ozeanriesen beschäftigen könnten. Obwohl ihm bewusst sei, dass wir dieses Thema bereits hinter uns gelassen hätten, wären ihm doch gestern Nachmittag noch einige Fragen dazu aufgekommen. Ich bejahte gern, beobachtete dabei unauffällig, wie sein Vater reagierte, und stellte fest, dass auch er offenbar diesbezüglich »auf Stand« war. Tja, und dann wartete ich insgeheim auf das Auftreten von Winston mit der neuesten Zeitung.

Winston kam. Und brachte die Ausgabe vom 17. April 1912.

Ein Blick aufs Titelblatt genügte mir, um zu erkennen, dass mit aktuelleren Nachrichten in diesem Hause wohl nicht mehr zu rechnen sein würde.

Eine halbe Stunde blieb mir noch vor Unterrichtsbeginn, und ich erklärte nach dem letzten Schluck Tee, nun einen kleinen Rundgang draußen machen zu wollen, um mir etwas die Füße zu vertreten. Dagegen hatte Dogherty nichts einzuwenden, schlug jedoch Thomas' Bitte ab, mich begleiten zu dürfen.

Kein Lüftchen ging, ganz so eisig wie bei meiner nächtlichen Ankunft war es nicht mehr, aber ähnlich unangenehm feuchtkalt und düster wie an einem nebligen Londoner Januarabend. Ich knöpfte meine Wollfestung bis zum Hals hinauf zu, schob die Kapuze über die Ohren, steckte die klammen Hände in die Taschen. So ging es halbwegs. Nichts rührte sich, kein Vogel, keine Maus, nur meine eigenen Schritte waren zu hören. Ich umrundete das Haus halb, denn mein Ziel war das auf der Rückseite liegende Hopfental. Ganz sacht führte dort der Weg bergab. Zwischen hoch aufragenden Hopfenstangen schlenderte ich, atmete tief durch und stellte fest, dass diese unsäglich hässlichen Schnürschuhe, die zu meiner Gouvernantenuniform gehörten, durchaus geländetauglich und gar nicht mal unbequem waren. Hoch oben hing an einigen Rankhilfen noch verdorrtes Laub. Ich bückte mich, kratzte mühsam mit einem flachen Stein ein wenig hartgefrorene Erde am Fuß mehrerer Stangen fort, suchte nach einem lebendigen Hopfenstock, wurde aber nicht fündig. Nachdenklich legte ich den Stein weg, und es kam mir der Gedanke, dass ich morgen nachschauen wollte, ob mein Tun noch belegbar sein würde. Hinterließ ich Spuren?

Teils, teils, gab ich mir die Antwort selbst. Was ich neu ins Haus getragen hatte, schien doch eindeutig Auswirkungen zu haben. Nur die äußeren Bedingungen veränderten sich offenbar nicht. Ich wollte genau auf Zeichen achten, nahm ich mir vor. Ob beispielsweise der Speiseplan wechseln würde. Beim Frühstück war alles genau gleich gewesen. O nein, bitte nicht wieder Hammel mit Minzsoße zum Abendessen, schoss es mir durch den Kopf.

Ich blickte auf meine Uhr. Zeit, umzudrehen. Einen Augenblick blieb ich stehen, bewunderte die Fassade des Hauses. Wie schön es sein musste, wenn Morgensonne jetzt die Fenster zum Blitzen, die glasierten Ziegel zum Leuchten brächte, wenn die blanken Wetterfahnen munter in leichter Brise schwängen, der kahle Wein sich an den Turmecken in sattes Sommergrün oder bunte Herbstfarben kleidete! Es war schon wirklich herzzerreißend, so etwas Hübsches derart todesgleich grau schlafen zu sehen. Beinahe ein waschechter Lost Place. Ganze Horden kunstfertiger Fotografen, immer auf der Jagd nach schönem Vergehendem, hätten im gegenwärtigen Zustand ihre Freude an diesem Anwesen gehabt. Wenn denn überhaupt jemand gewusst hätte, dass es noch existierte. Aber dem war ja nicht so.

Plötzlich sah ich jemanden an einem offenen Fenster stehen. War das …? Oh, tatsächlich! Ich winkte fröhlich hinauf, er winkte zurück. Als ich in Hörweite kam, entbot er mir einen höflichen Morgengruß, rief: »So früh schon ein Spaziergang, Miss Austin?«

Ich erwiderte erfreut seinen Gruß und ergänzte: »Morgenstund' hat doch angeblich Gold im Mund, Mr Dogherty. Ich wünschte mir allerdings ein paar Strahlen goldenes Licht. Es ist traurig, dass die Sonne diesen ewigen Nebel nicht durchdringen kann. Aber meine Fantasie hat sie mir dazugemalt, und unter diesem Eindruck war ich eben zu dem Schluss gekommen, dass das Haus traumhaft schön anzuschauen sein müsste, wenn es ihr endlich einmal gelänge.«

»Da sagen Sie was! Wir leben hier *eigentlich* in einem Paradies.« Das Wort »eigentlich« dehnte er auf merkwürdige Weise.

»Sie haben es doch sicherlich in anderem Zustand gesehen, nicht wahr?«

Seine Antwort, verbunden mit diesem erschreckenden Entgleisen seines Ausdruckes, jagte mir einen Schauer über den Rücken. Ich stand nun direkt unter seinem Fenster, konnte sein Gesicht genau beobachten. Sah, wie es sich unter meinen Worten schmerzhaft verzog, hörte auch, wie er scharf die Luft einsog.

»Alles, was wir sehen oder scheinen, ist nichts als ein Traum in einem Traum«, sagte er.

Ich kann das nicht anders beschreiben: Mit Grabesstimme sprach er diesen Satz. Und wirkte dabei zusätzlich wie nicht mehr von dieser Welt. Eben noch hatte er relativ entspannt ausgeschaut, was natürlich ob des Abstandes getrogen haben konnte, aber jetzt hatte sein Gesicht wieder denselben tragischen Ausdruck wie gestern in der Bibliothek. An sich hätte ich ihn als Nächstes fragen wollen, wie es denn früher gewesen war, aber ich brachte es nicht übers Herz, wollte vermeiden, einen neuen Triggerpunkt zu erwischen, und ihm unter keinen Umständen den Tag verderben. Also verkniff ich es mir, tat jetzt überaus eilig und bemühte mich, einen möglichst leichten Ton anzuschlagen.

»Ich muss nun in den Unterricht, Mr Dogherty. Meine wissensdurstigen Schüler sollen ja nicht warten. Vielleicht begegnen wir uns später noch einmal. Ich wünsche Ihnen einen angenehmen Vormittag!«

Dann winkte ich ihm im Umdrehen noch kurz zu, huschte rasch um die Hausecke und versuchte mich zu sammeln. Gott, was war das für ein Gefühl! Hätte er nicht dort oben, sondern direkt vor mir gestanden, hätte ich mich ganz gewiss nicht zurückhalten können. Dann hätte dieses überschäumende Mitleid, gepaart mit irgendetwas mir bisher Fremdem, Warmem, mich nämlich zu unbedachten Reaktionen getrieben, und ich hätte ihn garantiert in die Arme genommen. Das dringende Bedürfnis, Trost zu spenden, Zuwendung, ach, ich weiß es nicht genau … jedenfalls etwas Unausweichliches, Überwältigendes, ungeheuer Zärtliches flutete mein ganzes Sein. Ich blieb noch einen Moment stehen, wiederholte im Geist seine Worte. Verflixt, sie kamen mir bekannt vor. Aber woher? Ich musste in meinem Gedächtnis kramen, denn in mancherlei Hinsicht schienen sie mir bedeutungsvoll. Hätte es in diesem Haus Strom gegeben, wäre es eine Sache von Minuten gewesen, es herauszufinden. Handy anschalten, Suchmaschine anwerfen … Aber nein, ich war ja hier im letzten Jahrhundert gelandet … Bei solchen Kleinigkeiten wurde einem wirklich mal bewusst, wie komfortabel wir es heute hatten. Natürlich hatte ich auch während des Studiums unsere beeindruckende Bibliothek zur Quellensuche genutzt und dabei stets eine angemessene Ehrfurcht für all das zusammengetragene Wissen empfunden. Aber die Ideen dazu, wonach ich tiefer recherchieren wollte, hatte ich zugegebenermaßen doch häufig zuvor dem Netz entnommen.

Es war gut, dass ich in diesem Moment meine verwirrte Gefühlswelt mit sachlichen Überlegungen beschwichtigen konnte, die mir den Übergang zu meiner Aufgabe als Lehrerin erleichterten. Ich hastete die Treppe hinauf, legte meinen Mantel ab, griff nach dem kleinen Bücherstapel, den ich gestern aus der Bibliothek mitgenommen hatte, und erreichte zwei Minuten vor acht pünktlich das Schulzimmer. Im Drehen des Türgriffes vernahm ich plötzlich zu meiner großen Freude auch noch von irgendwoher die ersten Violinenklänge des *Winters*, spürte, was auch immer noch auf mich zukommen würde, ich war nicht allein, ich hatte Geleitschutz, und trat mit einem Lächeln ein.

WORTWIEDERHOLUNGEN

Heute kam ich in den Genuss einer Lunchmahlzeit. Gemeinsam mit den Kindern fand ich mich nach dem äußerst vergnüglichen Unterricht mittags im Speisezimmer ein. Ein Steckrübeneintopf kam auf den Tisch. Nicht unbedingt einer meiner kulinarischen Favoriten, zumal ziemlich fette Schweinebauchstreifen zwischen Zwiebel-, Karotten- und Rübenstückchen schwammen. Aber ich wusste um den gesunden Nährwert, der diesem Arme-Leute-Essen nachgesagt wurde, und es schmeckte an sich gar nicht mal so verkehrt, machte außerdem satt.

Wie gestern schon musste Thomas seinem Vater berichten, was er im Unterricht gelernt hatte. Er tat das offenkundig gern und voller Begeisterung, gab – in für sein Alter enorm gesetzter Rede – die Verhältnisse in nordenglischen Kohleminen wieder. Ein Thema, das uns heute im Zusammenhang mit der Stahlherstellung für den Schiffbau begegnet war. Er erzählte, nicht ohne kindlich empathisches Bedauern, von den armen, Loren ziehenden Ponys, die zu seinem Entsetzen ihr ganzes Arbeitsleben lang unter Tage kein Licht sahen. »Denk dir nur, Vater! Dagegen unsere Ponys damals … Weißt du noch, wie sie über die grünen Wiesen getollt sind, als …«

Erschreckt beobachtete ich die Interaktion zwischen Vater und Sohn in diesem Moment. Mr Doghertys Züge verfinsterten sich geradezu grimmig, Thomas traten Tränen in die Augen, während er nach einem scheuen Blick auf den Vater seinen Satz beendete: »… als die Sonne noch schien.«

»Lass gut sein, Thomas!«, sagte mein Dienstherr. Schärfe lag in seinem Tonfall. Aber es war nicht Schärfe allein, es war gleichzeitig unendliche Traurigkeit.

Julie hatte derweil ihren Löffel auf den Tellerrand gelegt, das Köpfchen in den Händen verborgen und seufzte leise: »Und wie Mum mich in den Sattel gehoben hat …«

Ich streichelte sanft über ihre schmalen Schultern, sie warf mir einen dankbaren Blick zwischen zwei Fingern hindurch zu. Ihre heutige Zeichnung, entnommen der Beschäftigung mit den Kohleminen, welche zusammengerollt hinter ihr auf dem Stuhl lag, zeigte sie angesichts der dicken Luft, die inzwischen herrschte, gar nicht erst her. Geschickt und meiner Meinung nach künstlerisch durchaus nicht unbegabt hatte sie nämlich ein solches Grubenpony gemalt. Im Hintergrund einen düsteren Schachteingang und zuvorderst ein Pferdchen, das, offensichtlich auf der Flucht vor seinem Schicksal, bei strahlendem Sonnenschein auf eine weitläufige grüne Wiese stürmte.

»Esst!«, befahl Mr Dogherty, Julies Schultern zuckten unter meiner Hand zusammen, und beide Kinder gehorchten.

Mir schenkte er während dieses kleinen Zwischenfalls keinerlei Aufmerksamkeit. Es war, als nähme er meine Anwesenheit erst wieder wahr, als die Kleinen schweigend weiterlöffelten.

»Sie kommen zurecht, Miss Austin?«, fragte er mich, und es schien mir, als sei die Frage lediglich rhetorischer Natur.

»Julie und Thomas sind außerordentlich wissbegierige, aufmerksame und angenehme Schüler«, antwortete ich lächelnd und hängte die Frage an, ob seine Erlaubnis, die Bibliothek zu nutzen, generell gälte.

»Selbstverständlich!«

»Das ist fein. Gestern habe ich mir natürlich noch keinen genaueren Überblick verschaffen können, was ich wo finden kann.«

»Oh«, erwiderte er, nun wieder äußerst liebenswürdig, »sollten Sie Schwierigkeiten damit haben oder etwas Spezielles suchen, stelle ich Ihnen gern die Expertise meines Sohnes Collin zur Seite. Niemand hier im Haus kennt sich da besser aus, zudem verbringt er sowieso den Löwenanteil seiner Zeit dort, es ist also schon beinahe unmöglich, ihm woanders als im Reich der Bücher zu begegnen.«

Mein Blick schweifte über einen der beiden freien Stühle am Esstisch, Mr Dogherty hatte offenbar die unausgesprochene Frage verstanden und erklärte: »Collin isst in aller Regel auf seinem Zimmer. Er schätzt unsere banalen Tischgespräche nicht sehr.«

Oder möglicherweise nicht eure Gesellschaft, dachte ich bei mir, aber nur ein etwas betroffenes »Oh« rutschte mir raus. Stirnrunzelnd schaute Dogherty mich an und ich setzte eilig hinterher: »Das Angebot, ihn mir bei meiner Suche nach geeignetem Unterrichtsmaterial helfen zu lassen, nehme ich sehr gern an. Stören möchte ich ihn aber keineswegs …«

»Ach, nein, solange es um seine Welt, die Welt des geschriebenen Wortes, geht, stören Sie ihn gewiss nicht. Ein wenig Austausch wird ihn sicherlich sogar freuen. Machen Sie sich keine Gedanken, Miss Austin, ich werde ihm Bescheid sagen lassen.«

Mr Dogherty hob die Tafel auf, wies die Kinder an, sich eine Stunde auszuruhen, und ermahnte sie, ihre nachmittägliche Musikstunde ja nicht zu versäumen. Ich dankte für die Mahlzeit und erhob mich ebenfalls. Natürlich mit dem Plan, keine Zeit zu vertrödeln und mich schnellstmöglich auf den Weg in die Bibliothek zu machen. Daraus allerdings sollte nicht sofort etwas werden.

Alle gemeinsam hatten wir den Speiseraum verlassen,

Julie und Thomas sah ich in Richtung ihrer Zimmer verschwinden, da bat mich Mr Dogherty, doch noch mit in sein Arbeitskabinett zu kommen, er habe etwas mit mir zu besprechen. Irgendwie wurde mir ein wenig mulmig. Sein Tonfall war seltsam.

Er hielt mir die Tür auf, wir betraten einen düsteren, mit schweren, äußerst gediegenen Mahagonimöbeln eingerichteten Raum. Den Fußboden bedeckte ein riesiger ziegelroter Perserteppich, dieselbe Farbe fand sich in den zugezogenen Brokatportieren wieder. Bücherregale bedeckten die Wände. Ein Schreibtisch gewaltigen Ausmaßes dominierte, darüber das fast mannshohe Porträt eines freundlich blickenden Herrn, der möglicherweise Doghertys Vater sein mochte, je ein hochlehniger Ledersessel davor und dahinter. Man konnte diesen Schreibtisch aufgeräumt nennen, denn neben einer Leselampe mit dunkelgrünem Schirm, die Dogherty nun anzündete, befand sich darauf lediglich eine Schreibgarnitur aus schwarzem Marmor.

Und!

Sorgfältig zusammengerollt, jetzt effektvoll beschienen vom Lampenlicht, duftig zart, außerordentlich unpassend in diesem pur männlichen Ambiente, ja, etwa so unpassend wie ein Monokel im Kakao: Professor McCormicks Schal!

Ich hockte sozusagen mit halber Pobacke auf dem Ledersessel, der sich rutschig und kalt anfühlte, meine Überlegungen schlugen Purzelbäume, konnten sich aber nichts ausmalen, was nun passieren sollte. Mr Doghertys Miene verhieß, kaum dass wir Platz genommen hatten, nichts Gutes. Und richtig, ziemlich harsch begehrte er zu wissen, wie ich zu diesem Schal gekommen sei. Ich hatte umgehend den Eindruck, auf einer Anklagebank zu sitzen, und war mir dabei doch keiner Schuld bewusst. Verdattert schwieg ich einen Moment, was Dogherty zu regelrecht inquisitorischer Nachfrage animierte:

»Sie haben ihn aus dem verbotenen Zimmer mitgenommen, nicht wahr, Miss Austin? Wie sind Sie überhaupt dort hineingelangt?«

Was für ein Vorwurf! Mir blieb die Spucke weg. Empörung stieg in mir auf, rauschte bis unter die Haarspitzen, muss meinem Teint Feuerlöscherfarbe verliehen haben. Dieses Miststück, diese alte Krähe! Verschwörerisch kumpelhaft tun, mich anscheinend ins geheimste Geheimnis des Hauses einweihen, und dann zum Chef rennen und mich verleumden. Na warte!

Ich holte tief Luft. Legte beide Hände auf die Schreibtischplatte, beugte mich ein wenig vor und blickte Mr Dogherty direkt in die Augen. Ich war bereit!

»Falls Ihnen Mrs Crow diesen Schal mit der Erklärung ausgehändigt hat, ihn mir nach einem Diebstahl abgenommen zu haben, dann kann ich Ihnen nur sagen, dass Ihre Angestellte lügt. Ist es so gewesen, Mr Dogherty?«

Offensichtlich irritierte ihn, dass ich den Spieß derart schnell umgedreht hatte, dass *ich* es nun war, die die Fragen stellte. Er räusperte sich, wirkte auf einmal weniger gestreng und gab zu: »Genau so ist es gewesen, Miss Austin.«

»Dann will ich Ihnen nun die Wahrheit erzählen.«

»Ich bitte darum.«

Für mich klang das, als sei er schon jetzt durchaus nicht mehr ganz von Mrs Crows Ehrlichkeit überzeugt. Detailliert schilderte ich ihm, wie ich in den Besitz dieser Devotionalie gekommen war. Ja, genau diesen Begriff verwendete ich, berichtete ihm zur Erhellung des Hintergrunds von völlig abdrehenden Kommilitonen allein bei Sichtung Deborah McCormicks bis hin zu Mrs Crows Fangehabe inklusive Führung durch Madames Gemächer und ließ keine Einzelheit aus. Mit dem Ergebnis, dass ihm buchstäblich der Kiefer herunterklappte und ich den Moment der Verblüffung zu meinen Schlusssätzen nutzen konnte:

»Ein Urteil mögen Sie sich nun selbst bilden, Mr Dogherty. Ich bedaure allerdings außerordentlich, dass Sie anscheinend Mrs Crow mehr vertrauen als mir, in deren Obhut Sie Ihre Kinder immerhin für mehrere Stunden täglich geben. Sollte Ihr Urteil gegen mich ausfallen, bitte ich um sofortige Entlassung.«

Ich weiß, dass ich funkelte. Ich funkle immer, wenn mich jemand zu Unrecht verdächtigt. Man möge es mir nachsehen, aber das gehört nun mal zu den Dingen, die ich nicht ertrage.

Doghertys Blick konnte jetzt nicht anders als »zerknirscht« genannt werden, dann wich er dem Augenkontakt vollends aus. Mit den Zeige- und Mittelfingern beider Hände rieb er sich die Schläfen, starrte vor sich auf die Tischplatte. Stille. Bis, plötzlich, ein Ruck durch seine Schultern ging, seine Handflächen auf das blankpolierte Holz knallten. Er schaute auf. »Ich bitte Sie in aller Form um Verzeihung, Miss Austin! Und hoffe von Herzen, dass Sie meine Entschuldigung annehmen können. Was müssen Sie nur von mir denken?«

»Eigentlich nur das Allerbeste, Mr Dogherty«, erwiderte ich. »Und ja, natürlich nehme ich Ihre Entschuldigung an.«

Er wirkte erleichtert. »Ich werde mir Mrs Crow vorknöpfen.«

»Im Grunde bin ich froh, dass sie das getan hat.«

Erstaunt sah er mich an.

»Ja, beinahe hätte ich angefangen, ihr zu vertrauen. Und ich gestehe, bei all der unverhohlenen Abneigung, die sie mir permanent entgegenbringt, will das schon viel bedeuten. Nun weiß ich wenigstens ganz sicher, vor wem ich mich in diesem Hause hüten muss.«

Er seufzte schwer, murmelte etwas wie: »Längst hätte ich sie vor die Tür setzen müssen, aber das ist unmöglich.«

Ich weiß nicht genau, ob er das zu sich selbst oder zu mir sagte. Jedenfalls wagte ich einen Vorstoß. »Warum unmöglich, Mr Dogherty?«

»Das können Sie nicht verstehen, Miss Austin. Es tut mir leid, aber …«

Nun wieder diese entsetzliche Qual in seinen Zügen. O nein, darauf wollte und konnte ich nicht weiter insistieren. Ich winkte ab. »Schon gut, Ihr Umgang mit dem Personal geht mich wahrhaftig nichts an. Bitte entschuldigen Sie. Wenn Sie mich nicht weiter brauchen, würde ich nun gern in die Bibliothek gehen.«

Dogherty stand auf, reichte mir die Hand, und, anders als gewohnt, hatte ich den Eindruck, sie war dieses Mal nicht ganz so eiskalt.

Die Krähe begegnete mir auf meinem Weg in die Bibliothek nicht. Fast schon bedauerlich, denn ich war genau in der richtigen Stimmung, um sie zur Rede zu stellen. Gut, das musste warten, aber ich war wild entschlossen, die Geschichte nicht auf sich beruhen zu lassen.

Still war es im Büchertempel und ich war allein. Fahles Licht fiel durch die Kuppel. Zu schummrig, um lesen zu können, also entzündete ich mit den bereitliegenden Hölzchen einige Wandleuchter, nahm zusätzlich einen Kerzenständer und schritt, konzentriert Buchrücken studierend, die langen Reihen ab. Zwei Bücher, reich illustriert, genau das Richtige für meine Unterrichtsstunde morgen, und ein Märchenbuch hatte ich bereits ausgewählt, als über mir ein leises Knarzen ertönte und mich herumfahren ließ.

Oben auf der Galerie öffnete sich eine Tür. Nicht irgendeine Tür, sondern jene, die mir nie die Freundlichkeit erwies, sich auch nur einen Millimeter zu rühren. Aus meiner Position konnte ich den oberen Teil des Türblatts auf- und wieder zurückschwingen sehen. Gespannt erwartete ich, wer die Empore nun betreten würde, und erblickte gleich darauf Collin Dogherty, wie er, die Hände auf die Brüstung gestützt, zu mir herunterschaute. »Seien Sie gegrüßt, Miss Austin! Mein Vater ließ mich bitten, Ihnen Hilfestellung zu leisten, was ich sehr gern tun möchte. Moment, ich bin sofort bei Ihnen.«

Federnden Schrittes stieg er die Wendeltreppe herab, kam auf mich zu, reichte mir die Hand. Meine Verblüffung, dass für ihn offenbar selbstverständlich war, was mich vor eine unüberwindliche Aufgabe stellte, gab mir wohl die entlarvenden Worte in den Mund.

»Ich bin perplex, Mr Dogherty. Können Sie mir erklären, warum Sie ganz selbstverständlich durch diese Tür dort oben treten können, während sie mir verschlossen bleibt? Wohin führt sie?«

Mit dem nächsten Wimpernschlag wurde mir klar, wie das auf ihn wirken musste. Neugierig, bar jeder Diskretion und Zurückhaltung erkundete also die nagelneue Gouvernante klammheimlich auf eigene Faust jeden Winkel des Hauses. Versuchte, in die Privatsphäre der Familie einzudringen. Herrgott, wie peinlich! Meine Gesichtszüge müssen unter der Erkenntnis völlig entgleist sein, und zwar, Collins Reaktion zufolge, definitiv Richtung Lächerlichkeit.

Er grinste nämlich. Jawohl, er war amüsiert. Wenigstens das und nicht total empört. Dann legte er den Kopf ein bisschen schief, zog die Augenbrauen zusammen und ließ das Kinn eine Winzigkeit, wie zur Aufforderung, na, ich sage mal, erklärungsheischend schnicken.

Blitzschnell musste mir etwas einfallen, und ich entblödete mich zu sagen: »Das Haus ist so groß und unübersichtlich, ich hatte mich verlaufen.«

»Ah«, machte er. Es klang spöttisch. »Aber Sie sind doch

gestern hier …«, er wies mit gerunzelter Stirn auf den zwei-
flügligen Haupteingang, »hereingekommen?«

Ich senkte den Kopf. Er hatte recht. Sollte ich ihm jetzt von
meinem nächtlichen Besuch erzählen? Was blieb mir anderes
übrig? Ich holte Luft.

»Um der ganzen Wahrheit die Ehre zu geben … Der
Besuch gestern Nachmittag war nicht mein einziger hier. Es
geschah etwas, mitten in der Nacht …«

»Ich weiß!«, sagte er.

»Sie wissen?«, entfuhr es mir, und ich bemerkte, es klang
vorwurfsvoll.

»Selbstverständlich«, entgegnete er. »Weil es jede Nacht
geschieht. Seit mittlerweile mehr als hundert Jahren.«

»Dann waren Sie das Gespenst, das vergangene Nacht
lautlos hinausgehuscht ist, nachdem der Lärm verklungen
war?«

Er nickte.

»Und Sie haben gesehen, wie ich verzweifelt versucht
habe, diese verfluchte Tür dort oben zu öffnen? Da passiert
doch etwas Entsetzliches! Ich wollte es verhindern.«

»Das können Sie nicht, Miss Austin. Und deshalb bleibt
Ihnen diese Tür verschlossen.«

»Das ist doch Quatsch. Eine Tür ist eine Tür. Rein mecha-
nische Sache, wenn sie nicht aufgeht. Falls sie nicht abgeschlossen ist, muss man sie vielleicht etwas anheben,
niederdrücken, irgendeinen Trick wird es schon geben.
Warum können denn Sie sie offensichtlich mühelos jederzeit
durchschreiten? Weil Sie diesen kleinen Trick womöglich
ganz selbstverständlich anwenden?«

»Nein, Miss Austin, kein Trick. Sondern einzig und allein
deshalb, weil ich ein Teil von Midnight bin, ein Teil der
Geschichte, ja, auch der allnächtlichen Ereignisse und ein Teil
des Fluchs, der über unser Haus und meine Familie gekommen
ist. Niemand kann ihn aufheben, niemand kann etwas ändern.«

»Das gibt es nicht!«, entfuhr es mir.

»Doch, das gibt es. Kommen Sie mit, ich zeige Ihnen was.«

Er nahm mich bei der Schulter, drängte mich sanft der Treppe zu. Mit weichen Knien stieg ich hinauf, ließ mich von ihm an der Balustrade positionieren. »Bleiben Sie hier stehen, geben Sie acht«, wies er mich an. Ich gehorchte, während er mit drei Schritten an der besagten Tür stand, den Knauf drehte und völlig problemlos über die Schwelle schritt. Sekunden später war er wieder neben mir, forderte mich auf: »Jetzt Sie! Nur zu, drehen, heben, drücken Sie nach Kräften.«

»Ich ahne, was passieren wird«, murmelte ich und versuchte mich. Natürlich erfolglos.

Ich wandte mich zu ihm um. »Was liegt dahinter?«

»Oh, nichts Mysteriöses. Der Ballsaal, architektonisch beinahe spiegelgleich zur Bibliothek. Und dahinter der gesamte Südflügel, wo ich meine Zimmer habe. Es ist also nicht erstaunlich, dass ich meine geliebte Bücherwelt bevorzugt von dort aus betrete. Außer Mrs Crow und mir kommt dort niemand hinein.«

Ich nickte nachdenklich, sagte mehr zu mir selbst als zu ihm: »Und vermeiden so den Kontakt zum Rest der Familie … warum nur?«

Jetzt nickte er ebenfalls. Er hatte mich also verstanden.

»Warum nur?«, wiederholte ich und sah ihn an.

Er antwortete nicht, senkte den Kopf. Das flackernde Licht setzte sparsam ein paar Reflexe in sein Haar. Vielleicht hätte es mehr tun wollen, hätte Glanz erzeugen mögen. Doch wie, wenn alles mit diesem matten Staubgrau überzogen war? Jede Entspannung, die beinahe fröhliche, lebendige Lockerheit, die sich noch bei unserer Begrüßung in seinen Zügen abgezeichnet hatte, war wieder diesem unsagbar traurigen Ausdruck gewichen. Ein Mensch, den man sich gramgebeugter kaum vorstellen kann. Mitleid überkam mich mit einer ungeheuren Wucht. Man kennt diese Art von Mitleid.

Die Sorte, die körperlich richtig wehtun kann, jeden Muskel zum schmerzhaften Zusammenziehen bringt, manchmal Tränen aufsteigen lässt, mindestens aber einen so dicken Kloß im Hals produziert, dass es einem die Kehle zuschnürt.

»Sind Sie einsam, Collin?«, flüsterte ich mit rauer Stimme und legte ihm behutsam eine Hand auf den Arm. Er strich darüber. Ein wenig wie eine Zärtlichkeit, mehr jedoch wie Abwehr. Ich zog meine Hand zurück. Schon wieder solch ein unbotmäßiger Übergriff, schalt ich mich innerlich. »Verzeihung!«, war das Einzige, das mir zu sagen einfiel.

Und er erwiderte: »Schon gut. Sie können ja nicht wissen.«

Da standen wir nun voreinander. Gebannt in eine Situation, aus der ich keinen rechten Ausweg sah. Das war wirklich kein Moment, um weiter in ihn zu dringen, sosehr ich auch die Gelegenheit hätte nutzen wollen, mehr zu erfragen. Mein Kopf suchte nach einem sinnvollen Anknüpfungspunkt. Meinte, ihn gefunden zu haben in jenem Ausspruch, den er heute Morgen am Fenster getan hatte.

»Ach, was mir gerade einfällt: Heute früh sagten Sie etwas, das mich nachdenklich gemacht hat. Nachdenklich insofern, als ich es für ein Zitat hielt.«

»Ich erinnere mich nicht«, antwortete er, schien aber dankbar zu sein, dass ich ihn ablenkte. »Was habe ich denn gesagt?«

»›Alles, was wir sehen oder scheinen, ist nichts als ein Traum in einem Traum.‹ Von wem ist das? Oder fiel es Ihnen tatsächlich selbst ein?«

»Es passt so gut zu unserer Situation«, erklärte er versonnen. »Insofern könnten es natürlich auch durchaus meine eigenen Worte gewesen sein. Aber sagen Sie mir, wer gesprochene Worte – so oder so aneinandergefügt – wirklich zum allerersten Mal reiht! Immer und immerzu wiederholen sich Worte, wiederholen sich Satzkonstruktionen. Irgendjemand hat irgendwo in unserem vertrauten Sprachraum schon einmal denselben Satz gesagt. Ich kann das beurteilen, denn ich bin sicherlich einer der versiertesten Leser unseres Jahrhunderts. In diesem Falle war es allerdings ein Autor, der mich seit frühester Jugend begleitet. Sein Leben war so seltsam und tragisch wie seine Geschichten, wie sein Tod. Ich fühlte mich ihm stets nah, und seitdem *es* passiert ist, scheint er mich vollständig vereinnahmt zu haben. Willfähriges Opfer oder Bruder im Geiste, im Schicksal womöglich. Wie Sie wollen. Es ist eine Art Hassliebe, die mich an ihn bindet. Manchmal möchte ich seiner imaginären Umklammerung entfliehen, dann wieder ist sie mir einzige Zuflucht. Er ist Ihnen mit absoluter Sicherheit bereits begegnet, aber ich will Ihnen ein paar Hinweise geben. Haben Sie Lust, ihn zu erraten?« Kurz sah er mich zweifelnd an. »Wissen Sie, ich kann nicht verhehlen, dass es mir Freude macht, in Ihnen einen neuen Gesprächspartner gefunden zu haben. Mir scheint nämlich, dass Sie ein sehr besonderer, feinfühliger Mensch sind. Oder beanspruche ich Ihre Zeit und Aufmerksamkeit damit zu dreist?«

Ich muss bis über beide Backen errötet sein und kam etwas ins Stammeln. »Oh … gar nicht … überhaupt nicht, Mr Dogherty.«

»Wie schön! Dann kommen Sie, lassen Sie es uns dort hinten in den Lesesesseln bequem machen.«

Wie reizend er sein konnte! Breitete sogar ein Wollplaid über meine Knie, damit ich es gemütlich hatte, bevor er zu erzählen begann.

»Der Schriftsteller, dem dieses Zitat nachgesagt wird, lebte in der ersten Hälfte des neunzehnten Jahrhunderts in Amerika. Es scheint kein guter Stern gewesen zu sein, unter dem er zur Welt kam. Vaterlos aufgewachsen, starb seine Mamá, als er gerade zwei Jahre alt war. Schicksalsschlag folgte auf Schicksalsschlag. Schon als ganz junger Bursche musste er seine Pflegemutter begraben. Die erste Frau, seine

Cousine ersten Grades, heiratete er, als sie gerade einmal dreizehn Jahre alt war. Die Tuberkulose riss sie ihm aus den Armen. Es müssen wohl vor allem diese allzu zeitig verblichenen geliebten Frauen gewesen sein, die den Dichter trübsinnig werden ließen. Er soll einmal gesagt haben, nichts sei poetischer als der Tod einer schönen Frau. Entsprechend liest sich sein Werk. Geschichten und Gedichte voller Poesie, Schwermut und Tragik. Viele nicht klar zu deuten, voller Dunkelheit und nebulöser Umstände. Oft verrissen von der Kritik und wenig einträglich, sieht man einmal von seinem bekanntesten Werk ab. Es nimmt vielleicht nicht Wunder, dass selbst sein eigener Tod eine mysteriöse Angelegenheit war. Kaum vierzig Jahre alt, fand man ihn eines Tages in der Nähe eines Pubs in Baltimore auf der Straße liegend. Die ärmlichen Kleider, die er trug, gehörten ihm nicht, er war vollkommen verwirrt und körperlich in bejammernswertem Zustand. Was ihm zugestoßen war, konnte nicht geklärt werden. Man brachte ihn in ein Hospital, und es stellte sich heraus, er war kein Unbekannter. Vielmehr galt er seit zehn Tagen als vermisst. Ganz zielgerichtet war er aus Boston aufgebrochen, um – vielleicht zum ersten Mal in seinem Leben – auf sein Glück zuzureisen, das in Fordham auf ihn wartete. Niemals jedoch kam er an bei seiner Jugendliebe, der schönen Elmira, welche er in Kürze zu ehelichen gedachte. Vier Tage nach seinem Auffinden verstarb er und erreichte sie nimmermehr.«

»Poe!«, schoss es aus mir heraus.

Und Collin lächelte. Es war ein beinahe triumphierendes Lächeln. »Ich wusste, dass Sie draufkommen würden. Und was lag mir näher als ›Der Rabe‹, der diesen armen Tropf in seiner Einsamkeit besuchen kommt, um ihm deutlich zu machen, dass er die verlorene Lenore nicht vergessen darf? Haben wir hier in Midnight doch den Verlust unserer sanften, zarten, zauberhaften Elinore zu beklagen.«

Ich schluckte ob dieser Offenbarung. Tausend Fragen

schossen mir durch den Kopf. Ich stellte nur eine: »Und dieser Verlust ist es, der sich Nacht für Nacht wiederholt?«

Collin nickte.

In meinem Kopf schwirrten Puzzleteile. Noch bekam ich sie nicht derart geordnet, dass ein Bild entstand. Doch eines kristallisierte sich heraus. Da war er. Endlich. *Das* war der Stoff, aus dem meine Träume gewesen waren!

RÄTSELN

Warum? Warum war Elinore Dogherty gestorben? Ich hatte gedacht, diese Frage nun endlich stellen zu dürfen. Aber Collin hatte nur den Kopf geschüttelt, und das kurze Aufblitzen von lebendiger Begeisterung, das er soeben ob meiner Findigkeit gezeigt hatte, war schon wieder dieser trüben, staubgrauen Aura gewichen. Statt einer Antwort erhob er sich, fragte förmlich, ob er mir noch behilflich sein könne. Mein Gemütszustand ließ kein vernünftig strukturiertes Denken zu, also schüttelte ich nur bedauernd den Kopf, bedankte mich höflich, woraufhin er eine knappe Verbeugung andeutete und erklärte, sich nun zurückziehen zu wollen.

Er ließ mich einfach sitzen. Da, unter dem karierten Plaid in dem ledernen Lesesessel. Ich fühlte mich entsetzlich allein, kaum dass sich oben auf der Galerie die Tür hinter ihm geschlossen hatte. Ein Weilchen blieb ich noch sitzen, wünschte mir solch analysierende Kombinations- und Auffassungsgaben, wie Sherlock Holmes sie zu nutzen imstande gewesen war. Vielleicht sollte ich einmal schriftlich zusammentragen, was ich an Erkenntnissen und Hinweisen bereits hatte? Das war doch ein guter Plan. Möglicherweise ließ sich so das Mosaik zu einem vollständigeren Bild zusammensetzen.

Ich griff also nach den drei Büchern, die ich herausgelegt hatte, löschte die Leuchter und ging durch die kalten Korridore hinauf in mein Zimmer. Unüberhörbar begleitete mich der Klang eines Pianos. Offenkundig hatten die Kinder also gerade Unterricht. Klar zu erkennen war, dass jemand Beethovens hübsches *Albumblatt für Elise* übte, sich immer an derselben Stelle verspielte und von Neuem begann. So langsam, wie es voranging, schloss ich, dass es vermutlich Julie war, die ihre Fingerfertigkeit trainierte. Ich selbst hatte *Für Elise* als Kind zu spielen gelernt und wusste, dass man es relativ leicht halbwegs ordentlich hinbekam. Wenn sich hier aber tagtäglich alles wiederholte, nur das, was ich neu hereintrug, überhaupt zu Veränderungen führte, würde Julie vermutlich seit gut hundert Jahren an derselben Stelle festhängen und bei allem Üben keinen Schritt weiterkommen. Wie frustrierend für die Kleine und ihre Lehrerin! Oder bemerkte Julie das womöglich gar nicht und empfand es jeden Tag gleich? Natürlich! So musste es sein. Ich warf einen Blick auf meine Uhr. Kurz vor fünf. Morgen würde ich mal um dieselbe Zeit lauschen, um meine Vermutung zu überprüfen.

In meiner Stube war es gemütlich warm, und ich fand vor, was mir Mrs Crow auch gestern aufgetischt hatte. Von ihr selbst keine Spur. Wahrscheinlich war ihr nicht entgangen, dass der Hausherr über ihre dreiste Lügengeschichte nicht amüsiert war, und sie mied darum den direkten Kontakt zu mir.

Der Tee tat gut, die Sandwiches aß ich auf, verschmähte heute auch nicht das Gebäck, denn mir schwante, was mich zum Dinner erwarten würde.

Dann machte ich mich an die Arbeit. In meinem Rucksack gab es einen noch fast vollen karierten Hundert-Blatt-Block.

Zunächst notierte ich mir alles, was mir an gesammelten Erkenntnissen als gesichert und relevant erschien, auf ein Blatt. Legte später die doch ganz erhebliche Anzahl der Bögen auf dem Fußboden aus und versuchte Bezüge, ja, insgesamt eine Ordnung herzustellen.

Breitbeinig stand ich noch gegen sieben vor meinem Werk, hatte verschoben, verworfen, zueinander geordnet. Rätselhaftes, das mir eingefallen war, symbolisierten leere Blätter oder solche, die lediglich kurz notierte Fragen in Rot zeigten. Es waren noch viel zu viele!

So fand mich die Krähe vor, deren Anklopfen ich gedankenversunken mit einem »Herein« beantwortete. Sie guckte blöd, fing sich aber schnell, sagte sauertöpfisch: »Dinner, Miss Austin!«, und dampfte wieder ab.

Ich roch es schon, bevor ich das Speisezimmer betreten hatte; ein Blick auf die Schüsseln und Terrinen auf dem gedeckten Tisch erbrachte den letzten Beweis. Mein Magen rebellierte, dennoch wünschte ich der versammelten Familie einen guten Abend und nahm Platz.

»Greifen Sie zu, Miss Austin«, sagte Mr Dogherty freundlich und reichte mir die Fleischplatte.

Mit aller mir zur Verfügung stehenden Höflichkeit wies ich sein Angebot zurück und bat um die Gemüseschüssel. Ganz kurz kam mir die Eingebung, zu behaupten, ich sei Vegetarierin, und Mr. Dogherty schien mein Zögern genau so zu werten.

»Ach, alles, was der Mensch den Tieren antut, kommt auf den Menschen zurück«, gab er nicht minder freundlich zurück. »Sie halten es also mit dem alten Pythagoras. Dann … bitte, gern, nehmen Sie nur ordentlich vom Gemüse! Schließlich benötigt der Kopfarbeiter nicht weniger Nahrung als der Mensch, welcher körperliche Leistungen erbringt.«

Ich dankte und erwiderte: »Nein, ich bin keine Vegetarierin, Mr Dogherty Ich habe nur zu Schafen eine … na, sagen wir, etwas emotionalere Bindung als zu anderen Tieren. Eine enge Freundin meiner Mutter züchtet in meiner Heimat Cornwall Schafe, und ich bin als Kind häufig in den Ferien bei ihr gewesen. Hunde und Schafe waren für mich Freunde, ich erlebte das Ablammen mit, sah die Lämmer aufwachsen. Und als ich einmal versehentlich Zeugin einer Schlachtung geworden bin, ging mir die Szene derart an die kindliche Seele, dass mir − Sie können es vielleicht nachvollziehen − für alle Zeit der Appetit auf Schaffleisch verging.«

»Mein vollstes Verständnis, Miss Austin! So etwas kann bei einem Kind in der Tat einschneidende Folgen haben«, stimmte Dogherty zu.

Damit war die Hammelsache ein für alle Mal geklärt. Froh war ich allerdings jetzt auch, meine Fünfuhrmahlzeit ausgiebig genossen zu haben, denn offenbar baute die Köchin vordringlich auf Sättigung mithilfe des fetten Hammels und richtete nur winzige Mengen Pflanzliches an. Den Kindern alle Beilagen wegzufressen verbot sich selbstverständlich. Beiläufig fragte ich während der Mahlzeit nach, ob dieses Gericht wohl die Leibspeise sei und allabendlich auf den Tisch käme, worauf ich von Thomas, der mit Begeisterung kaute, zwinkernd die Antwort bekam: »O nein, leider nur donnerstags.«

Ja, es war Donnerstag, der 18. April 1912. Immer!

Nach der Rückkehr auf mein Zimmer, wo der Boden unverändert mit meinen Notizen bedeckt war, kreisten wieder meine Überlegungen. Noch war mir nicht ganz klar, wie weit diese Erkenntnis bei den Kindern eingedrungen war. Thomas' Zwinkern allerdings hatte mir bewiesen, dass er die Situation bereits etwa genauso gut einzuschätzen wusste wie die Erwachsenen. Julie hingegen schien zwar häufig bewusst

Erinnerungen heraufzubeschwören, ohne aber begriffen zu haben, dass sie offenbar für alle Zukunft in einer Blase gefangen war, aus der es kein Entrinnen und, im wahren Sinne, keine Fortentwicklung geben konnte. Einzig mir schien es möglich zu sein, den Kindern frische und, ja, auch bleibende Impulse in ihre verstaubte, eingefrorene Realität hineinzubringen. Spätestens morgen würde ich wissen, ob ich mit dieser Einschätzung richtig lag, wollte ich sie doch an Julies Klavierübungen bestätigt sehen.

Aber … was würden sie anfangen können mit all dem, was ich ihnen vermitteln konnte? Irgendwann, wenn ich es denn dauerhaft hier aushielte, würden sie Hochschulreife erreicht haben. Mit ziemlicher Sicherheit, ohne auch nur ein einziges Lebensjahr zugelegt zu haben. Ich erwartete nicht, dass sie in die Höhe schießen, pubertieren, zu jungen Erwachsenen heranreifen würden. Was für entsetzliche Aussichten!

Die folgende Nacht verlief relativ ereignislos. Insofern ereignislos, als ich zumindest mein Bett nicht mehr verließ, zwar erneut gegen Mitternacht kurz erwachte, jedoch inzwischen klug genug war, dem vermeintlichen Ruf der Uhrschläge nicht zu folgen. Ich würde in dieselbe Situation geraten wie gestern, so viel war klar. Nein, ich selbst konnte nichts ausrichten. Wenn aber, wie ich von Stunde zu Stunde mehr überzeugt war, meine Aufgabe darin bestand, der ganzen Geschichte eine glückliche Wendung zu geben, musste ich den Schlüssel finden. Nur … was war der Schlüssel? Dass es sich nicht um ein bärtiges Utensil aus Metall handelte, war offensichtlich, denn Collin konnte, anders als ich, ohne jedwedes Hilfsmittel die verfluchte Tür öffnen.

Collin?

Welche Rolle spielte er? Sohn aus erster Ehe Mr Dohertys mit Deborah McCormick? Unfug! Deborah McCormick mochte dasselbe Parfum wie seine verstorbene Mutter benutzen, aber sie war eine außerordentlich gut erhaltene, wie ich zugeben musste, extrem attraktive späte Vierzigerin an meinem Londoner College der Zweitausendzehnerjahre. Es mochte ja Ähnlichkeiten zwischen den beiden Frauen geben, vielleicht waren sie einfach der gleiche Typ. Aber nach menschlichem Ermessen keinesfalls dieselbe Person.

Nicht dieselbe Person! Genauso wenig wie die Wahrsagerin, die mich auf den verrückten Gedanken gebracht hatte, mich subito auf den Weg hierher zu machen, dieselbe Person war, die hier tagtäglich Hammel mit Minzsoße kochte. Auch nicht, wenn dieser spezielle Duft, der mir gestern Abend bei meinem einsamen Mahl aus der Serviette entgegengestiegen war, mich stark an sie erinnert hatte.

Sicher?

Andererseits stand für mich fest, dass meine Geigerin es war, die Julie und Thomas in diesem Haus Musikstunden erteilte. Ihre Stimme, ihre merkwürdige Art, immer einen Satzteil zu verdoppeln, war mir doch schon während meines Geisterbesuches in der ersten Nacht hoch oben im Turm aufgefallen, und ich hatte meine Schlüsse gezogen. In ihrem Fall kamen mir keinerlei Zweifel. Durch ihre unbestrittene Anwesenheit fühlte ich mich in gewisser Weise beschützt. Wenn ich das eine gern akzeptierte, warum lehnte ich das andere so strikt ab?

Nahm ich also einmal an, dass ich auch die Köchin in diesem Haus einer realen Figur zuordnen konnte (und das fühlte sich in meinem Bauch eigentlich ganz nett an), warum wies ich Deborah McCormicks Rolle in dem ganzen Spiel dann so vehement zurück? Und wer steckte eigentlich hinter dieser tiefen Bassstimme? Auch die war mir ja nicht vollkommen unbekannt. Ich kriegte da bloß gedanklich keine Kurve.

Langsam dämmerte ich meinen vernünftigen Überlegungen davon, Schläfrigkeit übermannte mich vollends. Bis ich von Blätterrascheln und dem gleich darauf folgenden unterdrückten Aufschrei: »Huch, beinahe wär ich drauf ausgerutscht! Was treibt sie denn hier?« und der schnippischen, sehr deutlich vernehmbaren Antwort: »Sie versucht, mit dem Kopf zu klären, was sie nur mit dem Herzen erfassen kann«, geweckt wurde. Es war noch stockfinster, und obwohl ich sofort hellwach war, mich aufsetzte, sah ich so gut wie nichts. Da war es wieder, dieses Gefühl, mehrere körperlose Energien befänden sich in meiner direkten Nähe.

Aber heute war etwas anders. Dieses Mal ergriff ich Initiative, ach, ich möchte sogar behaupten, ich nahm all meinen Mut zusammen, um in die Offensive zu gehen: »Na, schönen guten Abend, meine lieben und bösen Geister!«, sagte ich ins Ungewisse hinein. »Wie geht's, wie steht's? Macht es euch Vergnügen, mich hierher zu scheuchen und mir Rätsel um Rätsel ohne auch nur die leisesten Hinweise aufzugeben? Ich finde euch unfair. Mir kommt es ehrlich gesagt so vor, als wärt ihr verantwortlich für die Situation. Ist es nicht so? Los, sagt mir doch wenigstens diesbezüglich mal die Wahrheit! Und wenn sie es denn ist und ihr wollt, dass ich von euch verursachte Probleme für dieses Haus und seine Menschen löse, dann helft mir gefälligst ein bisschen mehr. Ich bin ja bereit, das sollte euch inzwischen klar geworden sein, aber so geht es nicht. Lange mache ich das nicht mehr mit. Dann müsst ihr eben auf mich verzichten.«

Die Herrschaften schwiegen.

»Tja, meine Lieben, ihr seht, ich gewöhne mich langsam an eure Gruselkasperei«, setzte ich kühn hinterher. Was gab es schon zu verlieren? Konnten sie nicht mal auf den Punkt kommen? »Also heraus mit der Sprache!«

Immer noch Schweigen. Damit hatten sie vermutlich nicht gerechnet. Ein bisschen triumphierte ich innerlich.

Das sollte sich aber sehr schnell geben, denn nur wenige Wimpernschläge später musste ich einsehen, mit meinem Vorstoß zu weit gegangen zu sein. Sie waren weg. Einfach verschwunden. Beleidigte Leberwürste. Ich schlug ärgerlich die Bettdecke zurück, tastete nach Zündholzschachtel und Leuchter auf meinem Nachttisch, strich ein Hölzchen an. Und konnte es mir sparen, die Kerze zu entzünden. Noch ehe das Flämmchen sich bis an meine Fingerspitzen herangefressen hatte und verlosch, hatte ich gesehen, dass all meine vermeintliche Blätterordnung perdu war. Nein, nein, ich hatte weder geträumt, noch gab es irgendwelche versteckten Luftzüge, die sie durcheinandergewirbelt haben könnten. Schließlich hatte auch nach meiner Rückkehr vom Dinner alles an seinem Platz gelegen.

Ich hatte mit meiner Frechheit eine Chance vertan und ärgerte mich. Herrgott, was waren sie auch derart empfindlich! Wobei … anscheinend … ja, einiges deutete darauf hin, dass ich insbesondere wegen einer gewissen – mehr oder weniger, wahrscheinlich etwas mehr, vorhandenen – Sensibilität, die man mir von allen Seiten immer wieder bescheinigte, für die hier anstehende Aufgabe ausgesucht worden war.

Was hatte sie gesagt, die Zicke? Nicht mit dem Kopf, sondern mit dem Herzen sollte ich herangehen? Ja, so ähnlich hatte sie sich ausgedrückt. Ob das des Rätsels Lösung war, ob da der Schlüssel lag?

Und schon wieder betätigte sich mein Intellekt. Collin? Wenn in seiner Person der Lösungsansatz für dieses Dilemma hier verborgen war … Wenn man außerdem hinzunahm, dass ich mehr als nur pure Sympathie oder tiefstes Mitleid empfand, sobald ich nur an ihn dachte … Hatte ich mich verliebt? Zum ersten Mal in meinem Leben richtig verliebt? Meinte sie das, wenn sie davon sprach, ich müsse es mit dem Herzen angehen? Ob ich das zulassen konnte? Sollte? Durfte? Oder gar *musste*?

Nein, nein, nein, redete mein Kopf dazwischen. In Herzensangelegenheiten *muss* man gar nichts. *Müssen* ist aufs Intellektuelle, Rationale beschränkt.

Zulassen? Einfach zulassen? Sich eingestehen, dass man dabei war, sich in diesen blassen, vergeistigten, schönen, einsamen und so entsetzlich angeketteten Mann zu verlieben?

Mir einzugestehen, korrigierte ich mich. Es ging um mich, nicht um irgendein undefiniertes »man«.

Wieder *dachte* ich. Dabei wollte ich doch nicht denken, sondern *fühlen*. Ha! *Wollte*. Analog zum Müssen. Dieselbe Suppe. Ach, Hope, du bist nicht reif für die Losgelassenheit der Liebe!

DIE GANZE WAHRHEIT

Ich muss ja einräumen, dass es mir bisher immer nur in dieser speziellen Phase zwischen Wachen und Schlaf gelang, meinem Geist Ruhe zu gebieten. Dann aber, wenn Träume noch nicht ganz da, Realität jedoch schon fern, wenn die heimelige Wärme unter der Bettdecke dem Körper nach und nach Entspannung verschafft, wenn sich alles leichter und angenehmer anzufühlen beginnt, wenn die Gedanken nicht mehr geordnet aufeinanderfolgen, sondern wirr zu springen, zu hüpfen, aufzuscheinen, wieder zu verblassen beginnen, dann gelang es sogar mir. Traumhafte Ideen malen Bilder, Gefühle keimen, wachsen, blühen. Manchmal erinnere ich mich beim Erwachen daran, stehe mit einem Lächeln auf. Bis der Tag richtig beginnt und sie wegwischt. Manches, wenn es denn besonders schön war, merke ich mir, nehme es bewusst in dieselbe Phase des folgenden Abends mit. In der Hoffnung, es würde mich wieder diesem herrlich wohligen Zustand nahebringen.

Ich weiß, es gibt nicht nur Forschungen, sondern auch plausible Ergebnisse mitsamt Anleitungen dazu. Ich machte mir meine eigenen Anleitungen und bisweilen gelang es mir ganz gut. Einen solchen hübschen Halbtraum allerdings in die Wirklichkeit zu übertragen hatte ich noch nie versucht, erwachte jedoch an diesem Morgen mit dem tolldreisten Vorsatz, es einmal auszuprobieren. Es wäre mir ein wenig unangenehm, hier nun einzugestehen, was sich meine schläfrigen Sinne gestern nach dem Besuch meiner beleidigten Geister ausgedacht hatten. Ich lasse das also lieber und stelle stattdessen dem geneigten Aufmerksamen anheim, es selbst herauszufinden.

Vermutlich muss ich in Zusammenfassung dieses Tages nicht betonen, dass sich die Frühstücksszene exakt genau so abspielte wie an den Vortagen. Und wahrscheinlich wundert sich niemand, wenn ich berichte, dass natürlich meine Kratzspuren in der Erde zwischen den Hopfenstangen deutlich sichtbar geblieben waren, der benutzte Stein an derselben Stelle lag, wo ich ihn deponiert hatte. Ebenso bestätigten sich sowohl dieselbe Speisefolge am Mittag als auch Julies fehlerhaftes Klavierspiel an wiederum derselben Stelle. All diese Tatsachen speisten meinen Kopf, erlaubten bestimmten Puzzleteilen genau da liegen zu bleiben, wo ich sie hingelegt hatte.

Anders als gestern aber entwickelte sich das Fenstergespräch mit Collin Dogherty, welches erneut zustande kam und nach dem Austausch von Höflichkeiten auf eine konkrete Verabredung in der Bibliothek vor dem Dinner hinauslief. Auch das bestätigte aber nur meine Theorie, der ich heute spätnachmittags bei Sandwich, Tee und Keksen wieder einmal nachhing.

Es gab etwas, das mich irritierte. In Erinnerung an die nächtlichen Geisterbesuche waren mir insbesondere die schnippischen Äußerungen im Gedächtnis geblieben. Beide hatte ich mir notiert, und die Bögen lagen nun in den frisch geordneten Reihen. Da nämlich bestand eine auffällige Diskrepanz, die mich ausgesprochen nervös machte. Zwei

Aussagen dieser Stimme standen meinem Empfinden nach diametral zueinander.

Einerseits dieser mysteriöse Ausspruch: »Ihr werdet schon noch sehen! So, wie sie auf ihn reagiert, wird euer lächerlicher Plan nicht aufgehen. Ich kriege sie schon so weit. Und auf meine gute alte Maude ist sowieso Verlass.«

Und das, was sie letzte Nacht gesagt hatte: »Sie versucht, mit dem Kopf zu klären, was sie nur mit dem Herzen erfassen kann.«

Ich ging ja davon aus, dass drei meiner Geister mir wohlgesonnen waren und mir eine Rolle in besagtem »Plan« zugedacht hatten. Einer aber wollte diesen vereiteln. Beweggründe unklar. Und bediente sich dabei der Mithilfe einer gewissen »Maude«. Wer war Maude? Ob ich das rausfinden konnte? Einfach fragen? Irgendwen? Warum eigentlich nicht? Auf wen reagierte ich? Nehmen wir an, sie meinte Collin. Zugegeben, tat ich. Wie weit wollte man mich »kriegen«? Das war nicht auf Anhieb ersichtlich. Vielleicht wollte man mich dazu kriegen, mich unsterblich in ihn zu verlieben? Ich musste kichern, denn das Wort »unsterblich« hatte im Hause Midnight zweifellos einen besonderen Geschmack. Spielte bei der Liebe das Herz etwa keine Rolle? Genau das sollte ich doch statt meines Kopfes einsetzen. Verliebtsein also erwünscht. Gleichzeitig dem Plan der drei guten Geister entgegenstehend?

Verflucht noch mal!

Es war Zeit, dass ich mich auf den Weg zu meiner Verabredung machte. In der Halle begegnete mir Winston. Ich hatte ihn nicht kommen hören, seine Schritte waren fast ebenso lautlos, wie es meine in den Nikes waren. Lediglich ein ganz zartes Knarzen war vernehmbar, wie es gut eingetragene Lederschuhe verursachen. Diese kleine Beobachtung lenkte meinen Blick für einen Moment auf Winstons Schuhwerk, und ich bemerkte, dass er ungewöhnlicherweise zum staubschwarzen Butleranzug weiche, staubbraune Budapester trug.

Irgendetwas klingelte in mir, aber ich schob das Glöckchen zunächst an den Rand.

»Ah, Winston, schön, Sie zu treffen. Ich habe eine Frage …«

»Bitte, Miss Austin!«, erwiderte er freundlich.

»Gibt es im Haus jemanden mit dem Vornamen Maude?«

»Sicher! Mrs Crow.«

Die Nachfrage, warum ich das zu wissen begehrte, verkniff er sich höflich, aber ich las sie in seinen Augen. Ich dankte lächelnd, wünschte ihm, ohne mich zu erklären, noch einen angenehmen Abend und setzte meinen Gang in die Bibliothek fort. Er sah mir nach, ich spürte das.

Collin erwartete mich. Offensichtlich hatte er sich richtiggehend auf unser heutiges »Date« vorbereitet. In der Leseecke hatte er für angenehme Beleuchtung gesorgt, auf einem Sessel lag wieder das karierte Plaid, ein Tischchen war hinzugestellt worden – darauf Teegeschirr und eine altertümliche Etagere mit Gebäck. Er erhob sich, kaum war ich eingetreten. Ich war gerührt, reichte ihm zur Begrüßung lächelnd die Hand, wies auf seine Vorbereitungen, sagte: »Wie aufmerksam!«, ließ mich in die weiche Wolldecke hüllen und nahm die vollgeschenkte Teetasse auf den Schoß. Anders als der kräftige Assam, den Mrs Crow mir nachmittags in einem Steingutbecher mit Zucker und Milch servierte, handelte es sich hier um einen zart duftenden Darjeeling, der das goldene Muster am Grund der hauchdünnen Porzellantasse durchscheinen ließ. Eine feine Kostbarkeit! Obwohl ich dem malzigen Assam durchaus nicht abgeneigt bin, freute sich mein Gaumen über die Abwechslung.

»Köstlich!«, sagte ich.

»Der Lieblingstee meiner Mutter«, erklärte Collin und ergänzte: »Ich hoffe, die Vorräte werden niemals ausgehen.«

»Wer weiß?«, überlegte ich laut. »Wenn Sie die edlen Blättchen öfter an mich verschleudern? Das ist doch sicherlich im Programm von Midnight nicht vorgesehen.«

»An Sie ist nichts verschleudert, Miss Austin«, gab er sich charmant.

»Danke schön!«

Wir schwiegen und tranken ein Weilchen. Ich hatte tausend Fragen an ihn. Welche durfte ich stellen, ohne erneut eine ablehnende Haltung zu provozieren, wie es mir gestern passiert war? Gut, er schien mir nichts mehr übel zu nehmen. Aber jedes Fass lief irgendwann einmal voll und über, füllte man es mit genügend Indiskretionen. Da ich nun nicht jede Chance gleich wieder vom Absaufen bedroht sehen wollte, hatte ich mir vorgenommen, nicht allzu direkt zu bohren. Eine Möglichkeit hatte ich allerdings ins Auge gefasst, nämlich weit zurückzugehen und Erkundigungen über die lange zurückliegende Geschichte des Anwesens einzuholen.

»Sagen Sie, Mr Dogherty«, begann ich also, »ich habe im Arbeitszimmer Ihres Vaters ein Porträt hängen sehen. Wen stellt es dar?«

»Oh«, sagte er ganz unbefangen, »das ist mein Urgroßvater Albert Finney. Er hat das Hopfengut 1851 als junger Mann aufgebaut und das Haus errichten lassen. Ein großes Erbe hatte ihn in den Stand gesetzt, recht luxuriös planen zu dürfen. Sie sehen ja, das Haus war ausgelegt auf eine große Familie mit viel Personal, gesellschaftlichen Anlässen, ein sorgloses Leben. Der Boden hier ist ideal für den Hopfenanbau, die milde Witterung brachte stets ungeheure Erträge, die Brauerei florierte großartig, *Finney Ale* war berühmt.«

»*Finney Ale*? Ach, ich dachte, *Dogherty Ale* sei der Markenname? Sie müssen wissen, ich habe während meines Studiums in einem Londoner Pub gejobbt, um mein karges Stipendium aufzustocken. Da gab es ein altes Werbeschild für *Dogherty Ale*.«

»Ja, ja!« Noch immer wirkte er vollkommen entspannt,

was mich sehr beruhigte. »Das Problem war, dass es bis zu meiner und Thomas' Geburt keine männlichen Erben gegeben hat. Nur Mädchen wurden geboren. Sowohl meine Großmutter als auch meine Mutter waren einzige Töchter. Aber sie blieben hier, heirateten Brauer und so blieb das Gut stets in der Familie. Die Verwertung, also das Brauen, begann bereits mit dem *Finney Ale* , und in der nächsten Generation behielt man den bekannten Namen bei. Erst mein Vater änderte ihn, was aber der Beliebtheit keinen Abbruch tat, bis …«

Ich runzelte die Stirn, schaute ihn fragend an. Er schien schwer mit sich zu ringen, entschloss sich aber dann doch – allerdings mit einem herzerweichenden Seufzen –, weiterzuerzählen.

»Wissen Sie, meine Mutter hatte kein wirkliches Interesse an dem Gut. Ihr Sinn stand stets nach einem Leben in der Stadt, in anderen Kreisen, frei, ungebunden, fern von den ewig gleichen Abläufen. Sie empfand sich als zu intellektuell, um hier auf dem Land zu versauern, und das war sie wohl auch. Bereits vor ihrer Hochzeit hatte sie ein Studium beendet. Mein Großvater aber zwang sie förmlich in die Ehe. Um die Tradition zu erhalten. Sie spielte mit, gebar mich, den ersten männlichen Erben. Die Freude war groß. Bis ich etwa zwölf Jahre alt war, hielt es sie noch hier, dann ging alles in Scherben. Ich spürte sehr genau schon vor der eigentlichen Trennung von Tisch und Bett, dass das Verhältnis zwischen meinen Eltern abkühlte. Mamá empfing immer häufiger Herrenbesuche, stets jedoch, wenn Vater außer Haus war. Sie bemühte sich sehr, mir zu verbergen, was es damit auf sich hatte. Aber ich merkte, dass die zweifellos vorhandene Zuneigung zwischen meinen Eltern, die mich mit ihrer Wärme durch die Kindheit getragen hatte, verloren gegangen war. Eines Tages war es dann so weit. Mamá zog in den Südflügel, ließ sich recht pompöse Räume ausstatten und führte fortan ein Leben, das ich nicht verstand. Häufig war sie wochenlang abwesend, dann wieder kehrte sie zurück, um prunkvolle Bälle auszurichten, an denen Vater lediglich teilnahm, um die Honneurs zu machen, sich jedoch stets gleich darauf zurückzog. Ich will nicht verhehlen, dass ich mit gleich zärtlicher Liebe an beiden Eltern hing. Mutter wollte mich nah bei sich haben, also wurde ich ebenso im Südflügel einquartiert. Vater baute auf meine Leidenschaft fürs Gut und das Braugewerbe. Für mich stand immer außer Frage, dass ich später in seine Fußstapfen treten würde. Mamá deutete häufiger an, sie wolle mich bald nach London mitnehmen, um all dem hier endgültig den Rücken zu kehren. Hin- und hergerissen stand ich zwischen den Optionen. Einem erwachsenen Mann mag es leichtfallen, klare Entscheidungen zu treffen. Aber ich befand mich im Stadium der Adoleszenz und hätte feste Anker benötigt.«

An dieser Stelle unterbrach sich Collin. Ich sah ihm an, dass all das, was er gerade erzählt hatte, nur die Einleitung zu etwas gewesen war, womit er sich jetzt schwertat. Er sah mich nicht an, rang offenbar mit sich. Ich zögerte, etwas zu sagen, überlegte zwar, ob ich mit eigenen Pubertätserfahrungen kommen und überleiten sollte, womöglich Verständnis für seine Situation äußern musste, entschied mich aber, weiter zu schweigen und ihm Zeit zu lassen. Offenbar genau die richtige Vorgehensweise, denn er hatte sich gesammelt, entschlossen, sprach nun weiter.

»Dann stellten meine Eltern mich vor die Wahl: mit Mamá nach London gehen oder bleiben. Dabei ahnte ich noch gar nicht, welch schwerwiegende Argumente Mamá in der Hand hatte, um mich zum Mitgehen zu bewegen. Sie werden sich auch so schon vorstellen können, in welchem Dilemma ich mich befand.«

Ich sagte nichts, nickte nur ernsthaft.

»Keinen von beiden wollte ich verlieren, wollte Frieden, wollte überhaupt keine Veränderungen, wollte, dass sie sich, wenigstens in freundlicher gegenseitiger Achtung, wieder zusammentaten. Ich fühlte mich zerrissen. Schließlich gelang es mir, einen Kompromiss auszuhandeln, der eine ganze Weile halten sollte: Mutter verließ Midnight. Allerdings kehrte sie mindestens einmal monatlich für ein bis zwei Wochen zurück, um mit mir hier zu leben, als sei nichts geschehen. Dafür musste ich im Gegenzug eine Woche jeden Monats in ihrem Londoner Stadthaus verbringen. Ich habe es gehasst. Der Lärm, die Geschäftigkeit, der Gestank, vor allem zur Winterzeit, die Häuserschluchten … Ach, ich bin für dieses großstädtische Leben nicht geschaffen. Aber ich biss die Zähne zusammen. Richtig durchatmen konnte ich jedoch erst wieder, sobald ich mit ihr hierher zurückgekehrt war.«

»Was tut man nicht alles aus Liebe …«, rutschte mir leise heraus, und ich bemerkte, wie traurig meine Stimme klang. Vielleicht war es aber gerade das, was Collin, dessen Züge die ganze Zeit so schmerzlich gewirkt hatten, jetzt ein sanftes Lächeln abrang. Er nickte mir dankbar zu und erzählte weiter.

»Ich hatte niemanden, mit dem ich meine Lage hätte besprechen können. In London gewann ich keine Freunde, denn ich benahm mich wahrscheinlich zu abweisend allen Gleichaltrigen gegenüber, die mir Mamá zuzuführen versuchte. Im Grunde war ich ja gar nicht richtig dort, stets mit Gedanken und Gefühlen schon wieder in Midnight, immer ein wenig auf der Flucht. Ich denke, ich wurde allen rasch uninteressant, weil ich mich allzu offenkundig auch nicht für sie und ihre Welt interessierte. Allein um Mamá ging es mir in der Stadt. Mehr und mehr jedoch entglitt sie mir dort. Pflegte ihre Bekanntschaften, ging beinahe jeden Abend aus, ließ mich viel allein, brachte bisweilen ganze Gesellschaften mit, die dann die Sommerfrische oder Weihnachtsferien in Midnight verbrachten. Je älter ich wurde, desto mehr begriff ich, aber was ich jetzt erzähle – und das betone ich ausdrücklich –, ist natürlich meine Sicht der Dinge aus erwachsener Position. Damals war ich nicht in der Lage, so weitgreifend zu urteilen. Eines hatte ich aber schon da klar erkannt: Es war kein Zustand mehr. Vater litt entsetzlich. Ich weiß, dass er fassungslos darüber war, wie sich Mutter entpuppt hatte. Und ich weiß auch, dass er sie noch immer zutiefst verehrte. Ein wenig vorsichtig bin ich heute mit der Behauptung, er habe sie geliebt. Anfangs gewiss, später, und je mehr sie ihm ihre hervorstechendsten Charaktereigenschaften offenbarte, kann es eigentlich keine Liebe mehr gewesen sein. Bewunderung sicherlich. Sie war schön, außergewöhnlich schön, auch ich betete sie an. Gebildet, charmant, rhetorisch gewandt, hatte sie ihren ganz eigenen, scharfzüngigen, manchmal sarkastischen, bisweilen sehr verletzenden Humor. Sie hatte Vater erst peu à peu, dann in immer rasenderer Fahrt mit zunehmender Härte deutlich gemacht, dass sie unabhängig sein wollte. Rücksichtslos unabhängig. Sie war extrem egozentrisch. Vielleicht war ihre Eitelkeit, gepaart mit dem Willen zu unangefochtener Macht, die schlimmste Melange in ihren Zügen. Zudem war sie bereit, mit allen Mitteln zu kämpfen, um aus jeder Schlacht als eindeutige Siegerin hervorzugehen. Im Grunde hätte sie allzu gern den herrschenden Status erhalten. Sie konnte tun und lassen, was sie wollte, und verlor nichts. Einziger Schwachpunkt in ihrer schier unangreifbaren Position war wahrscheinlich ich, denn es gelang ihr nicht, mich ganz herauszulösen und unter ihren unkritischen Bewunderern einzureihen, von denen es Legionen gab. Vater hingegen ist ein geradliniger, ehrlicher, fleißiger, liebevoller Familienmensch. Er stellt hohe Ansprüche an sich selbst, lässt jedoch anderen viel durchgehen, ist nicht nachtragend, gerecht und stets um Harmonie bemüht. Sie war ihm in beinahe jeder Hinsicht haushoch überlegen. Nur in puncto Menschlichkeit hielt sie einem Vergleich mit Vater natürlich nicht stand. Selbstverständlich litt Vater unter dem Alleinsein und den permanenten Demütigungen, die ihm Mamá, für alle Welt sichtbar, im eigenen Hause zufügte. Er war es, der es irgendwann nicht mehr ertrug und sich eines Tages dazu entschloss, die Ehe rechtskräftig scheiden zu lassen, nachdem zwei Jahre der Trennung von Tisch und Bett verflossen waren. Natürlich wurmte diese unerwartete Wendung meine Mutter ungeheuer. Im Traum hätte sie damit nicht gerechnet. Ich erinnere mich gut, wie sie getobt hat, wie sie Rache schwor, als sie das Schreiben seines Anwalts in Händen hielt. Es muss ihr klar gewesen sein, dass dieser Moment das Ende ihres Treibens markierte, dass Scheidung für sie auch das Scheiden aus dem gern genutzten luxuriösen Ambiente in Midnight bedeuten würde, denn selbstverständlich war ja, wie es üblich ist, ihr gesamtes Vermögen mit dem Tag der Eheschließung in Vaters Eigentum übergegangen. Ungefähr ein halbes Jahr noch blieben unsere Abmachungen bestehen, bis alle finanziellen Dinge auseinanderdividiert waren. Mutters von Vater aus purer Fairness zugestandene Abfindung riss ein riesiges Loch in Midnights Kasse, die großzügig bemessene monatliche Apanage richtete sich prozentual nach den Gewinnen, die damals erheblich waren. Tja, und dann, mitten in dieser Übergangsphase, lernte Vater Elinore kennen.«

»Oh«, entfleuchte es mir, und Collin wiederholte: »Ja, oh!« Dabei nahm sein Gesicht einen liebevoll verträumten Ausdruck an.

»Elinore war ein Engel. Vom ersten Moment an gewann ich sie lieb, und nicht die Spur von Zweifel konnte aufkeimen, dass auch sie mich liebte, als wäre ich ihr eigen Fleisch und Blut. Kein Mensch kann so viel Wärme und Güte ausstrahlen wie sie. Und wohl kein Mensch kann derart viel Hass und eisige Kälte versprühen wie von Stund an meine Mutter. Kaum hatte sie Kenntnis von Elinores Anwesenheit in Midnight erfahren, wurde sie endgültig zur Furie. Ich erkannte sie nicht wieder. Ich suchte die mütterliche Frau, auf die ich in Kinder- und frühen Jugendzeiten blind vertraut hatte. Wollte nicht einsehen, dass sie bald fort, einfach fort sein würde. Meine Welt, bereits angekratzt, aber irgendwie noch halbwegs stabil, brach ob der

Kenntnis über den immer näher rückenden Termin endgültig zusammen. Meine Zweifel waren zurück. Sollte ich doch mit ihr gehen? Bleiben? Gehörte ich zu ihr? Gehörte ich hierher? Ach … Es hätte nicht viel gefehlt, und ich hätte mich ums Leben gebracht. Das war jene Zeit, in der die Geschichten Edgar Allan Poes mich völlig vereinnahmten. Ein Messer, scharf wie eine Rasierklinge, ein düsterer Abend im Spätherbst … Hätte mich Elinore nicht gefunden, ich wäre längst nicht mehr.«

Collin zog die staubgraue, steife Manschette seines Hemdes ein wenig zurück. Tief musste er geschnitten haben. Ich fühlte diesen Schmerz, als geschähe es eben in diesem Augenblick. War mit einem Satz bei ihm, kniete vor ihm und griff entsetzt nach seinem Handgelenk, als wollte ich einen Blutstrom aufhalten, der doch längst versiegt war.

»Nicht! Bitte nicht«, stieß ich hervor, fühlte, wie mir Tränen über die Wangen liefen. Obwohl es doch gar nichts mehr zu verhindern galt.

Heute schob er mich nicht weg. Heute legte er seine Stirn auf mein Haar, und ich spürte seinen warmen Atem.

»Mein Gott, Collin!«, flüsterte ich und hatte in diesem Moment die förmliche Anrede vergessen.

»Danke für das Mitgefühl«, flüsterte er zurück. »Es tut so gut.«

Da kniete ich nun, noch immer presste ich meine Finger auf die Narbe. Minutenlang, gesenkten Kopfes. Bis er meine Hand streichelte, meine verkrampften Finger löste, »Ist ja schon längst verheilt« murmelte.

Ich schaute hoch. »Ich glaube, hier ist vieles noch gar nicht verheilt. Und ich bin sicher, da schlummert noch viel mehr. Außerdem bin ich ebenso sicher, dass ich nicht zufällig hierhergelangt bin. Ich verspreche, ich will alles tun, was in meiner Macht steht, damit dieser entsetzliche Zustand, dieser verfluchte Märchenschlaf, der Midnight umfängt, endlich aufhört. Ich will euch glücklich sehen, Collin!«

»Ich weiß, Hope«, sagte Collin sanft. »Es hat nur ein Weilchen gedauert, bis ich begriff. Aber nun habe ich verstanden, und ich habe auch verstanden, dass ich nicht länger schweigen darf.«

Es waren vielleicht noch zehn Inch, die unsere Lippen voneinander trennten. Herrgott, wie gerne hätte ich … Schon spürte ich diesen unwiderstehlichen Drang, meine Lider zu schließen. Als ob eine Macht, eine bettdeckenwarmselige, sie meinem vernünftigen Einfluss entzog. Noch fünf, ach was, noch drei Inch. Es war schon da, dieses Kribbeln … – da geschah plötzlich etwas mit mir, das ich mir nicht erklären konnte. Etwas stoppte mich abrupt! Ja, so war es tatsächlich. Mein Körper, eben noch bereit, weich, zugänglich, straffte sich, und es kamen Worte aus meinem Mund, die ich gewiss nicht geplant hatte.

»Wollen wir gemeinsam nach einer Lösung suchen?«, fragte ich, und mein Ton war zu meiner eigenen Überraschung nun wieder sachlich, passte dazu, dass ich mich erhob, sein Handgelenk, wenn auch ein ganz klein wenig widerstrebend, losließ und meinen Platz im Sessel wieder einnahm. Ich stützte die Ellenbogen auf die Knie, faltete locker meine Hände, verdrängte zugunsten einer gewissen Lösungsorientiertheit diese ungeheure Anziehungskraft, die er auf mich ausübte. »Erst die Arbeit, dann das Vergnügen«, hatte Grandma Charlotte manchmal gemahnt, wenn ich ihr beim Kirschenpflücken fürs Einwecken helfen sollte und, anstatt mein Eimerchen zu füllen, nur albern juchzend auf den alten Obstbäumen herumkletterte, den Mund voll der süßen Früchte, bis über beide Backen verschmiert, Kirschenpaare suchend, die ich mir über die Ohren hängte. Dass sich genau dieser Ausspruch meiner Großmutter in diesem Augenblick in mein Gedächtnis drängte, als es sich angeboten hätte, den ersten und wirklich ersehnten Kuss von Collin zu empfangen, mich hinzugeben, fallenzulassen, sollte sich in einer Weise auszahlen, wie ich es nicht für möglich gehalten hätte.

Obwohl ein merkwürdig spöttisches Lächeln um Collins Mundwinkel spielte, nahm er meine Anregung sofort an. Er räusperte sich. Für mich ein Beweis dafür, dass es auch für ihn keinen Zweifel daran gegeben hatte, wohin die Sache sich gerade eben hatte entwickeln wollen.

»Charlotte hat gesprochen, nicht wahr?«, fragte er, und ich war geplättet. Ein wenig verwirrt blickte ich ihn an, nickte aber bestätigend, und er sagte merkwürdigerweise zufrieden: »Dann ist es gut!«

Ich schluckte. Irgendwas ging doch hier wieder gar nicht mit rechten Dingen zu …

»Nun also, meine liebe, verehrte Miss Hope Charlotte Austin«, fuhr er unbenommen fort, »die Dinge in Midnight nahmen folgenden weiteren Gang, von dem ich jetzt berichten will. Bald nach der Hochzeit Vaters mit Elinore war Thomas unterwegs. Ich zog wieder in den Nordflügel. Nur noch selten kam meine Mutter zu Besuch. Mir gegenüber verhielt sie sich reservierter als je zuvor. Kühl und sachlich gestaltete sie unseren Umgang, verspritzte jedoch Elinore und Vater gegenüber Gift und Galle, wo sie nur konnte. Ihr geradezu unflätiges Geschrei, als sie feststellte, dass Vater sowohl ihre Statue in der Halle als auch jene am Brunnen vor dem Haus gegen das Abbild Elinores hatte austauschen lassen, gellt mir heute noch in den Ohren. Mehrfach drang sie in mich, wollte mich umstimmen, überzeugen, ihr doch nach London zu folgen, und blieb dabei jedes Mal wieder mit ihren mysteriösen Andeutungen, täte ich es nicht, würde Midnight untergehen, so drohend wie unklar. Ich ahnte nicht, was sie meinte, war in meiner neuen Familie angekommen, glücklich, unbeschwert. Womit sie tatsächlich drohte, konnte ich damals noch nicht ahnen. Du musst wissen, Hope, jede alteingesessene Brauerfamilie bewahrt ihr eigenes Rezept, das ein Ale unverwechselbar macht. Es ist ihr Schatz. Gehütet, von Generation zu Generation weitergegeben, unverändert. Und als mein Vater sich mit Elinore neu verheiratete, hatte er eben nicht nur den erklecklichen Betrag an Mamá auszuzahlen, sondern sie nahm auch dieses Rezept mit. Sie allein, als einzige direkte Nachfolgerin, so war es üblich, durfte seit dem Tod meines Großvaters die geheime Rezeptur an den Kesseln bestimmen. Und dieses Privileg war unveräußerlich.«

»Ach, du liebe Güte!«

»Das kann man wohl sagen. Trotz all der Ruhe und Harmonie, die wieder in Midnight eingezogen war, drohte das Schicksal mit einem schrecklichen Schlag. Ein Weilchen ging es noch gut, und es dauerte, bis die Kundschaft feststellte, dass *Dogherty Ale* nicht mehr dasselbe war. Doch nach und nach wurden die Aufträge weniger. Vater musste Leute entlassen. Er selbst und Elinore haben geschuftet wie die Tiere. Ich war alt genug geworden, um kräftig mit anzufassen. Insbesondere als Elinore hochschwanger war, bedurfte sie der Schonung, die sie selbst sich nie zugestehen wollte. Wir mussten sie beinahe am Stuhl festbinden, damit sie sich nicht heillos verausgabte. Geschunden hat sie sich wie ein Arbeitspferd. Und immer war sie dabei bester Laune. ›Das Kind kann ruhig jetzt schon erfahren, dass es in eine Brauerfamilie hineingeboren wird, und sich an die Arbeit gewöhnen‹, hat sie lachend gesagt. Thomas erblickte das Licht der Welt dann in einer Sturzgeburt. Ich weiß es noch wie heute. Elinore trug eine volle Hopfenkiepe, und als ich sie ihr, begleitet mit den üblichen Vorwürfen, abnehmen wollte, sah ich, dass ihr das Wasser brach. Gott sei Dank kam der Kleine gesund und munter zur Welt. Und es dauerte nur zehn Tage, bis Elinore wieder an die Arbeit ging. Nun verrichtete sie sie klaglos mit dem auf den Rücken gebundenen Säugling. Vater und ich schüttelten die Köpfe. Aber sie ließ sich nicht beirren, machte sich nur über unsere Sorgen lustig. Gerackert haben wir, alle gemeinsam. Alles gegeben. Jahr für Jahr. Julie war gerade sechs, ich selbst fünfundzwanzig, als Vater uns eröffnete, dass wir kurz vor dem Bankrott stünden und Midnight verlieren würden.«

»Alles vergebens«, seufzte ich.

»Schlimmer als nur vergebens«, erwiderte Collin in einer Art verzweifelter Wut. »Denn es kam fürchterlicher als nur allein mit dem Verlust von Hab und Gut. Es sollte zur Stunde der Rache für meine Mutter werden.«

»Die Eifersucht?«

»Natürlich! Und sie kannte keine Gnade.«

Für mich bestand kein Zweifel daran, dass Collin jetzt zum Wesentlichen kommen würde. Ohne meine höchste Spannung dokumentierende Position auch nur für einen Augenblick geändert zu haben, voll flirrender Anspannung, hörte ich nun, was Midnight in den todesgleichen Schlaf versetzt hatte.

»Es widersprach vollkommen meiner Weltsicht, zuzulassen, dass das Böse siegen sollte. Zu diesem Zeitpunkt war meine Reflexion durchaus so weit gediehen, dass ich in der eigenen Mutter das personifizierte Böse erkannt hatte. Ich musste diesen Sieg verhindern, durfte nicht akzeptieren, dass sie alles zerstörte, was mir lieb und teuer war. Mit Vaters Initiative war nicht zu rechnen. Er war bereits ein geschlagener Mann. Elinore, die selbst aus einfachen Verhältnissen stammte, focht der Blick auf die Zukunft nicht an. Ihr genügte weniges, sie richtete ihr alleiniges Augenmerk auf die unzerstörbare Liebe zu ihren Menschen, der auch der absehbare tiefe gesellschaftliche Fall und die Aussicht auf Armut nichts anhaben konnten. Mich aber trieb zweierlei, das zu tun, was ich letztlich tat. Einerseits die Zuneigung zu allen Mitgliedern meiner jetzigen Familie, gepaart mit dem Verantwortungsgefühl, das ich meinte, all jenen Generationen gegenüber zu haben, die das Gut aufgebaut und groß gemacht hatten. Andererseits der brennende Drang, dem Bösen nicht kampflos das Feld und schon gar nicht den leichten Sieg überlassen zu wollen. Ich fuhr nach London und überraschte meine Mutter. Im Gepäck einen Plan. Zwei Trümpfe wähnte ich in meinem Ärmel. Der eine war die Tatsache, dass natürlich Mamás monatliche Apanage seit dem beginnenden Niedergang deutlich geschrumpft und während der letzten Monate sogar versiegt war. Es konnte ihr nicht gefallen, mit sehr viel weniger Geld auskommen zu müssen. Tja, und der zweite Trumpf war ich selbst. Ich war gefahren mit der Absicht, mich selbst als Pfand gegen das ersehnte Rezept einzusetzen, mich vollkommen in ihre Hände zu begeben.«

»Boah, das ist heldenhaft«, entfuhr es mir. Aber Collin schüttelte den Kopf.

»Ich tauge bestenfalls zum tragischen Helden. Der erste Trumpf stellte sich nicht als stichsicher heraus. Wirtschaften, das konnte meine Mutter. Sie hatte ihr Geld derart gut angelegt, dass es sich über die Jahre erheblich vermehrt hatte. Auf ihre Apanage konnte sie pfeifen, bezeichnete sie herablassend als leicht verzichtbare ›Portokasse‹ und lachte mich aus.«

»Und der zweite?«

»Der stach! Ihre Bedingungen waren hart, aber ich akzeptierte sie. Ich würde weder all meine Lieben wiedersehen, noch jemals wieder einen Fuß nach Midnight setzen dürfen. Damit hatte ich gerechnet, und dem stimmte ich zu.«

»Was für ein Opfer!«, sagte ich überwältigt.

»Ich war aus tiefster Überzeugung bereit und wähnte mich im Moment ihrer Zustimmung als größter Diplomat. Das genügte mir. Am selben Abend fuhren wir gemeinsam nach Midnight. Ich hatte gesehen, wie sie die Schatulle, in der seit Generationen das Rezept aufbewahrt wurde, ihrem Reisegepäck hinzugefügt hatte. Noch einmal würde ich heimatliche Luft atmen. Noch einmal alle in die Arme schließen und dann meine wichtigsten Habseligkeiten einpacken. Weiteres, so hatte Mutter beschlossen, würde nachgeschickt werden. Nur ein Abend, eine Nacht, am folgenden Morgen würde ich alles für immer hinter mir lassen. Aber das Glück meiner Familie, das war es mir wert.«

Hatte er auch die letzten Sätze mit immer leiser werdender Stimme gesprochen, hatte außerdem sein Gesicht abgewandt und schien mir gefangen in traurigsten Erinnerungen, so war ich doch sicher, er würde mir nun auch den Rest, diesen für mich so wesentlichen Rest offenbaren. Ich spürte, dass sich meine Augen mit Tränen gefüllt hatten. Viel zu nah war ich bei seinen Gefühlen, um nicht eben jetzt, in diesen Augenblicken, seine nachempfinden zu können.

Collin hüstelte, als müsse er seine Stimme in den Griff bekommen. Dann schaute er mich wieder an, lächelte müde, erhob sich halb und strich sacht die erste laufende Träne von meiner Wange.

»Nicht weinen, Hope«, sagte er halb vorwurfsvoll, halb mitleidig.

Ich schüttelte matt den Kopf. »Es ist schwer zu ertragen.«

Er nickte, fragte: »Trotzdem weiter?«

Und ich antwortete: »Natürlich!«

Es hatte tough klingen sollen und hörte sich kläglich an.

Collin nestelte in seiner Jackett-Tasche und reichte mir ein staubweißes Taschentuch.

»Nun, Hope …«, begann er ein wenig zögerlich. »Wir sind nun so weit gekommen, ich bin froh, eine geduldige Zuhörerin gefunden zu haben für eine Geschichte, die ich noch mit keiner Menschenseele geteilt habe. Was jetzt noch bleibt, darf ich dir … und ja, auch mir nicht ersparen. Es wird das größte Versagen meines Lebens zutage fördern. Aber du sollst es wissen. Danach erwarte ich das scharfe Schwert deines Richtens. Aber wie auch immer es ausfallen wird, ich will es annehmen.«

Ich zog die Augenbrauen zusammen, schüttelte ungläubig den Kopf. Ihn, ausgerechnet ihn sollte Schuld treffen? Undenkbar!

»Du glaubst es nicht? Dann höre!«

Man möge es mir bitte nachsehen, dass ich an dieser Stelle den ebenen Pfad des Dialoges zwischen Collin und mir verlasse und das nun Folgende aus meiner eigenen, höchst lebhaften Erinnerung nur zusammenfasse, um wenigstens etwas schützende Distanz für Collin zu ermöglichen. Ein Mensch, der einem anderen sein ganzes Herz ausschüttet, rücksichtslos gegen sich selbst, nichts beschönigend, nichts verschweigend, ausgeliefert in seiner innersten Qual, darf und muss mit Diskretion rechnen können. Und diese will ich nun walten lassen, will nicht jede Träne, jedes Zittern, Zagen, Ringen schildern, ohne jedoch Tatsachen zu verschweigen. Zusätzlich möchte ich von vornherein um Verzeihung bitten. Man wird keinen Richterspruch von mir hören. Allein der Fortgang der Ereignisse möge belegen, wie mein Herz entschied.

Sein Vater hatte sich Sorgen gemacht, Elinore war aufgelöst gewesen, als die beiden seine vor der Abreise nach London hinterlassene kurze Nachricht gefunden hatten. Zuvor hatte Collin niemanden über den Zweck seiner Reise aufklären wollen, befürchtete er doch, sicher nicht zu Unrecht, man würde versuchen, ihn zurückzuhalten oder ihm den in seinem Inneren schwer erkämpften Schneid im letzten Augenblick abzukaufen. Entsprechend empfingen die zwei ihn bei der Rückkehr. Irgendwo zwischen vorwurfsvoll und erleichtert sprachen sie, während sie ihn in die Arme schlossen, und forderten ihm gleich das Versprechen ab, sie nie wieder so zu ängstigen.

Dass er mehr mitbrachte als sich selbst, dass seiner Heimkehr nicht voraussehbare Veränderungen folgen würden, ahnten sie nicht und waren so lange guter Dinge, bis seine Mutter in der offenen Tür zur Halle erschien, einen knappen Gruß entbot und mit einem sphinxhaften Lächeln erklärte, sie sei bei Bedarf in ihren Gemächern zu finden. Elinores Blick fragte ein wenig indigniert: »Was will die hier?«, aber sie sagte nichts, und Collin bat seinen Vater mit einem entschuldigenden Blick an Elinore zu einem Gespräch unter vier Augen.

»Was hat das zu bedeuten? War es unbedingt nötig, deine Mutter herzubringen? Du müsstest doch wissen, dass Elinore derlei in ihrem Zustand besonders belastet, nicht?«, waren Doghertys erste Fragen, nachdem sich die Arbeitszimmertür hinter Vater und Sohn geschlossen hatte.

»Vater, bitte beruhige dich. Du musst mir glauben, es war unerlässlich, und auch wenn ich damit Elinores Befinden für einen Moment beeinträchtigt haben sollte, wirst du gleich hören, dass dem im Nu pure Erleichterung folgen wird. Die Aussicht, alles zu verlieren, war mir unerträglich, also fasste ich einen Plan, um diese Katastrophe abzuwenden, fuhr nach London, um Mamá ein Angebot zur Güte zu unterbreiten.«

Dogherty lachte hart auf. »Was für ein teuflischer Plan kann es sein, was für ein Angebot, auf das diese Frau einginge? Nun, ich bin gespannt!«

»Meine Hoffnung, sie würde Einsicht zeigen, indem ich sie mit den monatlichen Apanagen köderte, an deren Verlust sie schließlich maßgeblich selbst schuld ist, erfüllte sich nicht. Folglich blieb mir nur, mich selbst als Faustpfand einzusetzen und …«

»Das kommt überhaupt nicht infrage!«, fuhr Dogherty auf.

»Doch, Vater! Ich sehe meine Verantwortung für dich, für Elinore, Thomas, Julie und das ungeborene Kind, ich sehe sie aber auch für das Generationenwerk Midnight. Es ist ein leichtes Opfer, das ich bringe. Ich bin jung, die Welt steht mir offen. Du wirst dir um mich keine Sorgen machen müssen, und nur ich allein habe es zu verantworten. Ich wusste doch, dass sie nur mit einem Preis umzustimmen sein würde, den sie selbst als hoch einschätzt. Und ich gestehe, es ehrt mich, dass du zur selben Einschätzung neigst. Bedenke, die ganze Zeit wollte sie mich dir wegnehmen und es gelang ihr nicht. Allein das macht mich so wertvoll für sie, nicht die Liebe, die sie vorgibt, für ihren Sohn zu empfinden. Es war der einzige

Sieg, den sie nicht erringen konnte. Nun hat sie ihn errungen und wartet mit der Rezeptur in ihren Räumen auf dich. Nimm sie, sag mir Lebewohl und wünsch mir Glück für die Zukunft. Mir könntest du keine größere Freude bereiten, denn euch alle hier glücklich und gut versorgt zu wissen, das ist mein größtes Glück, und ich ginge leichten Herzens.«

Dogherty kämpfte mit sich. Die Ellenbogen auf die Schreibtischplatte gestützt, raufte er sich die Haare, schüttelte wieder und wieder vehement den Kopf, wollte seinen Sohn nicht ansehen. Bis Collin aufstand, hinter ihn trat, ihm die Arme um die Schultern, die Stirn aufs Haupt legte und flüsterte: »Bitte, Vater, mach es uns doch nicht so schwer!«

Minutenlang noch verharrten beide in dieser Position, bis Dogherty endlich Collins Hände ergriff, sie fest drückte und rau sagte: »Ich danke dir, mein Sohn! Es widerstrebt mir zwar zutiefst, dich gehen zu lassen, zumal mit ihr und, wie ich weiß, wahrhaftig nicht aus freien Stücken … Aber was könnte ich dir noch bieten? Du rettest tatsächlich die ganze Familie, rettest eine Zukunft, die es ohne dich nicht mehr für uns gäbe. Möge Gott dir deine Opferbereitschaft vergelten, möge jeder deiner Tage strahlend hell und freudig sein. Und sei gewiss, kein Moment wird sein, in dem du nicht meine Dankbarkeit spüren wirst.«

»So soll es sein, Vater! Und nun geh zu ihr. Ich will das Nötigste packen. Dann lass uns noch einen schönen gemeinsamen Abend verbringen. Bitte versprich mir, dass du Elinore nichts Konkretes über meine Rolle verrätst, ehe wir morgen früh abgefahren sind. Ich würde es nicht ertragen, sie leiden zu sehen, erspar mir wenigstens das.«

Sie standen da und hielten sich in den Armen. Collin war es, der dem Vater zuerst auf die Schulter klopfte. Aufmunternd, um dessen Abschiedsschmerz, der ihm jetzt schon die straffe Haltung beugte, kräftigen Mannesschlag entgegenzusetzen. Das väterliche Echo folgte weniger stark, dennoch entschlossen.

Schweigend gingen sie nebeneinander die Flure entlang. Bis Dogherty durch die weit geöffnete Tür zu Deborahs Schlafzimmer trat, während Collin seine schräg gegenüberliegende aufstieß. Absichtlich lehnte er nur leicht an. Dann begann er, den Blick immer dem Türspalt zugewandt, den Hörsinn geschärft, seine Koffer zu packen. Allzu tönern war ihm Vaters Stand erschienen. Allzu fest wusste er dagegen den mütterlichen. Er wollte wachsam bleiben, wollte kontrollieren, ob auch alles gemäß der Vereinbarung verlaufen würde.

Erstaunt war er, wie vernünftig das elterliche Gespräch vonstattenging. Mutter hatte bei Vaters Eintreten an ihrem Frisiertisch gesessen, sich nun umgedreht, wirkte völlig gelassen. Sie machten einander keine Vorwürfe, redeten sachlich, beinahe freundschaftlich wirkte der Ton. Collin konnte erspähen, wie seine Mutter dem Vater jene perlmuttverzierte Edelholzschatulle übergab, die der Brauerei in Bälde wieder einen Marktwert verschaffen und der ganzen Familie Sicherheit garantieren würde. Sogar den großzügigen Vorschlag unterbreitete sie, zu Gunsten von Collin zukünftig auf Apanagen zu verzichten. Er sah, wie Vater den sorgfältig verwahrten Schatz herausnahm, offenbar studierte, leise etwas sagte wie: »Jetzt sehe ich die Fehler, die wir gemacht haben … Ich hätte auf die Tettnanger-Anteile achten müssen … und hier … und hier … Mein Gott, wie konnte ich nur so dumm … Verdammt!«

»Schick mir Maude, ich will euch heute Abend nicht behelligen. Sie soll mir einen Imbiss zubereiten. Morgen früh fahren wir. Ich wünsche euch Glück«, hörte Collin seine Mutter sagen und verfolgte nun, wie sie aufstand und den Vater in die Arme schloss.

Doch es war nicht allein das, was Collin wahrnahm. Draußen auf dem Flur, sehr nah an der gegenüberliegenden Wand, ging – ach wo, sie ging nicht, sie schlich – geräuschlos Elinore vorbei.

Du liebe Güte! Genau im falschen Augenblick! Und sie ahnte nichts!

Nein. Was eben noch in perfekter Harmonie verlaufen war, drohte jetzt zu einer fürchterlichen Szene zu eskalieren. Sollte er sich Elinore in den Weg stellen? Sie laut ansprechen? Verhindern, dass sie eintrat, die Eltern in Umarmung vorfand?

Noch ehe Collin sich entschließen konnte, war die Gelegenheit vorbei, Elinore hatte den Fuß schon auf die Schwelle gesetzt.

Geschrei, Vorwürfe, hasserfüllte Beschimpfungen, das war es, was er jetzt erwartete.

Nein, nein und noch mal nein! Das wollte, das konnte er sich zu allem Elend, das ihm die Trennung einbringen würde, nicht auch noch antun.

Die Uhr schlug Mitternacht und Collin floh. Floh dorthin, wo er sich immer wohlgefühlt hatte. Nur weg von diesem Unfrieden. Er hetzte die Gänge entlang, erreichte den Ballsaal, war in wenigen Sätzen die Treppe hinauf, die Galerie entlang, hinunter in die Bibliothek, warf sich schluchzend in seinen liebsten Lesesessel, presste die Hände auf die Ohren und ließ seinen Tränen freien Lauf.

Er konnte ja nicht ahnen, dass nur wenige Augenblicke später, angesichts des in trauter Einigkeit dastehenden Paares, Elinore sich ebenfalls entschloss, diesen Fluchtweg einzuschlagen. Und er konnte ebenso wenig ahnen, dass sein Vater sie erblickt hatte, dass er ihr folgte, in rasender Eile. Bis er sie eingeholt hatte. Bis er sie zu fassen bekam, droben auf der Empore, unter der mondbeschienenen gläsernen Kuppel, die den Ballsaal in milden, silbrigen Schein getaucht haben mag.

Was mochte in den Herzen der beiden vorgegangen sein?

Elinore …

Da bringt der erwachsene Sohn seine Mutter unerwartet ins väterliche Haus zurück. Es gibt keine Erklärung. Die Männer ziehen sich zurück. Kein Wort für Elinore.

Verschwinden gemeinsam. Sie sieht, wohin. Das Kind im Leib. Ihr Kind. Sein Kind. Die beiden Kleinen. Die desaströse Lage. Und nur eine, die retten kann! Wie sie da stehen! In enger Umarmung. Es ist das Ende. Das Ende einer großen Liebe. Kein Zweifel. Sie fasst es nicht. Sie läuft. Das Herz voller Entsetzen, Trauer, Wut, ja, Wut! Sie wird die Kinder nehmen. Fliehen. Nur weg aus diesem Haus. Von diesem Mann. Dem sie vertraut hat.

Da ist er hinter ihr. Greift nach ihr. Hält sie fest. Will ihr etwas weismachen. Er lügt! Er lügt!

»Sie hat alles zerstört«, wimmert sie. »Wie kann ich dir noch trauen? Du bleibst jeden Beweis schuldig. Ich habe dir mein Leben geschenkt, das Leben unserer Kinder ... und du trittst alles mit Füßen, nur weil sie ...«

Sie weint ... weint ... weint.

»Aber du verstehst alles falsch, ich habe nie ...«

»Doch, das hast du!«

»Frag ihn! Er kennt die Wahrheit. Ich bitte dich!«

»Er steht zu ihr. Das muss er ja auch.«

»Er ist auf unserer Seite, du weißt doch, er liebt dich.«

Sie schüttelt den Kopf. Ein Komplott. Zwischen Vater, Mutter, Sohn. Um sie auszubooten. Zu verjagen. Für immer. Sie glaubt ihm nicht. Glaubt an nichts mehr.

Nun fasst er fester, greift sie um die Taille. Will sie an sich pressen. Sie weicht zurück. Weiter. Noch weiter. Schlägt nach ihm. Stumm. Mit aller Kraft. Trifft. Trifft schmerzhaft. Ist frei, ganz plötzlich. Torkelt. Verliert das Gleichgewicht. Und fällt ... fällt ... fällt. Bodenlos. Kein Halt.

Sein Schrei: »Nein!«

Aber den hört sie nicht mehr.

»Zerschmettert, Hope!«, keuchte Collin tonlos. »So wenig ich auch hatte verstehen können mit meinen vor lauter Selbstmitleid zugehaltenen Ohren, so deutlich spürte ich dieses Vibrieren, das sich vom Parkett des Ballsaals bis in meine Nervenenden übertrug.«

»Ich habe es auch gespürt, Collin!«, warf ich rasch ein. »In dieser Nacht, als ich hereilte, weil ich glaubte, es verhindern zu können.«

Er nickte. »Es geschieht Nacht für Nacht seither wieder. Ich war einen Moment wie gebannt. Dann lief ich hinauf und sah. Sah Vater über Elinores seltsam verrenkt daliegenden Körper gebeugt. Sah die riesige Blutlache, die sich um ihren Kopf ausbreitete, größer, immer größer werdend. Sah, wie er seine Hände um ihre Schläfen presste. Ganz ähnlich wie du deine vorhin um mein Handgelenk. Schon da wusste ich, sie ist tot. Ich stand da wie ein Idiot, die Finger um das Geländer gekrallt, unfähig zu einer Reaktion. In meinem Kopf hämmerten immer wieder diese Worte: Ich hätte es verhindern können!«

Ja, er hätte es verhindern können. Ein Wimpernschlag nur zum Entschluss, ein Ruf, ein Wort im rechten Augenblick. Und es wäre nicht passiert. Oder nicht weglaufen. Sich nicht übermannen lassen vom eigenen Schmerz. Und es wäre nicht passiert. Ich begriff ganz und gar. Wie er litt, wie er sich quälte. Und so lange schon …

Collin ließ mir diese Sekunden. Dann sprach er weiter.

»Ich sehe, du hast nun alles verstanden, Hope. Aber es war nicht das Ende. Manchmal habe ich gewünscht, es wäre das Ende gewesen. Doch dann betrat Mutter die Szene. Ich konnte sehen, wie ihre Augen funkelten. Einen bedauernden, mitleidigen, freundlichen, entsetzten, ach, auch nur überraschten Ausspruch hätte ich von ihr erwartet. Aber ihr niemals zugetraut, was sie angesichts dieser Tragödie vor ihren Füßen tatsächlich sagte.«

Collin schüttelte es geradezu. Ich sah ihn fragend an.

»›Oder so! So ist es doch auch gut.‹«

»Wie bitte?«

»Das war es, was sie sagte.«

»Nein! Wie kann sie das … also wirklich, ich bin fassungslos!«

»Du wärest erheblich fassungsloser, könntest du dir den Tonfall vorstellen. Es klang … – ach Gott, ich kann es nicht anders ausdrücken … – es klang … zufrieden! Als hätte sich eine unangenehme Angelegenheit erledigt. Und um jeden meiner Zweifel bezüglich ihrer Eiseskälte, ihrer Herzlosigkeit zu entkräften, muss ich hinzusetzen, dass sie mir ein ganz kurzes, triumphierendes Lächeln, gepaart mit einem verschwörerischen Zwinkern, zur Galerie hinaufschickte. Dann trat sie die letzten zwei Schritte auf Vater zu, der sie keines Blickes gewürdigt hatte, dessen unermessliche Trauer seine zuckenden Schultern mir verrieten, und begann zu *flöten*. Nein, Hope, so ungeheuerlich es dir vorkommen mag, eine andere Bezeichnung träfe es wirklich nicht. Dass er doch immer ihr Liebster gewesen sei, es zwar schade sei um den Verlust, aber eine göttliche Macht am Ende doch wieder zusammengefügt habe, was immer schon zusammengehört hätte. Dass er sich von Stund an nicht mehr sorgen müsse, sie sei ja da, würde ihm beistehen, den Kindern eine liebevolle Mutter sein, ihm die beste Frau, die er sich wünschen könne. Einsperren ließe sie sich natürlich auch weiterhin nicht, das müsse er schon verstehen, aber … Von Neuanfang faselte sie. Stell dir das bitte vor, Hope! Teuflisch, nicht gottgewollt.«

Collins Ausdruck, der die ganze Zeit zwischen Traurigkeit, schmerzhafter Selbstbezichtigung und Verzweiflung gelegen hatte, hatte sich mit seinen letzten Sätzen abrupt geändert. Wutverzerrt waren jetzt seine schönen Züge. Und er schrie es heraus, wie es damals gleichzeitig aus seinem und des Vaters Mund gekommen sein musste: »Nein!«

»Nein?«, hatte sie gefragt, und Collin versicherte, es habe überrascht, ja, geradezu gekränkt geklungen. Aber warum denn nicht? So käme doch alles wieder bestens ins Lot, hatte sie allen Ernstes argumentiert, und in diesem Moment sprach Dogherty ein Machtwort.

»Du verlässt sofort dieses Haus und wirst es in deinem Leben nie wieder betreten. Du bist keine Frau, du bist der Teufel persönlich. Geh!«

»Ungläubig starrte sie erst Vater, dann mich an«, sagte Collin. »Und ich wiederholte Vaters Befehl: Geh! ›Auch du, mein Sohn?‹, fragte ihr erstaunter Blick, und ich nickte. Da erst schien sie verstanden zu haben. Erst wandte sie sich ab, schritt erhobenen Hauptes auf die Saaltüren zu. Wir standen da, blickten dem Ungeheuer hinterher. Und plötzlich drehte sie sich mit einem Ruck um. Beide Arme breitete sie aus und sprach die Worte: ›Ich verfluche dieses Haus und alles Leben in Midnight. Hundert Jahre soll es dauern, der Staub des Vergessens soll sich über alles legen, und nichts als Schmerz und Trauer sollen euch begleiten.‹«

Collin sackte in sich zusammen, barg die Stirn in den Händen. Und ich rang um meine Fassung.

DIE STÖRUNG

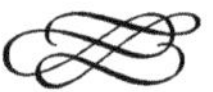

Sie stand so plötzlich neben uns, dass wir beide zusammenschraken.

»Es ist angerichtet.«

Man muss sich das mal vorstellen! Die verdammte Krähe platzte uns in diesen intimsten aller vorstellbaren Momente, wir mussten auftauchen aus einer Welt, die von Hammel und Gemüse so weit entfernt war wie der Mond von der Sonne, und ruckzuck, als wäre gar nichts gewesen, vernünftig reagieren. In mir flackerte Panik auf. Nicht, dass jetzt womöglich dieser spinnwebdünne Vertrauensfaden zu Collin wieder abriss! Womöglich würde er seine Offenheit bereuen und doch wieder dichtmachen.

Entsprechend harsch fuhr ich Mrs Crow an. »Danke, wir kommen!«, und machte eine Handbewegung ähnlich jener, mit der man eine lästige Fliege verscheucht.

Sie zuckte ein bisschen zusammen, kräuselte missbilligend die schmalen Lippen. Vermutlich, weil sie ein schlechtes Gewissen wegen ihrer dämlichen Verleumdung hatte. Oder nicht einmal deshalb, was ja Einsicht und Reue vorausgesetzt hätte, sondern weil sie verärgert über eine wahrscheinlich stattgefundene Zurechtweisung durch Mr Dogherty war und mich nun noch weniger leiden konnte. Ich traute ihr jedenfalls alle erdenklichen Schlechtigkeiten zu. Umso mehr, als sich mein Verdacht bezüglich ihres sehr speziellen Verhältnisses zu Collins Mutter nun bestätigt hatte. Möglicherweise hatte sie uns sogar belauscht. Automatengleich wendete sie ihren steifen Körper und glitt wieder wie auf Schienen davon. Nicht mal ihr Schlüsselbund, das jetzt so vernehmbar klirrte, hatten wir gehört, zu versunken waren wir gewesen. Uns beiden entfleuchte im selben Moment ein tiefer Seufzer.

»Maude Crow, Mutters ergebenster dienstbarer Geist. Aber auch sie musste hierbleiben, entging dem Fluch nicht und hütet seither die Erinnerung wie einen Goldschatz«, sagte Collin, und ich bemerkte eine gewisse Schadenfreude in seinen Worten. Die gönnte ich ihm von Herzen.

»Ich weiß«, entgegnete ich. »Sie hat mir ihre Gemächer gezeigt. Deine Mutter war ihre Göttin, noch heute betet sie sie an. Ihr Benehmen in diesem Museum erschien mir völlig abgedreht. Da, wo ich herkomme, nennt man solche Leute ›Freaks‹.«

Collin zeigte ein winziges, amüsiertes Lächeln. »Dieses Wort ist mir noch nicht begegnet, aber es gefällt mir. Überraschend, dass sie dich in das Allerheiligste eingelassen hat. Normalerweise ist es fest verschlossen, nur sie hat den Schlüssel und putzt und wienert jeden Tag, als würde sie jederzeit Mutters Rückkehr erwarten.«

»Es muss an dem Schal gelegen haben …«, erklärte ich, und Collin blickte mich mit gerunzelter Stirn fragend an.

»Erzähle ich dir morgen, ich glaube, wir müssen jetzt gehen.«

Ich wandte mich der Bibliothekstür zu, Collin hielt sie mir höflich auf. »Ich danke dir, Hope! Für dein Mitgefühl, dein Verständnis, deine Geduld, mir so lange zuzuhören. Wie lange hat mir schon niemand mehr zugehört … Bis morgen also, ja?«

»Mit dem größten Vergnügen!«

Er tat etwas ganz Altertümliches, ergriff meine Hand und beugte den Kopf zu einem angedeuteten Handkuss. Wie ungewöhnlich! Ich war verlegen, er schien das bemerkt zu haben, verfiel wieder in frischen Tonfall: »Gut. Gehen wir also und folgen jeder auf seinem Weg dem Ruf des Freaks! Ich hoffe doch sehr, dass wir noch viel Zeit und Gelegenheit zum Austausch haben werden.«

Ich lächelte, die Tür fiel hinter mir zu, ich war allein mit mir. Ja, ich wollte noch viel Zeit zum Austausch mit ihm haben. Aber vorher wollte ich das ganze Drama endlich beenden! Dieses Krähen-Schlüsselbund, das kriegte ich nur allzu gerne in die Finger. Schließlich war ich bereits im Südflügel gewesen, als Mrs Crow mir das verbotene Zimmer gezeigt hatte. Von dort aus gelangte man in den Ballsaal. Die versiegelte Tür auf der Galerie der Bibliothek gälte es dann gar nicht auszutricksen, ich könnte viel früher einschreiten, und vielleicht … Aber wie konnte ich der Krähe die Zeichen ihrer Macht und Würde unbemerkt abluchsen? Dazu hatte ich vorerst keinen Einfall. Bisher wusste ich ja nicht einmal, wo sie logierte, wobei ich durchaus zuversichtlich war, das herausfinden zu können. Tollkühn in einer nächtlichen Aktion bei ihr eindringen und die Schlüssel »ausleihen«? Am Nachthemd würde sie das Bund ja wohl nicht bei sich tragen. Da musste sich ein Plan aushecken lassen. Kopf einschalten, Hope!

Allein die Aussicht hob meine gedrückte Stimmung erheblich. Und so ging ich gern und zugegebenermaßen nicht ganz ohne Hintergedanken auf Julies Vorschlag bei Tisch ein.

Nachdem die Mahlzeit (für mich wieder einmal Gemüse pur), zunächst exakt so verlaufen war wie am Vorabend, ergab sich nämlich eine Variation. Julie bat mich mit einem entzückend kindlichen Augenaufschlag, ihr beim Zubettgehen noch eine »hübsche Geschichte« vorzulesen. Eine Idee, die ich sehr gern aufnahm, denn ich hatte ja in der Bibliothek einen schön illustrierten Band Grimm'scher Hausmärchen gefunden. Mir stand der Sinn nach *Aschenputtel*. Immerhin eine Geschichte, die nicht so blutig und brutal war wie viele aus der Sammlung. Ich hatte sie als kleines Mädchen sehr gern gehabt und konnte mir gut vorstellen, auch Julie damit eine Freude zu bereiten. Morgen würde ich vielleicht *Sterntaler* wählen. Julie bekundete auf meine Nachfrage, beide nicht zu kennen, und ihre hellen Augen strahlten ob der Aussicht. Tja, und wenn ich es ein bisschen geschickt anstellte, verriet mir die Kleine vielleicht, wo Mrs Crow ihr Haupt zur Ruhe bettete.

»Bis morgen«, sagte Mr Dogherty, als Julie nach der Mahlzeit vertraut meine Hand nahm, um mich hinauf in ihr Zimmer zu führen, und mir blieb nur noch Zeit für ein »Gute Nacht allerseits«.

Niedlich, wie sie da im graurosa Nachthemdchen zwischen ihren Kissen saß und mir gespannt entgegenblickte, als ich mit dem rasch aus meinem Zimmer geholten Buch zurückkehrte. Das üppige, weiche Mädchenhaar fiel ihr in einem locker geflochtenen Zopf über die linke Schulter, die Hände hatte sie artig auf der glattgezogenen Bettdecke gefaltet.

»Mrs Crow tut es nie, aber Mummy hat mir auch immer vorgelesen«, sagte sie, und in diesem Augenblick klang es ausnahmsweise einmal nicht traurig.

»Dann wollen wir beide diese Tradition von nun an einfach zusammen fortsetzen, ja?«

Sie nickte heftig, »O ja!«, und ich las. Wir kamen bis zum Ball, bis zu dem Moment, als der gläserne Schuh verlorenging. Julie hatte inzwischen längst meine freie Hand gegriffen, war nach und nach tiefer in die Kissen gerutscht, hatte das hübsche Köpfchen hingelegt, die Augen längst geschlossen. Ich hatte mein Vorhaben, das Mädchen ein wenig auszuhorchen, bereits aufgegeben und zu Gunsten einer direkten Frage an Collin entschieden. Jetzt bemerkte ich, dass ihr Griff sich gelockert hatte. Sie schlief. Ich löste ihre zarten Finger, schob die Decke über ihre Schultern, streichelte ganz vorsichtig über ihre Stirn, flüsterte: »Schlaf schön, kleine Julie«, hörte sie zufrieden seufzen. Sie war so klein. Sie brauchte ihre Mutter! Ich werde mich bemühen, Julie, versprach ich ihr stumm. Dann löschte ich das Licht und verließ auf Zehenspitzen den Raum.

Niemand mehr begegnete mir.

NACHTGESPENSTER

Kaum hatte ich mich hingelegt, zischte es gehässig ganz dicht an meinem Ohr: »Die begreift es nicht«, und ich machte ungefähr die gleiche Handbewegung, mit der ich nur Stunden zuvor die lästige Krähe hatte wegwedeln wollen.

»Ah, da seid ihr ja wieder. Könnt ihr mich keine Nacht durchschlafen lassen?«, fauchte ich ungehalten.

»Seht an, seht an, es macht sie langsam mürbe.« Jetzt weiter entfernt, aber nicht minder fiesetönig.

»Du bist wirklich, wirklich ein unausstehliches Luder!« Da war sie, meine liebste, gutmütigste Stimme.

»Schlüssel will sie klauen. Wie dumm kann man sein? Als ob das etwas nützen würde.«

So also war das. Sogar meine Gedanken konnten sie lesen. Aber danke für den Hinweis.

»Deine gute alte Maude jedenfalls hat versagt, und das freut mich«, hörte ich die Bassstimme.

»Du hättest aber auch nicht unbedingt Ahnen ins Rennen schicken müssen. Du kämpfst mit unfairen Mitteln.«

»Ausgerechnet du, du musst das sagen. Ich hatte keine

andere Wahl. Und hatten wir nicht beschlossen, sie zu unterstützen?«

»Nun seid friedlich. Sie ist so nah dran«, bat die vierte Stimme.

»Mir wäre es aber durchaus recht, sie noch ein bisschen zu trischakeln. Im Übrigen bleibt ihr ja nun nicht mehr viel Zeit.«

Pfui, welch gemeines Gelächter sie beimengte!

»Lasst sie schlafen!«, brummte der Bass.

»Ich bitte darum«, sagte ich.

Und dann waren sie weg.

ZWISCHEN TRAUM UND WIRKLICHKEIT

Ich ließ mich wieder in meine Kissen sinken, zog die Bettdecke bis an die Nasenspitze hoch, versuchte einzuschlafen, versuchte, die zauberhaften Momente des Nachmittags vor die schrecklichen Eröffnungen Collins zu schieben, und fand mich doch wieder, statt in Morpheus' sanften Armen, hellwach umklammert von meinen sogenannten »vernünftigen« Überlegungen.

So. Nah dran war ich also! Und Schlüsselklauen war keine super Idee. Nun, die diesbezügliche Einwendung war von dem ätzenden Weib gekommen, das sich ja ganz offensichtlich den guten Absichten ihrer Kollegen zu widersetzen trachtete. Es war ihr nicht zu trauen, so viel stand fest. Andererseits hatte ihr keiner meiner guten Geister widersprochen. Insofern war die hämische Beurteilung meines Vorhabens vielleicht wirklich dazu angetan, das Ganze, zumal wahrscheinlich ohnehin äußerst kompliziert, lieber bleiben zu lassen.

Dazu fiel mir außerdem Colins Antwort auf meine Frage ein, warum er so ohne Weiteres die Tür auf der Galerie öffnen konnte, was mir bekanntlich unmöglich war: »… weil ich ein Teil von Midnight bin, ein Teil der Geschichte, ja, auch der allnächtlichen Ereignisse, und ein Teil des Fluchs, der über unser Haus und meine Familie gekommen ist. Niemand kann ihn aufheben, niemand kann etwas ändern.« Ob es nur der Anwesenheit von Mrs Crow zu verdanken gewesen war, dass ich überhaupt den Südflügel hatte betreten können? Ob Schlüssel oder nicht Schlüssel in Wirklichkeit gar keine Rolle spielte, weil selbst der ersehnte Besitz des Bundes mich keinen Schritt weiterbringen würde? Da gab es womöglich gar nichts aufzuschließen.

Besonders erschreckend aber erschien mir die Tatsache, dass meine Nachtgespenster in der Lage waren, nicht nur absolut alles, was ich tat, mitzubekommen, sondern auch alles, was ich dachte! Einen Schritt weiter noch sogar dazu fähig waren, mir Gedanken in den Kopf zu pflanzen, die zwar aus ihrer Sicht genehm sein mochten, jedoch überhaupt nicht wirklich meine eigenen gewesen wären.

Ich fühlte mich in höchstem Maße manipuliert, und das missfiel mir außerordentlich. Erst wenige Tage war es her, dass mir eine Wahrsagerin quasi den Weg hierhin aufgab. Ich erinnerte mich genau. So etwas wie: »Wir wollen deine Zukunft planen«, hatte sie gesagt und schon damit meinen Widerspruchsgeist auf den Plan gerufen. Da hatte sie wenigstens noch »wir« gesagt, was immerhin ein gewisses Mitbestimmungsrecht meinerseits implizierte. Jetzt aber ging die ganze Sache so weit, dass man mir eingab, was ich wann zu denken hatte. Das war wirklich allerhand! Selbst wenn ich mal voraussetzte, dass ich solche Eingaben in mein höchstpersönliches Programm bewusst herausfiltern konnte, woher sollte ich denn wissen, ob sie aus der wohlmeinenden oder aus der fiesen Ecke stammten?

Ich kam mir vor wie ein willenloses, benutztes Werkzeug, und das gehörte wahrhaftig nicht zu meinen bevorzugten Rollen. Mir stank es ja gemeinhin schon, wenn irgendein Algorithmus in sozialen Netzwerken oder auf gewissen Verkaufsplattformen meinte, meine speziellen persönlichen

Vorlieben erkannt zu haben, und mich mit entsprechender Werbung zuballerte oder irgendwelche Gruppen, Postings, was auch immer, vorschlug, die seiner strunzdummen Künstlichen Intelligenz zufolge haargenau auf mich zugeschnitten waren. In den allermeisten Fällen entlarvte ich derartige Angriffe. Jawohl, als solche empfand ich dieses eklige Geschiebe in ganz bestimmte Blasen und Schubladen. Aber als ziemlich aufgeklärter, moderner Mensch kannte ich die meisten Tricks und Winkelzüge, ließ mich nur selten beeinflussen und machte mir bisweilen einen Spaß daraus, die KI ein bisschen zu verklapsen, indem ich Wege einschlug, die sie zu meinem Vergnügen in die Irre führten. Alles in allem zog ich sowieso reale menschliche Kontakte den virtuellen vor.

Aber ich wusste auch, wie anfällig Menschen für jedwede Manipulation waren. Passte es zur persönlichen Situation, fehlte womöglich überdies eine gewisse Wachsamkeit, konnte es schnell passieren, dass man sich verführen, vereinnahmen oder gar für bestimmte Zwecke missbrauchen ließ. Vielleicht war auch Collin etwas Ähnliches geschehen. Heute kann ich darüber grinsen, jedoch weiß ich noch genau, wie sehr Hermann Hesses Werke mich beispielsweise zu Pubertätszeiten beeindruckt und regelrecht in Melancholie eingewickelt hatten, wie Leonard Cohens schwermütiger Gesang mich zum Schluchzen und Mitleiden verführt hatte. Immer wie es passte, und je instabiler ein Lebensabschnitt, desto schneller passierte so etwas.

Welch katastrophale Folgen derlei nach sich ziehen kann, weist die Forschung ständig nach. Collin war in seiner trübsten Phase Poes düsterem Einfluss aufgesessen. Selbstzerstörerisch sicher, womöglich auch zerstörerisch? Wollte mein Kopf mich an dieser Stelle zur Bestätigung meiner Schlüsse auch just in alte (oder auch nagelneue) Nazipropaganda-Szenerien entführen, so verbot ich ihm das nun strikt.

Nein, nein, darum ging es jetzt nicht! Aber eines war klar: Da war er wieder, mein analytisch ausgerichteter Kopf. Der doch, so die (wohlmeinende?) Ansage, dem Herzen Platz machen sollte. Wäre diese Ansage eindeutig von einem der netten Geistlein gekommen, hätte ich überhaupt keinen Zweifel verspürt und wäre ihr allzu gern gefolgt. Aber so?

Dass mein Herz bei jeder Begegnung mit Collin nicht nur schneller, sondern viel kräftiger, ja, lebendiger schlug, will ich ja nicht verhehlen. Warum aber bremste mich die freundliche Seite ausgerechnet in dem Moment, als ich der Empfehlung mal so richtig wohlig entsprechen wollte, und schickte mir Grandma Charlottes Mahnung, die ich dann auch noch marionettengleich umgehend befolgte? Ich kramte in meinem Gedächtnis. Irgendwann, irgendwo war der Ausspruch gefallen: »Da kann nur noch Unschuld heilen.« Wer hatte das gesagt? War es nicht mein liebster Geist gewesen? Verflucht, es fiel mir nicht ein, doch es schien mir ein wichtiger Punkt zu sein. Wann verlor man eigentlich seine Unschuld? Mit dem ersten Kuss womöglich schon? Ansichtssache. Vor hundert Jahren vielleicht, heute beurteilte man das zweifellos anders. Aber doch … bedenkenswert.

Später! Jetzt drängte sich etwas anderes viel deutlicher auf. Woher, zum Kuckuck, zog man denn Erinnerungen an genau diese Szene in Großmutters sommerlichem Obstgarten? Die guckten mir ungeniert in den Kopf! Zogen Schubladen auf, die ich selbst vergessen oder wenigstens für fest verschlossen gehalten hätte. Nicht mal Klebchen waren drauf, die Auskunft über den Inhalt gegeben hätten. »Unerhört!«, wütete mein Inneres. Die waren ja noch viel schlimmer als diese kleinen Wanzen namens »Sprachassistenten«, die sich heute so viele Leute zur Alltagsbewältigung in die Wohnung stellten.

Und dann war da noch etwas. Wie viel Zeit blieb mir eigentlich noch? Ich starrte ins Dunkel und versuchte fieberhaft, mich an das zu erinnern, was ich in der ersten Nacht oben im Turm gehört hatte. Fünf Tage? Waren es fünf? Zählte der Tag meiner Ankunft mit? Herrgott, wenn es so war, bliebe mir ja nur noch der morgige … Unsinn, es war jetzt weit nach Mitternacht, also der heutige Tag! Nein, das konnte nicht sein. Schließlich waren sie ja auch nach Mitternacht, also am zweiten Tag meines Hierseins, zum ersten Mal erschienen. Nicht, dass ich mich vertat! Wie rechneten die das? Mir brach der Schweiß aus. An Schlaf war nicht zu denken. Dieses hinterhältige Auftauchen der vier hatte mir die hübsche Aussicht auf angenehme Empfindungen in Erinnerung an die schönen Augenblicke mit Collin heute zum Einschlafen völlig verdorben.

Was würde eigentlich geschehen, wenn es mir tatsächlich gelänge zu verhindern, was damals passiert war? Immerhin lag das gut hundert Jahre zurück. Was würde mit Collin geschehen? Mit Mr Dogherty, den Kindern … mit ganz Midnight? Würden sie zu Staub verfallen wie Vampire, die das Sonnenlicht trifft, würde mir das Haus überm Kopf zusammenstürzen, wie es in so vielen Träumen geschehen war?

Die Uhr unten schlug dreimal. All meine Fragen würden in dieser Nacht nicht mehr zu beantworten sein. Zu allem Übel zuckten jetzt kleine Blitze vor meinen Augen. Bei mir immer ein sicheres Zeichen für vollständige Übermüdung. Dabei musste ich doch in der Früh fit sein für Julie und Thomas.

Aber wie?

Ha! Ich hatte doch noch …

Ich machte Licht, griff nach meinem Rucksack, buddelte in die Tiefe. Ja, ganz unten, in dem Beutelchen mit Aspirin und meinen Vitamintabletten, da waren sie, Dr. Nortons Pillen. Mit Todesverachtung spülte ich eine hinunter, legte mich wieder hin, schloss endlich die Lider. Du musst schlafen, Hope, zähl Schafe, sagte ich mir und zählte die Schafe der besten Freundin meiner Mutter, wie sie über Cornwalls typische Steinwälle hüpften. Da hinten, gar nicht weit, die steilen Felsen der Küste, das Meer, sonnenbeschienen, glitzernd blau und weiß, kein Wölkchen am Himmel, sanfte Sommerbrise im Haar. Wer kam mir da aus blendend hellem Sonnenlicht entgegengelaufen? War das etwa …? Vierhundertsiebzehn, vierhundertachtzehn, vierhundertneun …

»We are such stuff as dreams are made on, and our little life is rounded with a sleep«, rief er mir so geheimnisvoll wie fröhlich zu.

Ups! Bitte, William, nicht auch noch du! Oder war das doch …? So hell … So warm. Gute Nacht, Midnight!

VIER

AUFWACHEN

Ich gestehe, noch nie so tief geschlafen zu haben. Völlig entspannt erwachte ich gegen halb neun, streckte mich wohlig und war mit einem frischen Satz aus dem Bett. Für zehn Uhr hatten wir unseren Aufbruch zum Mittelalter-Festival geplant. Genug Zeit also, um in Ruhe zu frühstücken, ausgiebig zu duschen und sowohl den Rucksack als auch mein Köfferchen für den geplanten Elternbesuch zu packen. Ich hatte mich angekündigt, jedoch noch offengelassen, wann genau zu Hause mit mir zu rechnen wäre. Monatelang hatte ich sie während der Prüfungsphase nun nicht gesehen und freute mich darauf, heimzufahren. Unter die Kofferschlaufen stopfte ich meinen unverzichtbaren Dufflecoat. Man konnte nie wissen. Es war nicht auszuschließen, dass es bei meinen geliebten abendlichen Strandspaziergängen trotz der Jahreszeit noch empfindlich kühl sein würde.

Florence hatte schon den Frühstückstisch gedeckt, und Brian kam gerade mit einer Tüte duftender Croissants zur Tür herein. Zunächst musterte er mich auffällig unauffällig. Dann schienen sich seine übelsten Befürchtungen bezüglich meines zu erwartenden schlechten Katerzustandes nach der ausgiebigen Examensfeier gestern in Luft aufzulösen.

»Donnerwetter, du siehst ja mega aus heute Morgen! Offenbar musst du dich öfter mal richtig volllaufen lassen. Tut dir ausgesprochen gut.«

Ich lächelte ihm zuckersüß zu. »Ich muss zugeben, ich hätte das viel früher ausprobieren sollen … also, nicht das Saufen, sondern Dr. Nortons Superpillen nehmen. Die Vögel haben schon gezwitschert, es ging mir so hundsmiserabel, dass an Schlaf gar nicht zu denken war. Und du kannst sicher sein, hätte ich mich nicht zu so einer Tablette durchgerungen, könntest du mich heute komplett vergessen.«

Triumph zeichnete sich in Brians Zügen ab. »Siehste, hab ich dir doch die ganze Zeit gesagt, dass dieser Psychiater eine Koryphäe ist. Du hättest dir jede Menge Quälerei ersparen können. Aber du mit deinem sturen Kopf wolltest ja nicht hören.«

Ich gönnte ihm seine Rechthaberei. Stimmte ja wirklich. Ich fühlte mich, als könnte ich Bäume ausreißen.

Pünktlich um zehn stand Brians alter Vauxhall beladen und abfahrbereit vor dem Haus. Unsere Laune war grandios. Wir freuten uns auf den Tag, und Florence und ich ließen uns bereitwillig mithilfe dröhnender Mittelalterklänge aus den scheppernden Boxen auf das einstimmen, was uns erwartete. Brian, bereits in leinenem Matschbraun mittelalterlich gewandet, sang ebenso laut wie falsch und befleißigte sich mit jeder Meile, die wir unserem Ziel näherkamen, einer zunehmend antiquierteren Sprache. Florence und ich guckten uns immer öfter grinsend an.

Schlag zwölf hatten wir den kleinen Ort Hailsham in East Sussex erreicht. Die Tatsache, dass hier die eine oder andere Möwe kreiste, bewies, dass wir nicht mehr weit von der Küste entfernt waren. Ehe wir uns jedoch ins Getümmel stürzen konnten, mussten wir uns zunächst in eine lange, zweireihige Blechlawine einordnen, die sich wie ein bunter

Lindwurm im Schritttempo auf die Parkplätze am Ort des Geschehens zu wälzte. Langeweile kam jedoch nicht auf, denn offenbar hatten die Passagiere anderer Wagen den Anlass ihres Besuches erheblich ernster genommen als Florence und ich, die wir in Jeans und T-Shirts angereist waren. Die verrücktesten Kostümierungen bekamen wir zu sehen. Von edlen Rittern über zauberhafte Burgfräulein, Magier, Knappen, Bauersleute bis hin zu schräg herausgeputzten Waldelfen und Hexen gab es reichlich zu begucken und bestaunen.

»Wir sind definitiv underdressed, Florence«, jammerte ich und fühlte mich deutlich an die Halloweenparty im vergangenen Jahr erinnert. »Ob man uns so überhaupt reinlässt?«

»Keine Sorge, Mädels! Mit solchen Gästen wie euch rechnet man dort. Und man liebt sie sogar, denn sonst könnten die zahllosen Klamottenstände kaum überleben.«

Ich muss im Nachhinein gestehen, dass unsere anfängliche Ablehnung, Geld für ein solches Kostüm auszugeben, sehr schnell von Begeisterung über die wunderschönen Kleider verdrängt wurde. Wir konnten uns gar nicht sattsehen an den wirklich günstig angebotenen Klamotten und hatten einen Heidenspaß daran, gemeinsam in einer provisorischen Umkleidekabine ausgiebig zu probieren.

»Boah, was hast du denn da gemacht?«, fragte Florence und wies auf meinen Oberschenkel.

»Wieso, was ist?« Ich hatte es beim Duschen heute früh nicht entdeckt, aber ich weiß, dass blaue Flecke bei mir immer ziemlich lange brauchen, bis sie in voller Schönheit erblühen. Jetzt jedenfalls prangte auf Vorder- und, wie sich im Spiegel bewundern ließ, auch auf der Rückseite meines Oberschenkels je ein dramatisches blaulila Mordshämatom.

»Ich hab keine Ahnung, Florence. Aber die vergangene Nacht war hart, du weißt ja. Kann schon sein, dass ich irgendwo gegengerumst bin.«

Mitleidig schaute sie mich an, strich mir über die Wange. »Na, wird schon wieder. Hauptsache, du kannst laufen.«

Laufen konnte ich. Es tat kaum weh. Wahrscheinlich hätte es gar nicht wehgetan, wenn Florence mich nicht drauf aufmerksam gemacht hätte.

Jedenfalls schenkte ich der Entdeckung keine weitere Beachtung, und binnen einer Stunde fühlten wir uns passend gekleidet. Florence hatte sich für einen moosgrünen Waldläuferanzug mit Kniebundhosen, Wams und keckem Federhut entschieden, unter den sie ihre komplette Haartracht prummelte, um wie ein Mann daherzukommen.

Ich gefiel mir ausgesprochen gut in einem blau-weißen, bodenlangen Miederkleid, das mich in eine mittelalterliche Schankmagd verwandelte. Das Erstaunliche war, dass ich mich durchaus nicht verkleidet fühlte, sondern mit dem neuen Gewand, passend zu meinem tatsächlichen Job, lediglich ein paar Jahrhunderte in der Zeit zurück geswitcht war. Nichts daran war unnatürlich. Es passte zu mir … ich passte hierher und tauchte gemeinsam mit Tausenden anderer Festivalbesucher in eine eigentlich längst vergangene und doch ganz lebendige Welt ein.

Verschiedenste Stände waren auf dem großzügigen Rasenareal neben der eindrucksvollen mittelalterlichen Schlossanlage aufgebaut. Das wuchtige Backsteingebäude mit seinen sechseckigen Türmen wurde zur Hälfte von Wasser umschlossen und war nur über eine steinerne Brücke zu erreichen. Hinter dem Gebäude konnte man schon von Weitem die vielgerühmten Gärten erahnen, die ich später gern besichtigen wollte.

Nach einem ziemlich scharfen Imbiss in der Suppenküche, wo Florences Bruder uns alle wie alte Freunde begrüßte, zog ein Menschenauflauf unsere Aufmerksamkeit auf sich. Ritterspiele, tatsächlich zu Pferd, sollten mit langen Lanzen ausgetragen werden. Wir quetschten uns zu dritt durch die Menge und ergatterten günstige Stehplätze, von denen aus wir eine prächtige Sicht auf das Spektakel hatten. Die beiden Herren in Rüstung schenkten sich nichts. Immer wieder ließen sie ihre gepanzerten Pferde gegeneinander anrennen. Mal fiel der eine, dann wieder der andere in den Sand und wurde umständlich in den Sattel zurückgehievt. Das Publikum quittierte die Sache mit tosendem Applaus. Mir jedoch blieb immer beinahe das Herz stehen, wenn die mit dumpfem Laut auftreffende Lanze erneut einen Reiter zu Boden befördert hatte. Bis er sich wieder regte, hielt ich jedes Mal die Luft an.

Zu guter Letzt blieb dann doch einer liegen. Zwei Knappen halfen ihm auf und führten ihn an den Rand der Arena. Offenbar war ihm nichts Ernsthaftes geschehen, denn nachdem die Knechte mit einiger Mühe den schweren Helm abgenommen hatten, lachte er schon wieder. Der Sieger jedoch holte sich seinen Lohn in Form einer roten Rose aus der Hand eines wirklich reizenden Burgfräuleins ab.

Mir war das alles viel zu archaisch. Da Brian bekundete, er wolle sich jetzt auch noch die Schwertkämpfe ansehen, vereinbarten wir einen Treffpunkt und trennten uns vorläufig. Ich zog Florence mit zu den Zelten der Weber, Korbflechter, Schnapsbrenner und Kunsthandwerker. Dort erstanden wir beide eine der niedlichen Hexenfigürchen, die wir uns als Souvenir ans Schlüsselbund hängten.

Florence entdeckte das Zelt einer Wahrsagerin. »Oh, los, komm, wir lassen uns die Zukunft voraussagen.«

Sie war Feuer und Flamme, aber ich protestierte. Nein, ich wollte noch nie so genau wissen, wie meine Zukunft aussehen würde. Ich mochte das Leben lieber einfach auf mich zukommen lassen und war bereit für seine Überraschungen. Wollte mich weder damit blockieren, auf das Eintreffen positiver Erlebnisse zu warten, noch ständig vor möglicherweise prophezeiten Katastrophen bibbern. Florence aber war nicht zu bremsen. Mit einem äußerst gespannten Gesichtsausdruck schlug sie eine Stoffbahn des rot-golden gestreiften Zeltes zurück und verschwand im Inneren.

Im Schatten einer alten Eiche fand ich eines dieser netten, einfachen Sitzplätzchen, die hier überall zum Ausruhen einluden. Es bestand aus einer dicken, glattgehobelten Holzbohle, die über zwei hochkant aufgestellte Baumstammabschnitte gelegt war. Dort bezog ich bequem meine Warteposition. Von hier aus konnte ich sowohl den Zelteingang als auch eine ganze Menge des bunten Treibens überblicken. Ein Stelzenläufer in ellenlangen gestreiften Hosen und Zylinder stakste an mir vorbei und warf mir ein Lächeln herunter. Ich fing es auf und schickte es ihm verdoppelt zurück. Er sagte nichts, zog nur charmant seinen Zylinder und war auch schon fort.

Die Luft war erfüllt vom süßen Duft blühender Linden, der sich harmonisch mit den verschiedensten Gerüchen mischte, die aus den Garküchen und offenen Feuerstellen herüberzogen. Als besonders prominent meldete mir meine Nase gerade ein würziges Aroma von Fenchel, Anis, Honig und Ingwer, das dem großen Kupferkessel des Bonbonmachers entdampfte.

Ein paar Yards entfernt spielte eine Gruppe Musiker melancholische Weisen auf alten Instrumenten. Trommel, Laute, Flöte, Drehleier und Glockenspiel begleiteten den Gesang einer jungen Frau in einer Art Feenkostüm, die über eine engelsgleiche Stimme verfügte. Ich schloss die Augen, fühlte den Hauch der lauen Brise, die das Blätterdach über mir teilte und die frühsommerliche Sonne mal mehr, mal weniger an meine Haut ließ. Die Imagination einer mittelalterlichen Welt nahm mich ganz und gar gefangen, drohende Geldknappheit und Zukunftssorgen spielten gar keine Rolle mehr, und gelassene Zufriedenheit breitete sich in mir aus.

Plötzlich wechselten die Spielleute zu lustigen Stücken. Ich öffnete die Augen wieder, merkte, dass erst meine Zehen im Takt wippten, dann die Füße unruhig wurden und ich schließlich mit beiden Beinen den Rhythmus mitstampfte. Immer mehr Zuhörer versammelten sich, bis ich nur noch

lauter bunte, vorzugsweise in Leinen und grobe Baumwolle
gekleidete Hintern dicht vor mir im Takt schwenken sah.

Ein paar Akkorde später begannen die Leute zu tanzen.
Wer, angezogen von der mitreißenden Musik, einfach so
dazukam, wurde von irgendeinem Arm in den Kreis der
Tänzer gezogen und musste unweigerlich mit. Der Trommel-
wirbel wurde schneller; immer schneller drehten sich die
Tanzenden. Ich sah zu, bis sich auch mir ein Arm entgegen-
streckte, der mich in einen Strudel aus purer, ausgelassener
Lebensfreude riss.

Ich gestehe, ich vergaß Florence. Vergaß alles um mich
herum, ließ mich schwenken, schaukeln, drehen von ständig
wechselnden Partnern, deren lachende Gesichter aufschienen,
schon wieder wechselten, verblassten, vergessen waren.

Bis es Florence gelang, mich am Blusenärmel zu erwischen
und aus der tanzenden Menge zu ziehen. Sie war auf
hundertachtzig, ihr Redestrom nicht zu bremsen. »Puh, ich
hab dich überall gesucht. Warst du denn inzwischen auch bei
dieser Fake-Zigeunerin? Das ist 'ne Type, was? Geschminkt
bis zum Abwinken, dann dieses orangerote Flattergewand,
dutzendweise falsche Klimperarmreifen, Creolen so groß wie
Untertassen. Unmöglich! Hat sie dir auch aus der Hand
gelesen und behauptet, du würdest in Kürze heiraten und
sieben Kinder bekommen? Fünf Pfund hat sie mir für ihren
Hokuspokus abgeknöpft. Vorkasse! Ganz schön happig für
zehn Minuten. Ich wollte dich eigentlich warnen, aber du
warst ja verschwunden. Ganz echt war die doch auch nicht,
oder was denkst du? Außerdem kriege ich den aufdringlichen Gestank von dem Kraut, das sie da drinnen verräuchert,
gar nicht mehr aus der Nase. Schnupper mal, hat sich total in
meine Klamotten gehängt. Bei dir auch?«

Sie hielt mir ihren Ärmel hin. Tatsächlich. Ein Geruch von
Patschuli und Moschus, wie auf einem orientalischen Bazar.
Ich rümpfte die Nase, sagte: »Siehste!«, was Florence nicht
leiden kann, ergänzte aber: »Habe ich mir doch gleich

gedacht. Rausgeschmissenes Geld, so was. Und nein, ich war die ganze Zeit hier draußen. Weißt du, ich bin einfach nicht der Typ, der an Simsalabim und Hexerei glaubt. Okay, du hast es hinter dir und ich habe mich inzwischen köstlich amüsiert. Was wollen wir jetzt unternehmen?«

»Brian suchen?«

»Der wird doch mit Sicherheit nicht von all diesen Kampfdarbietungen zu lösen sein. Hast du darauf Lust? Mir wäre eher danach, die Gärten anzusehen.«

Doch, Florence hatte Lust auf Keilerei. Ich war ihr nicht böse, lieferte sie bei dem ekstatisch johlenden Brian am Rand der sandbestreuten Arena ab und verabredete mit den beiden einen Treffpunkt am Zeltlager, wo Brian für uns Schlafgelegenheiten organisiert hatte. Dann machte ich mich auf den Weg über die steinerne Brücke, folgte dem Wegweiser Richtung Rosengarten, schlenderte über die säuberlich geharkten Kieswege, drang immer tiefer in die gepflegte Parkanlage ein. All der mittelalterliche Lärm war hier nur noch als leises Hintergrundrauschen zu vernehmen. Dafür sangen die Vögel ihre hübschesten Lieder. Der erste Flor des Frühjahrs war von überwältigender Schönheit, die Duftsinfonie brachte meine Nase zum Schwelgen. Ich spazierte zwischen den Rosenstöcken und las auf kleinen Messingschildchen die Namen, Angaben zu den Züchtern und kleine Anekdoten zu jeder einzelnen Sorte. Eine satt rosafarben blühende Art trug den überraschend passenden Namen *High Hopes*. Lächelnd ließ ich mich auf der steinernen Bank in einer offenen Laube nieder, die diese Namensvetterin üppig berankte, hielt das Gesicht der warmen Sonne entgegen und schloss die Augen.

Irgendwo in der Ferne setzte Violinspiel ein. So virtuos, wie ich es nur von einer ganz bestimmten Musikantin kannte. Warum überraschte mich das gar nicht? Hier in dieses wundervolle Ambiente passte sie wahrhaftig viel besser als in einen Tube-Schacht. Ich lauschte und meinte, Mozarts E-Dur-

Adagio zu erkennen. Die Rosen, der Duft, die Wärme, die wundervolle Musik. Was für ein Fest für meine Sinne!

Bis zur Mitte des Stückes genoss ich. Dann war ich sicher, dass sie es wirklich sein musste, und wollte meine Vermutung bestätigt sehen. *Sie* wollte ich sehen! Und mich endlich einmal gebührend bei ihr bedanken. Was lag näher, als dies mit einer voll erblühten *High Hopes* zu tun? Ich stach mir schmerzhaft den Daumen blutig, aber ich hatte eine makellose Schönheit gepflückt, die ihrer Kunst würdig war. Eilig strebte ich der Musik zu, knipste im Laufen die widerborstigen Dornen vom Stängel ab, hielt auf eine kleine Anhöhe zu, hinter der ich sie vermutete.

Da stand sie. Leicht erhöht auf einem Podest. Angetan mit einem rückenfreien, langen Silberlamé-Kleid. Ein gutes Dutzend Stuhlreihen war voll besetzt mit festlich gekleidetem Publikum. Tja, da stand sie. Schlank, elegant, sehr blond, vielleicht dreißig Jahre alt.

Neben mir tauchte plötzlich ein livrierter Wachmann auf. »Ihr Ticket, bitte!«

Missbilligend betrachtete er die abgebrochene Rose in meiner Hand.

»Oh, Entschuldigung, ich wollte nur der Künstlerin … also, ich wollte ihr danken«, stammelte ich.

Er hob, immerhin ein bisschen lächelnd und doch drohend, den Zeigeinger. »Das ist verboten, Miss. Sie verstehen sicher. Und nun bitte Ihr Ticket.«

Ich fummelte verlegen meine Eintrittskarte zum Festival heraus. Er schüttelte den Kopf. »Tut mir leid, das gilt nur für …«

Er wies hinter sich.

»Ich gehe schon«, erwiderte ich verlegen.

Der Abend vor der prächtigen Kulisse des Schlosses war nett. Einfach nett. Von blakenden Fackeln und einem spät aufgehenden, tief orangefarbenen Vollmond beleuchtet, wirkte das kleine Lager tatsächlich wie eine mittelalterliche Idylle. Ich hielt mich mit dem Alkohol zurück, begnügte mich mit zwei Gläsern leichten Mets und kroch schon bald in das Zelt, wo eine spartanische Isomatte auf mich wartete. Früh wollte ich morgen aufbrechen, denn immerhin lag eine ziemlich lange Bahnfahrt über rund dreihundert Meilen vor mir.

Der Abschied von Florence fiel herzlich aus. Ja, ja, nächstes Wochenende würde ich zurück sein. Sie dürften mich gern einplanen für möglichst viele Schichten im Pub. Geld konnte ich weiß Gott dringend gebrauchen.

Brian brachte mich zum Zug, und schon ging es über Southampton, Bournemouth, Exeter einmal quer durch den ganzen englischen Süden bis nach Penzance. Mum hatte ich schon in aller Früh angerufen und meine Heimkehr angekündigt. Sie hatte angeboten, mich mit dem Auto vom Bahnhof abzuholen, aber ich hatte sie trotz ihres lebhaften Protests überzeugen können, daheim zu bleiben, denn schließlich konnte ich für dieses letzte Stückchen genauso gut den Bus nehmen. Ich wusste doch, was für einen Aufstand sie zu Hause betreiben würde, um es mir schön zu machen. Da musste ich sie nicht auch noch rausscheuchen. Was ich mir zum Essen wünschte, wollte sie noch wissen, und ich sagte lachend: »Wenn du das nicht weißt, bin ich falsch verbunden.«

Ihre Antwort verknarzte in einem kurzen Funkloch.

Das Wetter meinte es auch heute gut mit mir. Kaum ein Wölkchen am blauen Himmel, strahlender Sonnenschein. Und ich freute mich! Auf meine Eltern, auf die ländliche Ruhe Pendeens, auf das Meer, auf alte Freunde, die ich ewig nicht gesehen hatte. Eine Weile schaute ich der vorbeiziehenden Landschaft zu. Dann holte ich mir einen Kaffee aus dem Bistrowagen, vertiefte mich in meine gut bestückte E-Book-

Bibliothek und wählte eine Erzählung, die ich zwar immer schon geliebt, aber lange nicht mehr gelesen hatte. Oscar Wildes *Gespenst von Canterville*, amüsant und ein ganz klein wenig gruselig, wurde mein Reisebegleiter. Ach je, was tat er mir doch leid, der arme, spukende Sir Simon, der sich plötzlich in seinem einsamen alten Gemäuer neuen Mietern in Gestalt einer amerikanischen Diplomatenfamilie mit zwei ausgesprochen respektlosen, frechen Buben auseinandersetzen musste. Da gab der alte Kerl alles, spukte, was das Zeug hielt, und die Blagen verspotteten ihn bloß. Welche Sympathie empfand ich dagegen für die sanfte, einfühlsame große Schwester Virginia, die irgendwann, ganz am Ende, dem geplagten Sir Simon zu Frieden und verdienter Ruhe verhalf. Wie schön, diese Prophezeiung! Romantik pur.

> *Wenn's einer holden Maid gelingt,*
> *dass sie Sünderlippen zum Beten bringt.*
> *Wenn ein Kinderauge keine Träne mehr vergießt*
> *und der dürre Mandelbaum neu sprießt.*
> *Wenn die stumme Glocke hell ertönt,*
> *dann sind alle ausgesöhnt.*
> *Dann wird's im ganzen Hause still*
> *und Friede kehrt ein auf Canterville.*

Las die Zeilen, lächelte und hörte die Zugansage. Penzance! Ich war fast daheim.

Die Luft war wie Seide, Penzance ein mediterran anmutendes Blütenmeer. Ein bisschen rauer zeigte sich die Landschaft, je näher mein Bus der felsigen Steilküste kam. Sanfte Hügel, Hecken, Steinwälle. Und immer, wenn es etwas hinaufging, hielt ich Ausschau nach dem ersten Blick auf den Atlantik. Dabei wusste ich, es war Unfug, das zu tun, denn die Stelle, wo man zum ersten Mal zwischen Hecken hindurch tatsächlich endlich das Meerblau erspähen konnte, kannte ich genau. Und jedes Mal hüpfte dann mein Herz vor Freude. Das tat es selbstverständlich ordnungsgemäß auch heute. Und tat es wieder, als ich Mum an der Haltestelle entdeckte. Sie breitete die Arme aus, ich lief auf sie zu. Wir drückten, herzten, schwenkten uns gegenseitig, jede vergoss ein paar Tränchen der Wiedersehensfreude. Dasselbe Ritual wiederholte sich ein paar Minuten später vor der Haustür mit Dad, der es sich natürlich nicht nehmen ließ, mir seinen Stolz auf das prima bestandene Examen wortreich zu bekunden.

Ich roch es schon, als wir unser altes Steinhaus betraten. Natürlich hatte sie mir meine Lieblings-Pasties gebacken. Das Originalrezept dieser gut handtellergroßen, halbrunden Teigtaschen sah eine Füllung aus Rindfleisch, Zwiebeln, Kartoffeln und Steckrüben vor, kräftig mit Salz und Pfeffer gewürzt. Eine typisch kornische Mahlzeit. Früher gab man sie den Bergleuten mit in den Schacht. Praktisch, dass das nahrhafte Essen seine Verpackung in Form des ziemlich stabilen Teiges schon selbst mitbrachte. Im Laufe der Zeit hatte jede Köchin ihre eigene Rezeptur und Abwandlung erfunden. Je nach Geschmack konnte man die Teige füllen mit allem, was dem Hungrigen gefiel. Meine Lieblingsvariante war die mit gut abgeschmecktem Rahmspinat, wenig Zwiebeln, etwas Muskat an mildem Cheddar, und genau die kam – neben der althergebrachten Art, speziell für Dad – zu buntem Salat auf den Tisch. Es war der Geschmack von »zu Hause«. Lediglich die berühmten Fish and Chips, die man in Cornwall an jeder Ecke kriegt, konnten den vielleicht noch toppen. Aber Mum hasste es, diesen Aufwand mit den erst vorgebratenen und dann im Teig mit jeder Menge Fett frittierten Fischflatschen in ihrer Küche zu betreiben.

»Das Fett benutzt du ein einziges Mal und schmeißt es danach weg. Das ganze Haus stinkt tagelang. Nicht mit mir! Das sollen die machen, die den ganzen Tag nichts anderes zu tun haben«, pflegte sie zu sagen, wenn wir uns dieses Gericht mal wieder gewünscht hatten, und irgendwann hatten wir dann doch einsehen müssen, dass sie recht hatte. Ich würde sie mir morgen schmecken lassen, wenn ich mich mit Freunden im *Dolphin* treffen würde, einem Pub in Penzance, den es schon fünfzehnhundertknips gegeben hatte. Verabredet hatten wir uns bereits. Der heutige Abend aber gehörte allein meinen Eltern.

Feierlich wurde es, nachdem ich mit Mum abgeräumt hatte und mein Vater mit einem Geschenk ankam. Genau genommen mit zwei Geschenken. »Pack erst das kleine aus«, empfahl Mum. »Das ist von uns beiden.«

Ich überlegte kurz, von wem dann das größere sein konnte. Es war in ausgesprochen altmodisches Geschenkpapier eingewickelt, wie es mal vor zehn, zwanzig Jahren modern gewesen war.

Das kleine hingegen war schick verpackt, trug das Etikett eines bekannten Juweliers aus Penzance und enthielt zu meiner Riesenfreude eine wunderschöne Armbanduhr. Edelstahl mit Goldlünette, Datumsanzeige. Robust und dabei sportlich anmutend, dennoch unglaublich elegant. Kein Vergleich zu meiner alten, die ich mal billig in einer Boutique erstanden hatte. Ich war überwältigt.

»Sie passt!«, rief Mum mit triumphierendem Blick hinüber zu Dad, als ich sie ums Handgelenk legte und schloss. »Habe ich dir doch gesagt.«

Vater lächelte milde. »Ich sehe es ja ein, du kennst unsere Tochter besser als ich.«

Mutter strich ihm sacht über den Arm, und mich ergriff ein ganz warmes Gefühl. Genau konnte ich mir vorstellen, wie sie sich gezankt haben mochten. Das war so eine der typischen Kleinigkeiten, wie sie im Hause Austin ab und zu Meinungsverschiedenheiten auslösten. Wirklich winzige Nichtigkeiten, kaum der Rede wert. Aber mal ehrlich: War es nicht herrlich, dass es niemals, seit ich denken konnte, mehr gewesen war?

Jetzt teilten wir drei unsere Freude. Meine über die ausgesprochen gelungene Überraschung, die exakt meinen Geschmack getroffen hatte, und meine Eltern ihre über meine Begeisterung und Dankbarkeit, was wiederum mich ganz glücklich machte.

»Tja«, sagte Vater, schob mir das große Geschenk noch etwas näher, »und nun pack das andere aus.«

»Von wem ist es?«, wollte ich wissen.

Mum setzte ein wichtiges Gesicht auf. »Es ist von deiner Großmutter Charlotte. Lange, ganz lange ist es her, dass sie es mir gab. Mit dem Auftrag, es dir zu schenken. An einem besonderen Tag. ›Nein‹, hat sie gesagt, ›kein Geburtstag, kein Weihnachten. Es muss schon ein einzigartiger Anlass sein. Etwas, das sich nicht jedes Jahr wiederholt. Hochzeit vielleicht, das erste Kind, eine glücklich bestandene Ausbildung, verstehst du?‹ Und ich denke, Großmutter wäre einverstanden, wenn du es gerade heute bekommst.«

Mir lief ein Schauer der Rührung über den Rücken, all die feinen Härchen auf meinem Arm stellten sich auf. Ich erinnerte mich an unsere letzte Begegnung. Die Worte, so eindringlich, doch damals konnte ich mir unmöglich einen konkreten Reim drauf machen: »Jeder Mensch hat irgendwann in seinem Leben eine Aufgabe zu erfüllen. Eine Aufgabe, die nur er allein erfüllen kann, die ihn zu etwas ganz Besonderem macht. Viele Menschen aber bemerken es nicht, wenn der Moment gekommen ist, und er zieht an ihnen vorbei, ohne dass sie handeln. Ich möchte, dass du immer, wirklich immer die Augen offen und dein Herz bereithältst. Willst du mir das versprechen?«

Ob wohl in dieser altertümlichen Geschenkverpackung meine spezielle Aufgabe wartete?

Ich knüpfte die altrosa Schleife auf, schlug das Papier zur Seite. Und erstarrte mit dem nächsten Wimpernschlag.

Ich weiß heute noch nicht genau, wie es mir gelang, angesichts dessen, was sich unter dem Geschenkpapier verborgen hatte, die Fassung nicht völlig zu verlieren. Ich machte »Oh« und »Ah«, äußerte die Vermutung, es hier mit einem ungeheuer wertvollen Schatz zu tun zu haben. Mum sagte, sie habe auch nichts geahnt, es sei aber bestimmt etwas wirklich Außergewöhnliches. Sonst befände es sich ja wohl kaum in einer derart wertigen (ja, sie sagte allen Ernstes »wertigen«) Umverpackung.

Diese »Umverpackung« blickte ich nun an, und in mir ging plötzlich alles durcheinander. Ich hatte sie schon einmal gesehen. Sie spielte eine wichtige Rolle. Eine lebenswichtige sogar. Bloß … wo? Wann? In welchem Zusammenhang?

Ich zögerte lange, sie auch nur zu berühren, geschweige denn, den Inhalt zu entdecken. Fühlte aber die gespannten Blicke meiner Eltern auf mir ruhen. Bestimmt zwei, drei ewige Minuten lang. Bis Mum mich anstieß und sagte: »Nun guck doch endlich nach, was drin ist. Wird schon keine Bombe sein, kommt schließlich von Charlotte.«

Mein albernes, leicht hysterisches Lachen, so eines von der wirklich peinlichen Sorte, wie Schulmädchen sie bisweilen fabrizieren, weckte mich aus meinem gebannten Zustand. Vorsichtig strich ich mit den Fingerspitzen über das Edelholzkästchen, zeichnete behutsam die filigranen Perlmuttintarsien nach. Und öffnete schließlich den Deckel.

Drinnen lag, auf eierschalenfarbenen Samt gebettet, eine in feinstes dunkelgrünes, goldgeprägtes Leder gebundene Ausgabe von William Shakespeares *The Tempest*. Ich hob das Buch heraus. Natürlich war es mir unmöglich, mir auch nur annähernd eine genauere Vorstellung vom pekuniären Wert dieses Geschenks machen zu können, denn allzu beschlagen bin ich in Sachen Bibliophilie nicht. Aber dass es sich um ein ganz besonderes Exemplar der Buchdruckerkunst handeln musste, war uns allen dreien sofort klar.

Es stellte sich heraus, dass es sich um eine limitierte Erstauflage aus dem Jahr 1926 handelte, die nicht nur Shakespeares magischen *Sturm* auf edlem, unbeschnittenem Bütten, sondern auch zwanzig zauberhafte Illustrationen eines gewissen Arthur Rackham samt dessen Signatur enthielt.

»Wo sie das wohl herhatte?«, staunte Mum, und Vater mutmaßte, gar nicht so weit hergeholt, sie habe schließlich ihre ganz große Zeit damals gehabt, als sie sich für Cornwall derart mit Leib und Seele eingesetzt habe.

»Vielleicht bei irgendeiner Gelegenheit zum Dank? Schließlich hat sie viel erreicht für unsere Region.«

Mum nickte. »Das würde erklären, dass sie das kostbare Buch für Hope vorgesehen hat, denn, erinnere dich, immerhin hat sie unsere Kleine ja ständig mitgeschleppt und allerhand Türen mithilfe von Hopes Niedlichkeit öffnen können.«

Mum klopfte mich zärtlich wie einen braven Hund. Dad hatte recht, ich konnte seine Theorie bestens nachvollziehen, legte das Kunstwerk in das Kunstwerk zurück und wir feierten unser Wiedersehen.

Ja, den Austins ist wahrhaftig ein gewisser unleugbarer Sinn fürs Rationale nicht abzusprechen.

AM GRAB

Erst spät in der Nacht, als ich allein in meinem Mädchenzimmer war, hob ich das Buch noch einmal aus seiner Schatulle und entdeckte ein dunkelgrünes, seidenes Lesebändchen. Ich schlug die Seite auf, die es kennzeichnete. Und fand die Zeilen:

We are such stuff as dreams are made on,
and our little life is rounded with a sleep.

Himmel! Es schoss mir irgendwas durch die Adern, das meine zuvor noch so wohlige, leicht alkoholisierte Schläfrigkeit im Nu vertrieb. Plötzlich war ich wieder hellwach. Das war kein Zufall! Ich hatte dieses Zitat vor Kurzem erst schon einmal vernommen. Grandma hatte diese Seite ausdrücklich markiert. Wäre es ihr nicht wichtig gewesen, hätte sie das Seidenbändchen auch an jeder anderen Stelle einlegen können. Nein, das hatte etwas zu bedeuten. Aber was?

Um es kurz zu machen: In dieser Nacht kam ich nicht drauf. Spät schlief ich ein, der Kopf schmerzte schon vom Grübeln, und beinahe hätte ich ein zweites Mal zu Dr.

Nortons Pillen gegriffen, die mir nach der durchzechten Nacht vorgestern schon zu so wunderbarer Erholung verholfen hatten. Ich tat es nur deshalb nicht, weil ich zu erschöpft, oder sagen wir ruhig, zu faul war, mein warmes Bett noch einmal zu verlassen.

Gott sei Dank ließ mich Mutter am folgenden Morgen richtig ausschlafen und hatte noch um halb elf, als ich mit wirrem Haar, barfuß und im Pyjama in der Küche erschien, ein ordentliches englisches Frühstück für mich.

»Hast du gut geschlafen, Darling?«, fragte sie mich liebevoll, sah mich dabei aber etwas kritisch an.

»Mittelgarnichtgut«, antwortete ich und ließ mir weiße Bohnen in Tomatensoße, knusprigen Speck, glasierte Minitomaten und Spiegeleier zu Toast auf den Teller häufen.

»Iss erst mal!«, befahl Mutter. »Dann erzähl … Hast du schlecht geträumt? Du hast doch früher immer so schrecklich geträumt und konntest danach nicht mehr einschlafen. Geht das immer noch so, oder hat es endlich aufgehört?«

Nachdenklich schüttelte ich den Kopf. »Ich glaube, es hat aufgehört. Es war furchtbar, kurz vor den Prüfungen dachte ich schon, ich drehe durch. Ich habe doch erzählt, dass ich sogar bei diesem Psychiater gewesen bin, nicht?«

»Du hast über ihn am Telefon geschimpft, hast gesagt, er sei ein übler Abzocker, der dir die letzten Pennys aus der Tasche zieht, und könne dir nicht helfen.«

»Stimmt, das habe ich gesagt. Aber er hatte mir ja ein paar Pillen mitgegeben, die ich nehmen sollte, wenn es zu arg werden würde.«

»Und die hast du nie genommen, richtig? Ich kenne doch meine Tochter.«

Ich druckste ein bisschen herum, aber dann erzählte ich, betonte natürlich, dass es dieses eine einzige Mal wirklich nicht anders gegangen wäre, und Mum lachte. »Manchmal muss man sich eben helfen lassen, Hope. Was waren das für

Pillen? Beruhigungsmittel? Schlafmittel? Was steht auf der Packung?«

»Nichts. Es war nur ein ebenfalls unbedruckter Blister drin. Kennst du dich mit so was aus?«

»Ein wenig. Zeig mal, hast du welche davon mit?«

»Ich glaube schon, warte, bin gleich wieder da.«

Da legte ich dann das Beutelchen mit Aspirin, Vitamintabletten und Dr. Nortons undefinierbaren Pillen vor Mum auf den Küchentisch, und gleich erhellten sich Mutters Züge.

»Ach, Hope, natürlich kenne ich die. Grandma hat die früher wie Bonbons zum Einschlafen gelutscht. Darf ich mal eine rausnehmen? Ich kann mich täuschen, aber die haben einen unverwechselbaren Geruch.«

Mutters Riechtest war eindeutig. »Lavendel, Baldrian und Hopfen, Kind! Eindeutig, da gibt es kein Vertun. Dies ist ein bewährtes, pflanzliches Medikament und bekannt dafür, sehr mild zu wirken.«

Ich guckte sie an wie eine Erscheinung. Exakt so hatte Dr. Norton die Pillen auch angepriesen. Mum ergänzte jetzt mit leicht vorwurfsvollem Blick: »Das Geld hättest du dir sparen können! Die gehören seit Jahrzehnten zur Hausapotheke, schau, hier …« Sie stand auf, zog die Schublade am Küchenbuffet auf, legte einen Blister neben meinen, der ganz genau gleich aussah. »Sehr effektiv bei überreizten Nerven, Hope. Aber du traust ja immer bestenfalls Leuten mit Doktortitel. Darum habe ich es nie gewagt, sie dir anzubieten. Du hättest dir viel Quälerei ersparen können. Aber nun, da du offenbar gute Erfahrungen gemacht hast, weißt du ja Bescheid. Hattest du denn angenehme Träume davon?«

Erst hörte ich nur Brian. So etwas hatte er auch gesagt. Und eigentlich war ich vor allem beruhigt, dass nicht etwa ein pharmazeutischer Hammer, sondern eine schlichte Kombination von Kräutlein so wohltuende Dienste leisten konnte. Dann dachte ich über Mums Frage nach und schüttelte den Kopf.

»Nein. Wenn ich es recht bedenke, habe ich überhaupt nicht geträumt. Zumindest kann ich mich an nichts erinnern.«

Mum lächelte wissend. »Ja, manchmal ist das so. Aber bisweilen geschieht es, dass die Erinnerung später kommt. Ein kleines Bruchstück fällt dir ein, eine Kleinigkeit erinnert dich, und wenn du dann genauer nachspürst, kriegst du hin und wieder sogar einen ganzen Traum zusammen. Immer sind es schöne, nie solch furchtbare, wie du sie mal geschildert hast. Geht mir zumindest so.«

»Ach, du nimmst die auch?«

»Selten. Aber wenn es mal richtig stressig wird … weißt du, so wie letztens, als dein Vater an der Steuererklärung beinahe verzweifelt wäre. Er war kein Mensch mehr, kann ich dir sagen. Unerträglich! Das ganze Wohnzimmer voll ungeordneter Belege … auf dem Fußboden, auf dem Tisch, auf den Sesseln, ach, was so etwas angeht, ist er furchtbar unorganisiert.«

Wir mussten beide lachen. Das kannte ich von früher. Vater war ein Mann, der mit den Händen arbeiten konnte. Heute noch. Papierkram aber trieb ihn zur Raserei. So lieb er auch war … in diesen Momenten machte man besser einen großen Bogen um ihn. Und offenbar schlug Mum diesen Bogen dann mithilfe von Lavendel, Baldrian und Hopfen.

Ich sah meiner Mutter zu, wie sie die herausgenommene Pille sorgfältig zurück in den Blister steckte, die Folie darüber schob. Sie wollte die Tabletten gerade wieder in das Plastiktütchen … – da stutzte ich.

»Zeig noch mal her, Mum. Du hast doch nur eine herausgebrochen, nicht?«

Sie nickte.

»Warum fehlen dann zwei?«

»Das kann ich dir beim besten Willen nicht sagen«, erwiderte sie schmunzelnd. »Nehme aber an, dass du demnach mehr als ein einziges Mal Bedarf verspürt hast.«

»Garantiert nicht!«

»Hm. War die Packung vollständig, als du sie bekamst?«

»Absolut sicher. Zehn Stück waren drin.«

»Das ist merkwürdig … und … warte mal … nein, im Tütchen ist auch nichts mehr. Na, aber mach dir keine Sorgen! Solltest du mehr brauchen, schicke ich dir welche. Einfach Bescheid geben.«

Ich machte mir keine Sorgen darüber, wo und wie ich gegebenenfalls zukünftig Schlafmittel-Vorräte würde aufstocken können. Ich fragte mich nur, und das sehr eindringlich und ziemlich beunruhigt, ob ich irgendwann mal einen gewaltigen Filmriss gehabt hatte. Gleich zwei eingeworfen nach der durchkotzten Nacht? Ich? Im Leben nicht. So besoffen konnte ich gar nicht gewesen sein.

»Was hast du heute vor, Hope?«, holte Mutter mich aus meinen Überlegungen.

»Oh, als Erstes will ich rüber zum St.-John's-Friedhof und Grandma Blumen bringen. Dann möchte ich an den Strand und einen ausgiebigen Spaziergang machen, tja, und heute Abend treffe ich mich mit etlichen alten Freunden und ehemaligen Mitschülern im *Dolphin*, drüben in Penzance.«

»Dann rechne ich zum Abendessen also nicht mit dir?«

Ich schüttelte den Kopf. »Nirgends kriegt man bessere Fish and Chips als dort. Die kann ich mir doch nicht entgehen lassen, wenn ich schon mal hier bin.«

»Gut«, sagte Mum grinsend. »Dann gibt es heute das Lieblingsgericht deines Vaters. Wie jede Woche donnerstags.«

Ich verzog angeekelt das Gesicht, machte »Iiih«, und Mum lachte. »Jedem das Seine, Hope. Dir die Fish and Chips, Vater den Hammel mit Minzsoße.«

Ich holte mein altes Fahrrad aus dem Schuppen, pumpte ein bisschen fehlende Luft nach.

Mein erster Weg führte mich zu *Plants & Flowers*, der

einzigen Gärtnerei in unserem Kaff. Mrs Donohue begrüßte mich wie eine verlorene Tochter und horchte mich nach allen Regeln der Kunst aus, während sie mir einen riesigen Strauß mit Großmutters Lieblingsblumen steckte. Hortensien in allen Farben, ein bisschen Grün dazu, kompakt zu einer festen, dicken Halbkugel gebunden, eingewickelt in braunes Papier.

»Damit sie auf dem Fahrrad nicht Schaden nehmen«, erklärte sie mit einem Blick durch die Schaufensterscheibe. »Und, Hope? Bleibst du jetzt, wo du fertig bist? Hast du Aussicht auf eine Anstellung anderswo? Oder willst du noch den Doktor dranhängen?«

»Ehrlich gesagt weiß ich es noch nicht. Etwas Festes hat sich bislang nicht ergeben. Zunächst einmal werde ich also weiterhin im Pub jobben und mich bewerben. Aber hierbleiben kann ich schlecht, obwohl ich gern wollte. Ich möchte den Eltern nicht auf der Tasche liegen, und hier gibt es einfach keine passenden Stellen für mich.«

»Aber du kommst ja doch immer wieder«, sagte sie lächelnd. »Bestell Charlotte einen lieben Gruß von mir.«

»Das tu ich gern!«, versicherte ich und zückte mein Portemonnaie. Der Preis, den sie nannte, war lächerlich niedrig. Vermutlich sah sie mir an der Nasenspitze an, wie klamm ich war. Zudem hatte sie zu Grandmas besten Freundinnen gehört. Ich dankte ihr überschwänglich und stieg, den gewaltigen Strauß sorgfältig im Körbchen vor dem Lenker befestigt, aufs Rad.

Von der Church Road aus konnte man das Meer schon sehen. Aber dieser Liebe würde ich später frönen. Zunächst lehnte ich mein Gefährt an die Kirchhofmauer aus grauem Naturstein und durchschritt das offenstehende, grüngestrichene Schmiedeeisentor. Eine leichte Brise kam von der See, Möwen kreisten in der Höhe, es war warm. Zwischen den vielen uralten Liegesteinen, Hoch- und keltischen Kreuzen nahm ich den Weg vorbei am blumengeschmückten Kriegerdenkmal. Viele Namen gab es zu betrauern, die meisten waren heute noch im Ort geläufig. Aber im Vergleich wenige zur Zahl derer, welche im Laufe der Zeit Opfer von Grubenunglücken geworden waren. Schon als Kind hatte mich die grauenvolle Vorstellung entsetzt, hunderte Yards unter Tage plötzlich durch Stolleneinsturz oder Wassereinbrüche gefangen zu sein. Dann doch lieber gleich tot, als verschüttet, verletzt, voller Hoffnung auf Rettung, irgendwann begreifen zu müssen, dass niemand mehr kommen, dass man niemals mehr das Sonnenlicht sehen würde. Allein der Gedanke hatte mich schon immer auf diesem Friedhof frösteln gemacht, und ebenso war es heute.

Drüben im Museum, das gar nicht weit entfernt mit seinen bestens instandgehaltenen, weithin sichtbaren Fördertürmen auf sich aufmerksam machte, hatte Dad im Laufe der Jahre die Karriereleiter bis zur Position des technischen Direktors von *Pendeen's Hope* erklommen. In der Schalterhalle, wo die erfreulich zahlreichen Besucher ihre Tickets kaufen konnten, gab es eine ganze Wand voll vergilbter Fotos all jener Opfer. Und es hing ein sehr großes dort. Grandma mit mir im Sonntagskleidchen auf dem Arm.

Karg und offen war der *St. John's Cemetery*. Nur wenig Grün – ein paar Büsche, windzerzauste Bäume, dürres Gras – zierte die kiesbestreuten Wege zwischen den feldgrauen Grabsteinen. Aber Cornwall war eben hier, an der häufig sturmumtosten äußersten südwestlichen Spitze Englands, karg. Mager zudem die steinreichen Böden; was hier wuchs, blieb klein und unscheinbar oder wirkte, wenn es höher wuchs, stets etwas verhärmt und gebeutelt. Welch ein Unterschied allein schon zum nicht weit entfernten Penzance, gar zu der üppigen, satt grünbunten Vegetation Kents!

Das Familiengrab der Austins lag hingegen geradezu lauschig. Von drei Seiten geschützt durch eine säuberlich gestutzte Berberitzenhecke, licht überschattet von einer alten Akazie. Viele Namen, eingraviert in den gewaltigen Stein, hatte die Zeit bereits unleserlich verwaschen. Grandma Charlottes aber war klar und deutlich erkennbar. Ich legte meinen Strauß ihr zu Füßen, entbot meinen üblichen Gruß, suchte und fand die Steckvase hinterm Stein, besorgte Wasser aus einem großen Steintrog, bohrte die Spitze der Vase in den knochenharten Boden und stellte die Blumen hinein. Es gab ein niedriges steinernes Bänkchen, das ich immer benutzte, um meine Zwiesprache mit Großmutter zu halten. Auch heute nahm ich darauf Platz, schloss die Augen und erzählte ihr.

Ich weiß nicht, wie lange ich saß. Wie lange ich berichtete und – je nachdem, was ich mitteilte – Zustimmung, Erstaunen, Missbilligung, Zärtlichkeit, ja, auch ein paarmal Mitleid in ihren meerblauen Augen erkannte. Nimmt mir niemand ab? Dann nicht! Es war so. War immer so. Punkt!

Ich wusste dennoch, dass mir manche Fragen nicht beantwortet werden würden. Schließlich bin ich weitgehend kopfgesteuert, das ist bekannt. Und ich erwartete auch keine Antwort auf meine lapidare Frage, warum mir eine dieser blöden Pillen fehlte. Nur eines war heute bemerkenswert. Ich kam aus meiner meditativen Stimmung zurück, weil es plötzlich über mir im Akazienlaub kräftig raschelte. Beim Hinaufschauen entdeckte ich einen gewaltigen Raben, dessen Anblick mir ein ehrfürchtiges »Wow!« entlockte. Blauschwarz glänzte sein Gefieder. Ich will nicht übertreiben, aber der Bursche hatte bestimmt seine zweieinhalb Fuß.

»Krah«, grüßte er, und ich konnte die rote Zunge im rabenschwarzen Schnabel erkennen.

»Tut mir leid, ich habe nichts für dich«, sagte ich. »Du siehst ja, alle schon unter der Erde und ich bin noch ganz frisch.«

Mein Tonfall musste ihm behagt haben. Jedenfalls spannte er die Flügel, erhob sich rauschend aus dem Laub, glitt in elegantem Schwung heran und nahm auf dem Grabstein Platz.

Mit schiefgelegtem Kopf blickte er mich lange aus seinen

klugen, dunklen Augen an, tippelte mal nach rechts, mal nach links, beugte sich ruckartig vor, guckte wieder, tat so, als wolle er mir irgendetwas mitteilen.

Aber ich verstand ihn nicht, und irgendwann gab er, quasi achselzuckend, auf und flog davon.

RITUALE

Ausgiebig fiel mein Strandspaziergang aus. Sicherlich zwei Stunden lang schlenderte ich, die Hosenbeine hochgerollt, die Sneaker, an den Senkeln zusammengebunden, über der Schulter, mal im Wasser, mal am festen Saum des Meeres. Suchte und fand ein paar hübsche Muscheln, außergewöhnlich geformte Steine, die ich mitnahm, um sie zu Hause in jenes große Deckelglas zu geben, das immer schon solche Schätzchen aufnahm. Nie wirkten sie darin so glänzend schön, wie ich sie in nassem Zustand aus dem Sand gepult hatte. Aber jedes barg eine Erinnerung an unbeschwerte Stunden am Meer. Insofern hatte die Sammlung auch in Matt unbedingt ihre Daseinsberechtigung.

Heute, das muss ich zugeben, war ich allerdings ein wenig unkonzentriert in meiner Sammelleidenschaft. Das überraschende Auftauchen des Raben hatte eine Saite in meinem Innern berührt, die nachklang, sich aber nicht recht auf eine eindeutige Tonlage festlegen ließ. Irgendwie düster, schaurig einerseits. Andererseits schien sie mir – zumal der riesige Vogel mir keineswegs bedrohlich, sondern eher freundlich, ja, beinahe zutraulich begegnet war und auch ein paarmal sein Krächzen wiederholt hatte – ermunternde, positive Bedeutung zu haben. Zusätzlich bescherte mir diese verschwundene Pille immer noch Kopfzerbrechen. Weder die frische Seeluft noch die absolute Einsamkeit am menschenleeren Strand jedoch waren in der Lage, mir Klarheit zu verschaffen.

Am späten Nachmittag nahm ich den Bus zum vereinbarten Treffen nach Penzance. Sie waren alle gekommen, zu fast zwei Dutzend füllten wir den halben Pub. Herrgott, so ein toller Abend! Alles, was mich seit gestern aus dem Gleichgewicht gebracht hatte, war für Stunden vergessen. Was hatten wir uns bei Fish and Chips, Guinness und Whisky nicht alles zu erzählen … Jetzt war mein Heimkommgefühl perfekt, Körper und Seele in völligem Einklang. Da störte nicht mal der langsam knallrot werdende, britzelnde Sonnenbrand auf meinem Nasenrücken.

Fehlte nur noch meine obligatorische Huldigung des St. Michael's Mount bei Nacht. All meine alten Freunde kannten mein ganz persönliches kleines Ritual, das ich nie ausließ, wenn ich heimkam. Niemand erbot sich, mich zu begleiten, wussten sie doch, dass ich ablehnen würde. Nein, diesen Weg wollte ich immer allein gehen. Wir verabschiedeten uns mit herzlichen Umarmungen, verabredeten, uns bald wieder zu treffen. Dann gingen sie, Susan und May, die beiden Cousinen aus Marazion, mit denen ich schon während der ersten Klassen die Schulbank gedrückt hatte, nahmen den vorletzten Bus. Ich winkte ihnen noch hinterher, wusste, eine gute halbe Stunde hatte ich noch, bis meiner fuhr.

Vom *Dolphin* aus war es nicht weit runter zum Wasser. In Penzance führen alle Hauptstraßen schnurgerade dorthin. Ich überquerte die menschenleere Promenade. Dann hatte ich wieder Sand unter den Füßen. Der Mond stand voll am Himmel, nur ab und zu dämpfte ein zartes Wölkchen seinen Schein. Es war Flut. Kein Lüftchen ging. Nur leise schwappten die matten Wellen an den Strand. Drüben, rund anderthalb Meilen entfernt, erhob sich St. Michael's Mount aus der stillen See. Bei Ebbe konnte man das Felseninselchen von Marazion aus trockenen Fußes über einen schmalen Damm erreichen. Ich wollte sie nicht erreichen. Mir genügte der Blick, um die Faszination auszukosten. Die Sicht war klar. Die Zinnen der spätmittelalterlichen Burg ganz oben auf der Hügelspitze zeichneten sich, hell vom Mond beleuchtet, gegen den blauen Nachthimmel ab, in einigen Fenstern der unterhalb der Burg gelegenen flachen Häuser brannte Licht. Schon in der Steinzeit sollen dort Menschen gesiedelt haben. Ein ziemlich sicheres Plätzchen. Was hatte dieser Flecken alles schon gesehen! Und wie lächerlich gering dagegen meine eigene kleine Lebensspanne. Eine dichtere Wolke schob sich vor den Mond, machte das zauberhafte Bild grau. Und mir wurde schon wieder komisch.

Alkohol. Verdammt, ich sollte es vielleicht doch lassen, was? Ging ich noch geradeaus? Eigentlich schon. Ich kehrte um. Meine neue Armbanduhr zeigte mir, der Bus würde gleich da sein.

Unser Haus war dunkel. Längst waren Mum und Dad zu Bett gegangen. Leise schloss ich die Haustür auf. Puh! Hammelduft hing in der Luft. In meinem Zimmer riss ich das Fenster hoch. Katzenwäsche, Zähne putzen im Bad, sogar mein Handtuch roch. Oh, wie ich diesen Geruch nicht ausstehen kann!

In dieser Nacht schlief ich tief. Und träumte. Einen Traum, an den ich mich am folgenden Morgen glasklar erinnern sollte.

DER TRAUM

Ich schlief nicht in dieser Nacht. Hatte mich weder ausgekleidet noch das Licht gelöscht. Eine Decke über den Knien, hatte ich mich vor dem Kamin niedergelassen, las, las sehr unkonzentriert und lauschte jeder Regung im Hause nach, derer es heute ungewöhnlich viele gab. Elf Schläge tat die Uhr in Midnights Halle. Noch war Zeit.

Der heutige Tag war ein wenig anders verlaufen als die vergangenen. Erstens hatte ich Collin nicht zu Gesicht bekommen. Zweitens war mir aufgefallen, dass Mr Dogherty während der Mahlzeiten einen etwas nervösen Eindruck vermittelt hatte. Einen Reim darauf konnte ich mir nicht machen. Vielleicht hatte ich mir das aber auch nur eingebildet, weil ich selbst so unruhig war. Insbesondere peinigte mich die Frage, wie viel Zeit mir denn tatsächlich noch blieb und wie sich ohne Collins Anwesenheit eine zündende Idee einstellen sollte.

Am Abend hatte ich Julie wieder vorgelesen. Wir hatten *Aschenputtel* beendet, und obwohl sie noch nicht eingeschlafen war, empfand ich es als zu spät, um noch ein neues Märchen zu beginnen. Sie knörte ein bisschen, als ich ihr eine gute Nacht wünschte, hielt meine Hand fest und fragte: »Werden Sie sich wirklich bemühen, Miss Austin?«

Ich zuckte zusammen. Ich wusste, dass ich ihr das gestern Abend stumm versprochen hatte. Aber ich war mir absolut sicher, es nicht ausgesprochen zu haben. Jetzt schaute sie mich bittend an, und ich antwortete mit fester Stimme: »Das werde ich, Julie! Was in meiner Macht steht, will ich tun.«

Sie schüttelte heftig den Kopf. »Es steht nicht in Ihrer Macht, Miss Austin! Sie sind kein Teil unserer Geschichte. Es muss jemand tun, der dazugehört. Ich kann es nicht sein, mein Platz ist hier in meinem Bettchen, und ich kann es nicht verlassen.«

Jetzt! Endlich begriff ich. Dieses kleine Mädchen hatte mir den entscheidenden Hinweis gegeben, und plötzlich lag alles klar vor mir. Collin hatte mir in etwa dasselbe gesagt wie Julie. Beide hatten verstanden, was mir bisher partout nicht hatte einleuchten wollen. Aber er hatte mir mit seinen sehr genauen Schilderungen gestern auch deutlich gemacht, wie es gelingen mochte. Ja! Es gab eine Lücke, in die ich stoßen konnte. An einer und nur an dieser einzigen Stelle, die mir zugänglich war.

Meine Nerven waren bis aufs Äußerste gespannt. Drohten zu zerreißen, als ich meinte, Stimmen in der Halle zu hören. Ich stand auf, öffnete meine Zimmertür einen Spaltbreit. Ganz sicher hörte ich Mr Dogherty. Nicht was, aber dass er sprach. Ganz sicher hörte ich Collin. Und eine weibliche Stimme, die ich absolut nicht zuordnen konnte.

Herrje, dass man diesen aufgeregten Puls in den Ohren aber auch nicht abstellen konnte!

Dann leise, sehr leise und nur ganz kurz eine weitere Frauenstimme. Die kam mir bekannt vor. Aber es war gewiss nicht Mrs Crow. Wen gab es noch im Haus? Die Köchin. Ich hatte sie hier nie gesehen, nie reden gehört. Aber auch wenn ich annahm, sie könnte dieselbe Person wie meine Wahrsagerin sein … nein, so herrisch redete gewiss keine Köchin. Das passte zu jemand ganz anderem …

Plötzlich war es wieder still. Nur Türen klappten. Kaum wagte ich zu atmen, stand da, lauschte, lauschte … nichts mehr. Wie viel Zeit verging? Eine halbe Stunde sicherlich, vielleicht etwas mehr.

Da! Türzuschlagen, Schritte. Schritte, die sich entfernten.

Vom Korridor zog es klamm herein. Meine Beine begannen einzuschlafen, mir war kalt. Stille da draußen.

Dann jetzt!

Ich langte nach meinem Dufflecoat, ergriff Leuchter und Streichholzschachtel, trat hinaus in den dunklen Flur. Katzengleich schlich ich hinunter. Sah die Uhr bei zehn Minuten vor Mitternacht stehen. Gut. Erreichte die Bibliothek. Heute brannte kein Licht. Nur der Mond warf seinen vollen Schein durch die Glaskuppel. Mir genügte diese Beleuchtung. Längst hatte ich mich mit diesem Raum vertraut gemacht.

Ich hockte mich auf einen der beiden Lesesessel. Meine Decke, die Collin so fürsorglich bereitzulegen pflegte, lag noch dort, aber ich benutzte sie nicht. Ich musste sprungbereit sein! Musste oben auf der Galerie sein, bevor der letzte Glockenschlag zur zwölften Stunde fiel. Musste ihn abpassen in dem Moment, wenn er die Tür öffnete, die mir verschlossen blieb. Dann würde mir nur noch eine winzige Spanne bleiben, um ihn zu überzeugen, damit er handelte. Und zwar ehe die Tür wieder zufiel. Mich ängstigte nämlich die Idee, dass sie während der zu erwartenden allnächtlichen Tragödie auch für ihn nicht mehr zu öffnen sein könnte. Das galt es unbedingt zu verhindern.

Zügig stieg ich nun die Wendeltreppe hinauf. Postierte mich, legte ein Ohr an die Türfüllung. Still.

Dann schlug die Uhr. Ich zählte. Jetzt musste Collins Flucht beginnen.

Wenige Augenblicke nur, dann hörte ich gehetzte Schritte. Näher, immer näher. Die Stufen schien er zu zweien zu nehmen. Dumpf dröhnte das Holz der Galerie über dem Ballsaal. Ich trat einen Schritt beiseite. Gleich …

Schon riss er die Tür auf, stutzte, als er mich erblickte. Das Gesicht schmerzverzerrt, die Augen voller Tränen.

Ich nutzte den Moment. Stellte mein Bein ganz nach bewährter Art der Staubsaugervertreter über die Schwelle und griff beherzt nach Collins Arm. Hielt ihn, der weiterwollte, wegwollte, während irgendeine Macht mir die massive Türkante in die Oberschenkelmuskeln presste. Ich rang nach Luft.

Collin versuchte sich aus meinem eisernen Griff zu befreien.

»Du bleibst hier, verdammt!«, fauchte ich ihn an. »Und tust endlich, was du tun musst. Geh da raus und erklär dich! Was auch immer geschieht, ich bin hier. Ich warte auf dich. Und wenn du gehen musst, gehen wir zusammen.«

Sein Widerstand schien ein wenig zu erlahmen, erstaunt blickte er mich an, ich lockerte meine verkrampfte Hand. Und hätte doch schreien mögen ob des Schmerzes, den diese verfluchte Zwinge meinem Bein antat.

Ich schrie nicht. Noch nicht. Und nur deshalb hörte ich Elinore kommen, hörte Mr Doghertys schweren Schritt ihr dicht auf den Fersen, hörte die bekannten ersten Worte ihres Streits.

»Was hast du da gesagt, Hope?«, flüsterte Collin ungläubig.

»Ich warte auf dich. Und wenn du gehen musst, gehen wir zusammen«, wiederholte ich. Und dann, als er sich noch immer nicht rührte, noch immer keinerlei Initiative ergriff, setzte ich hinzu, und jetzt schrie ich: »Ich liebe dich, Collin. Tu, was du tun musst, und ich bin dein, wenn du willst.«

Ganz und gar verflog sein Drang fort von mir. Seine Züge nahmen einen Ausdruck an, der zwischen unendlicher Zärtlichkeit und Erlösung alles Schöne bedeuten konnte. Nun nahm er mich um die Taille, schaute mir tief in die Augen. »Du lügst mich nicht an? Du meinst es ernst mit mir?«

»Aber ja, Collin!«, schluchzte ich.

Jawohl, ich schluchzte. Weil ich hörte, was drüben gesprochen wurde.

»Aber du verstehst alles falsch, ich habe nie …«, sagte Dogherty erregt.

»Dann beweis es mir und schenk mir einen Kuss«, forderte Collin, und sein Lächeln war voller Zuversicht.

Getrieben, die Frist im Nacken, dem Drang nachgeben wollen, endlich seine Lippen spüren … Ich lehnte meine Stirn an seine Brust, krallte meine Hände in den Stoff seines Hemds. Gehalten und ja, geküsst werden wollen. Ich hob den Kopf, er wartete, kam näher, immer näher. Schwach. Ganz, ganz schwach!

»Erst die Arbeit, dann das Vergnügen!« Grandma Charlotte herrschte mich in einem Kasernenhofton an, wie ich ihn noch nie von ihr gehört hatte.

»Erst die Arbeit, dann das Vergnügen«, wiederholte ich zuckersüß. »Du kriegst deinen Kuss und nicht nur einen. Aber wenn du noch lange zögerst, bekommst du eine Einbeinige.«

Ich hörte Elinore weinen.

Gleich, gleich war es zu spät.

»Los! Geh! Und vertrau mir. Alles wird gut!«

Ein letzter zweifelnder Blick von Collin, ein letzter bekräftigender von mir. Dann nickte er, »Ich nehme dich beim Wort!«, und stieß die Tür entschlossen vollends auf. Augenblicklich war ich frei. Die Tür schlug hinter ihm zu, und ich lehnte an der Wand, hielt mein teuflisch schmerzendes Bein. Es gab keine Vibrationen, gab keinen dumpfen Schlag. Sosehr ich auch lauschte, nur gemäßigte, undeutliche Stimmlagen. Und mir wurde schwarz vor Augen.

~

Als ich zu mir kam, blickte ich in Elinores besorgtes Gesicht. »Oh, endlich sind Sie wieder zu sich gekommen, Miss Austin! Wie geht es Ihnen? Ich habe Collin geschickt, damit er noch einmal versucht, den Doktor herzubestellen. Wissen Sie, wir wohnen ja doch weit draußen, und auf dem Land ist es nicht allzu weit her mit der Hausarztversorgung. Ich schätze, vor sieben Uhr früh wird Dr. Barnaby kaum seinen Anrufbeantworter abhören. Mein Mann wollte am liebsten gleich den Rettungshubschrauber hier sehen, aber das hielt ich dann doch nicht für unbedingt notwendig. Ich bin zwar keine Krankenschwester, aber wenn man Kinder aufgezogen hat, kann man als Frau doch recht gut einschätzen, wie ernst die Lage ist. Sie waren lange ohne Bewusstsein, doch Atmung und Puls erschienen mir zu keinem Zeitpunkt besorgniserregend. Ich habe Ihnen einen kühlen Arnikaumschlag ums Bein gemacht. Tut es noch sehr weh? Mein Mann muss unbedingt diese verflixte Tür reparieren lassen. So etwas darf wirklich nicht passieren, ich bitte um Entschuldigung!«

In welchem Film war ich denn nun? Vor mir saß Elinore, da gab es wirklich keinen Zweifel. Schließlich kannte ich ihr Gesicht von dem bezaubernden lebensgroßen Porträt. Doch sie trug weder Korsett noch pfirsichfarbene Seide, sondern ein blau-weiß gestreiftes, lose sitzendes Umstandskleid zu hellblauen Espadrilles. Ihr Haar war zu einem praktischen Pferdeschwanz gebunden, ihr Teint sonnengebräunt. Auf dem Nasenrücken zeichnete sich eine deutliche Sonnenbrandröte ab.

»Was ist denn geschehen?«, fragte ich, noch immer etwas benebelt.

Sie lächelte. »Irgendwie sind Sie bei der Führung durchs Haus, die Collin mit Ihnen veranstaltet hat, in die zuschlagende Tür oben auf der Bibliotheksempore geraten, und das blöde Ding hat sich wie eine Schraubzwinge um ihren Oberschenkel geklemmt. Der Schmerz muss so enorm gewesen sein, dass Sie ohnmächtig wurden. Nur mit vereinten Kräften haben mein Mann und Collin Sie befreien können, und wir haben Sie in Ihr Zimmer gebracht. Collin hat die ganze Nacht bei Ihnen gewacht. Und nun habe ich erst mal wieder die Obhut für Sie übernommen.«

»Ist alles gut jetzt?«, fragte ich matt.

Sie sah mich verständnislos an. »Aber ja! Wenn es Ihnen wieder gutgeht, ist alles gut!«

Auf dem Nachttisch dampfte frischer Tee. Sie sah meinen Blick, half mir, mich aufzusetzen, reichte mir die Tasse. Die ersten Schlucke weckten meine Lebensgeister. Ich lächelte Elinore zu. »Ich glaube, es geht mir gut. Danke, dass Sie sich so um mich bemüht haben!«

»Oh, das ist doch selbstverständlich! Dass so etwas aber auch gleich am ersten Tag Ihres Hierseins passiert! Was für einen Eindruck müssen Sie jetzt von Ihrem neuen Arbeitgeber haben? Ich hoffe sehr, Sie verlassen uns nun nicht gleich wieder. Ich war gestern so froh, dass Sie zugesagt haben, obwohl Ihre Qualifikation weit über Ihre Aufgaben hier hinausgeht.« Elinore strich sich über den kugelrunden Bauch. »Ja, und Julie und Thomas sind völlig aus dem Häuschen. Sie machen sich große Sorgen um Sie.«

Ups. Was tat ich hier?

Hatte ich mich anstellen lassen, um Elinore Dogherty, der offenkundig sehr bald werdenden Mutter, bei der Kindererziehung unter die Arme zu greifen? Es schien beinahe so. Wenn es denn so war, wie musste ich demnach jetzt vernünftigerweise reagieren? Ich versuchte es mit: »Ach, Mrs Dogherty, dann sagen Sie doch den beiden Bescheid. Ich trinke inzwischen in Ruhe meinen Tee und sammle mich noch ein bisschen.«

Ihre schönen, weichen Züge entspannten sich zu einem erleichterten Lächeln. Sie stand auf. »Und dann … Frühstück, Miss Austin?«

»Gern!«

»Kann ich die Vorhänge öffnen?«

»Auch gern! Und bitte, sagen Sie dem Arzt wieder ab. Es wäre albern, ihn meinetwegen herzubemühen.«

Elinore nickte.

»Ich bin sehr beruhigt. Offensichtlich habe ich Ihren Zustand richtig eingeschätzt«, antwortete sie, zog die schweren Gardinen auf und schob die Fenster hoch.

Strahlend fiel das Licht der Morgensonne herein, brachte frische Luft und ein vielstimmiges Vogelkonzert mit. Durch grünes Laub konnte ich den klaren, blauen Himmel erkennen.

»Ach, es ist so ein herrlicher Tag!«, schwärmte sie. »Ich hoffe, Sie können nachher aufstehen und das Wetter genießen. Wenn Sie nicht laufen können, lasse ich Sie einfach von den Männern in den Garten tragen. Wird schon alles wieder.«

Sie ließ mich allein. Entschlossen schlug ich die Bettdecke zurück, gewahrte den säuberlich und ziemlich professionell angelegten Verband und wackelte mit den Zehen des verletzten Beins. Einwandfrei! Ich beugte das Knie ein bisschen. Es zog ein wenig. Nicht der Rede wert. Also schwang ich die Beine über die Bettkante, blieb einen Moment sitzen, stand auf, versuchte erste Schritte. Das Bad war mein Ziel. Problemlos erreichbar. Ich war erleichtert. Zähne putzen, waschen. Es war schon erstaunlich und beinahe etwas peinlich, dass mich diese lächerliche Verletzung offenbar derart aus den Puschen gehauen und die ganze Familie in Angst und Schrecken versetzt hatte. Draußen hörte ich Klopfen, die Zimmertür, Stimmen. Elinores. Und Collins »Wo ist sie?«.

»Hier, im Bad«, rief ich.

»Alles in Ordnung bei Ihnen?«, fragte Mrs Dogherty.

»Bestens! Ich will mich nur schnell anziehen. Bin gleich da«, gab ich zurück.

»Ihre Sachen liegen auf dem Stuhl. Brauchen Sie Hilfe?«

»Nein, danke, ich glaube, ich kann sogar herunterkommen und dort frühstücken.«

»Sicher?«

»Ganz sicher!«

Meine Sachen, das waren Jeans, die über dem Verband ein wenig stramm saßen, eine kurzärmlige weiße Bluse und meine Nikes. Über der Stuhllehne hing mein Dufflecoat. Völlig entbehrlich bei dieser Wärme. Und nirgends ein Gouvernantenkostüm.

Mein Frühstück, das ich mit Elinore, Julie und Thomas einnahm, bestand aus verschiedensten Müslisorten mit frischen Früchten, Toast, Rührei, zu knusprig gebratenem Speck, Joghurt, Tee und Orangensaft. Alle verhielten sich wie eine ganz normale junge englische Familie an einem ganz normalen Alltagsmorgen. Eines schien mir sonnenklar: Keinem der drei Familienmitglieder am Tisch waren die Geschehnisse der vergangenen Nacht bewusst. Ob es mit Collin anders sein würde?

»Die Männer sind schon draußen«, unterbrach Elinore meine Gedanken. »Collin bat mich, Ihnen auszurichten, er würde sich sehr freuen, Ihnen die Hopfenfelder zeigen zu dürfen. Wenn Sie Lust haben und es schon schaffen, bringe ich Sie hin.«

»Dürfen wir mit?«, quietschte Julie, die in ihrem weißen, sommerlichen Hängerchen und den geflochtenen Zöpfen wie eine kleine Elfe aussah.

Ihre Mutter schüttelte den Kopf. »Es sind keine Ferien, mein Schatz. Ich bringe euch gleich zur Schule. Miss Austin seht ihr am Nachmittag wieder. Aber ihr müsst versprechen, sie noch ein paar Tage zu schonen. Und jetzt husch, holt eure Schultaschen, sonst kommen wir zu spät.«

Wir traten vors Haus. Glitzernd sprudelte das Brunnenwasser aus der Hopfenkiepe ins Becken. Die Luft war trotz der frühen Stunde mild. Zwei junge gefleckte Katzen kamen, liefen auf Elinore zu, strichen ihr maunzend um die Beine.

»Ihr bekommt euer Frühstück, sobald ich die Kinder weggebracht habe«, sagte sie und kraulte die Kätzchen. Sie schienen mit der Erklärung zufrieden, sprangen auf den Brunnenrand und versuchten, mit den Pfoten den Wasserstrahl zu fangen. »Sie sind noch so verspielt ...«, sagte Elinore mit einem Schmunzeln, während wir das Haus umrundeten.

Da lag es, das zauberhafte Tal. Dunkelgrün die waldigen Hügel, die es umgaben, hoch schon gerankt der Hopfen im gleißenden Sonnenschein. Ein steinernes Bänkchen stand am höchsten Punkt.

»Setzen Sie sich, Miss Austin, genießen Sie die Ruhe. Collin wird sicherlich gleich hier sein. Er ist irgendwo dort ...« Sie wies mit einer unbestimmten Handbewegung die langen Hopfenreihen hinunter.

Einen Moment noch sah ich ihr nach, wie sie erstaunlich leichtfüßig den Weg zurücklief. Sie gehörte zu den Schwangeren, die ihr Kind wirklich nur vor sich hertrugen. Von hinten sah man ihrer schlanken Gestalt kaum etwas an. Dann drehte ich mich auf der Bank um und nahm das Haus genauer in Augenschein. Was für ein Märchenschloss! Dichter, sattgrüner Wein berankte die Fassade, teilte sich die kühlende Arbeit mit fleißigem Jelängerjelieber, der mit seinen filigranen weißgelben Blüten jetzt summenden Bienen Nahrung bot und nachts einen betörenden Duft ausströmen würde, der Myriaden von Nachtfaltern anziehen dürfte. Blinkend spiegelten die vielen Fenster den Sonnenschein, fingen die beiden Kuppeln über Bibliothek und Ballsaal das Licht, glänzten die Kupferhelme auf den Schornsteinen und Erkerspitzen. In der Ferne erhoben sich die roten Dächer von Wirtschaftsgebäuden mit den für Brauereien so typischen Aufbauten. Aus einem offenen Fenster klang leise Radiomusik. Ich lauschte, und ein erkennendes Lächeln huschte über mein Gesicht. Sie spielten Vivaldis *Vier Jahreszeiten*. Sie spielten den *Frühling*!

Ich wandte mich wieder dem Tal zu, suchte mit den Augen die Reihen ab. Und sah ihn heraufkommen. Er trug eine beige Cargohose, ein leichtes Leinenhemd, eine cremefarbene Weste. Ins dunkle Haar setzte die Sonne tausende Glanzpunkte, seine braunen Augen zeigten schiere Freude, mich zu sehen.

»Bleib bloß sitzen, Hope, nicht, dass es wehtut!«, rief er mir schon zu, bevor er mich erreicht hatte.

Ich schüttelte lächelnd den Kopf, erhob mich und ging auf ihn zu.

Da standen wir nun voreinander, sehr nah, im lichten, grünen Tunnel der Hopfenpflanzen.

»Es geht dir wirklich gut?«

»Es ging mir selten besser.«

»Schau mal, die ersten Blüten sind da. Daraus ist unser Leben, unser Wohlstand gemacht.«

Er hielt mir die geöffnete Handfläche hin, und ich nahm die noch geschlossene Hopfenblüte. Fast wie ein winziger, gedrungener Tannenzapfen sah sie aus, noch war die Schuppenstruktur fest verschlossen.

»Es ist Tradition bei uns, die erste Blüte, die wir finden, der Liebsten zu überreichen. Sie symbolisiert Zuversicht und Glück. Ich schenke sie dir. Im August werden wir ernten können. Aber nun müssen sie sich erst mal zu voller Größe und Blüte entwickeln.«

Ich schloss die Finger um das kleine Kunstwerk der Natur, dankte ihm. Und wieder verharrten wir verlegen, unentschlossen, bis er sich ein Herz zu fassen schien und sagte: »Ich habe noch was gut bei dir ... einen ...«

Er brach ab.

»Nicht nur einen, Collin! Sei nicht so bescheiden«, erwiderte ich lächelnd.

Und dann standen wir, eng umschlungen, im lichten grünen Tunnel der Hopfenpflanzen und konnten nicht mehr voneinander lassen.

... UND UNSER KURZES SEIN
UMFÄNGT EIN SCHLAF

Durch die weit geöffneten Fenster meines Mädchenzimmers pfiff kühle Luft von der See herein. Noch stand die Sonne tief, im Haus war es ganz ruhig, meine hübsche neue Armbanduhr zeigte halb sechs. Und alles war wieder da! An jedes Detail, das im Zusammenhang mit Midnight stand, konnte ich mich an diesem Morgen erinnern. Wenn ich für solch ein Unterfangen auch nur über eine Spur Talent verfügte, hätte ich sofort damit begonnen, ein Buchmanuskript über all das zu verfassen. Allein, um ja nichts von dieser merkwürdigen Geschichte zu vergessen.

Zurückgelassen aber hatte der Traum der vergangenen Nacht vor allem eines: ein warmes, zärtliches, zufriedenes, ach, einfach außerordentlich wohliges Gefühl, das Körper und Seele gleichermaßen berauschte. Das Gefühl nämlich, am Ende doch alles richtig gemacht zu haben ... Na ja, ein unglaublich wehmütiges gab es natürlich auch. Es war vorbei. Alles war gut. Aber diesen faszinierenden Collin, dessen zärtlichen und doch fordernden Kuss ich noch immer zu spüren meinte, wenn ich die Augen schloss, den gab es eben auch nur in einem Traum. Solchen Männern würde ich mein Lebtag nicht begegnen. Und bedachte ich, dass er von nun an mit all seinen Facetten der Maßstab für meine Partnerwahl sein musste, sah ich tiefdunkelschwarz für meine diesbezügliche Zukunft.

Sei's drum, dachte ich. Niemand würde ihn mir wegnehmen können, so viel war sicher. Er würde mir allein bleiben, mir das Einschlafen versüßen und vielleicht, mit etwas Glück, einmal wieder in meinen Träumen auftauchen. Ja. Alles war gut!

Ich verbrachte noch drei weitere Tage bei meinen Eltern, genoss die verdienten Ferientage am Meer, erholte mich prächtig, schaute den blauen Flecken zu, wie sie unter der zunehmenden Sonnenbräune verblassten, schlief ausgezeichnet und startete mit komplett aufgeladenen Batterien zurück gen London.

Florence erwartete mich schon sehnsüchtig und war heilfroh, dass ich tatsächlich so pünktlich wie versprochen zurückkehrte. Sie hatte gearbeitet wie ein Ochse, berichtete sie. »Die Stadt ist knallvoll mit Touristen. Du kannst dich im Pub auf was gefasst machen. Ich brauche jetzt wirklich eine Woche Urlaub, ehe ich mit der Packerei für den Umzug beginne.«

Ja, Florence würde natürlich unsere herrlich eingespielte Dreier-Wohngemeinschaft verlassen, um ihren neuen Job anzutreten. Brian hatte verkündet, nicht an jemand anderen zu vermieten, sondern ihr Zimmerchen zukünftig selbst zu nutzen. Er konnte es sich jetzt leisten, denn auch er stand ab August gesichert in Lohn und Brot.

»Fehlst nur noch du, Hope!«, sagte er, als wir am Abend beisammensaßen. »Was hast du vor?«

»Bewerben natürlich«, versicherte ich. »Und wenn es gar nicht anders geht …«

»Promovieren?«, schlug Florence vor. »Professor Dawn hätte garantiert Spaß daran, dein Doktorvater zu werden.

Schlag ihm ein vernünftiges Thema vor, und du hast ihn an deiner Seite.«

»Ich habe ja auch dran gedacht«, erklärte Brian, »aber für mich wäre nur Professor McCormick eine erstrebenswerte Option gewesen.«

»Was heißt ›wäre gewesen‹?«, wollte ich wissen.

»Na, sie ist doch nicht mehr da!«, jaulte Brian auf.

»Wie bitte? Wo ist sie denn hin?«

»Weiß keiner«, antwortete Florence. »Sie taucht auf keiner Liste, in keinem Verzeichnis mehr auf, und die Fakultät hüllt sich bei Nachfrage in Schweigen. Ich bin aber sicher, für die nächsten Generationen weiblicher Studenten kann es nur ein Segen sein, dass sie die Fliege gemacht hat. Bisschen komisch, aber hej …«

»Wirklich merkwürdig«, sagte ich. Aber ein klammheimliches Grinsen konnte ich mir nicht verkneifen. Tja, wo mochte sie hin sein? Vielleicht hatte der Staub des Vergessens sich über ihre Existenz gelegt? Mir sollte es recht sein.

Florence also fuhr in den Urlaub, und ich übernahm die Doppelschichten, die sie zuvor geknechtet hatte. Sie hatte nicht übertrieben. Es war unglaublich was los. Das herrliche Sommerwetter spielte natürlich eine Rolle. Kaum stellten wir morgens unsere Tische raus, waren auch schon alle Sitzplätze belegt. So ging es den ganzen Tag bis tief in die Abende. In der folgenden Woche verlor ich durch die Rennerei jene zwei Kilo, die Mum mir draufgefüttert hatte, hörte vermutlich alle Sprachen dieser Welt, verdiente verdammt gut, spürte am Abend meine Füße nicht mehr und kam darüber hinaus zu gar nichts. Weder dazu, Bewerbungen zu schreiben, noch das bei einem hilfesuchenden Telefonat auftauchende Angebot Professor Dawns anzunehmen, sich einmal bei ihm daheim in Notting Hill (es waren Ferien) zusammenzusetzen, um gemeinsam über ein Thema für eine Doktorarbeit nachzudenken. Immerhin, so hatte er argumentiert, bräuchte auch die Universität Nachwuchskräfte, und er schätze mich als durchaus bestens geeignet für diesen Karriereweg ein. Na, das hatte mir natürlich geschmeichelt. Und obwohl mir die Idee bisher ziemlich ferngelegen hatte, freundete ich mich zunehmend mit ihr an.

Ich muss ja zugeben, zweimal in der knappen Mittagspause stieg ich in die U-Bahn hinab. Nicht, um irgendwohin zu fahren. Nein, ich war auf der Suche nach »meiner« Geigerin. Vermutlich wird es niemanden wundern, dass ich ihr nicht wiederbegegnete.

Und als ich dann endlich, in der zweiten Woche nach meiner Rückkehr, Professor Dawns Einladung nach Notting Hill annahm, nutzte ich die Gelegenheit, in der Kensington Park Road nach dem Messingschild zu suchen, welches Dr. Nortons psychiatrische Praxis ausweisen musste. Fehlanzeige. Es gab keine Praxis. Das Haus bewohnte offenbar eine junge Familie. Im winzigen Vorgärtchen standen Schaukel und Sandkasten, ein kleiner Hund bellte am Zaun. Allerdings verriet ein dunkler Rand an der cremeweiß gestrichenen Mauer neben der Eingangstür nebst vier Dübellöchern, dass dort einmal etwas angebracht gewesen war. Ich lächelte wissend.

Mein Gespräch mit dem zukünftigen Doktorvater verlief außerordentlich erfreulich. Für ihn gab es überhaupt keinen Zweifel, dass dies mein Weg war. Er bot sogar an, sich um ein Stipendium für mich zu bemühen, damit ich nicht ewig weiter als »Bardame« meinen Lebensunterhalt verdienen müsste, und stellte fürs Erste eine Assistentenstelle in Aussicht. Wir sammelten Ideen. Manche erschienen mir vielversprechend, und ich beteuerte, binnen zwei Wochen ein Konzept vorlegen zu wollen.

Ganz neue Aussichten! Wie herrlich das Leben sein konnte, wenn man Menschen um sich hatte, die an einen glaubten! Mum und Dad schienen, so hörte es sich an, Luftsprünge zu vollführen, als ich sie anrief, und ich war ab sofort endlich auch selbst bereit, die allgemeine Euphorie zu teilen. Nur ein Weilchen, nämlich bis zum Beginn des kommenden Trimesters, würde ich mich noch gedulden und weiterhin im *Farmers' Inn* mein Brot verdienen müssen. Aber es war absehbar.

Dort nun passierte – ich weiß es nicht genau, aber es muss einige Wochen, vielleicht anderthalb Monate später gewesen sein – etwas Bemerkenswertes. Das Wetter hatte umgeschlagen, in den letzten Tagen war es kühl und regnerisch geworden, ganz so viel hatten wir jetzt nicht mehr zu tun. Also hatte mein Chef mir vor Schichtbeginn schon ein Dutzend Pappkartons hingestellt und mich gebeten, sie auszupacken und den Inhalt ins Regal einzusortieren.

»Eine neue Biersorte«, erklärte er leichthin, und ich griff zum Messer, um den ersten Karton mit der Aufschrift »Handle with Care!« aufzuschlitzen. Es befanden sich ziemlich schicke Biergläser darin. Alle trugen den von einem goldenen Hopfenkranz veredelten Aufdruck *Dogherty Ale*.

Mir wurde heiß und kalt. Und noch heißer, als ich das erste Dutzend Gläser zum Spülen neben das Becken auf die Theke gestellt hatte. Denn ganz unten im Pappkarton lag ein Päckchen Flyer.

Da stand ich nun mit offenem Mund, die professionell gestaltete Werbung in der Hand, als mein Chef den Kopf noch einmal durch die Küchenschwingtür steckte, um sich zu verabschieden. »Leg davon ein paar auf die Theke, ja, Hope? Und wunder dich nicht, die Fässer kommen heute Nachmittag. Lass sie gleich anschließen. Der ganz linke Zapfhahn ist schon dafür vorgesehen, und die Leitungen sind gereinigt. Kann also gleich losgehen. Ich bin dann mal weg.«

»O... okay«, stammelte ich, und die Küchentür schwang zu.

Mit der Linken spülte ich die Gläser, in der Rechten hielt

ich einen aufgeschlagenen Prospekt. Seit 1851. Aha. Familienbetrieb. Gut. Traditionelle Braukunst. Natürlich, schrieben sie alle. Spezielle Rezeptur. Mir entfuhr ein albernes Kieksen.

Dann drehte ich den Flyer zwischen zwei Fingern auf die Rückseite. Und starrte auf das, was ich da sah: eine Familie, eine zauberhafte Frau mit einem Baby auf dem Arm, zwei jüngere Kinder, ein stattlicher älterer Mann ... und: ein junger! Schick und modern gekleidet, in einem ebenso altertümlichen wie noblen Arbeitszimmer. Vor einem riesigen Schreibtisch aufgenommen, hinter dem ein Ahnenporträt zwischen offenen Fenstern prangte, die den Blick auf ausgedehnte grüne Hopfenfelder freigaben.

Einen sehr langen Moment erstarrte ich, denn da war nicht nur diese Familie Dogherty, da war nicht nur Collin, mein Traum-Mann! Da war noch etwas. Zu klein, aber es war definitiv zu sehen.

Ich stellte das fertig gespülte Glas ab, langte nach dem Geschirrtuch, ohne den Blick abzuwenden von dem, was ich sah, trocknete meine Linke. Und dann tat ich etwas, das für meine Generation vermutlich ziemlich typisch ist: Ich versuchte mit dem Spreizen von Daumen und Zeigefinger, das Bild zu vergrößern.

Mein eigenes Lachen brachte mich wieder halbwegs zu mir. Ganz unten stand eine Webadresse. Ich holte mein Smartphone, gab sie ein und hatte gleich zuoberst das gesponserte Ergebnis. Ein Klick noch. Mein Haus! Noch einer. Dann konnte ich dieses bestimmte Foto tatsächlich vergrößern.

Was ich da auf der Ecke dieses Edelholzschreibtisches angestarrt hatte, war nichts anderes als ein purpurroter Seidenschal.

～

Ich überlasse es nun jedem selbst, welchen Reim er sich machen mag. Ich jedenfalls machte mir meinen. Und kopfgesteuert, wie ich bekanntlich eigentlich bin, wird mir jeder abnehmen, dass mein allgemeines Befinden in den folgenden Stunden mit dem Wort »Ausnahmezustand « noch vorsichtig umschrieben war.

Sobald ich aus dem Pub wegkam, was nur nach mehreren Telefonaten auf der fieberhaften Suche nach einer Ersatzkraft für die kommenden beiden Tage überhaupt gelang und einiger Überredungskunst bedurfte, bis sich schließlich Sue erbarmte, eilte ich heim. Pitschnass kam ich an. Es regnete aus Kübeln, kalter Wind ging, meine leichte Jacke war durch. Ich packte in fliegender Eile. Nur meinen Rucksack, nur das Nötigste. Und griff nach meinem Dufflecoat.

Eine halbe Stunde später löste ich meine Bahnkarte mit dem Ziel Penshurst, Kent. Lange musste ich nicht warten. Der Bahnsteig füllte sich nach und nach mit Fahrgästen. Ich lief nervös auf und ab. Und fror. Was nicht unbedingt nur an den mäßigen Temperaturen lag, sondern vielmehr meiner kaum bezähmbaren inneren Ungeduld geschuldet war. Ich steckte beide Hände tief in die Manteltaschen. Gebrauchtes Taschentuch. Ein Lippenpflegestift. Hausschlüsseletui, zwei Hustenbonbons. Sie hätte längst in die Reinigung gemusst, meine Wollfestung.

Ruhelos die Hände. Da war noch etwas. Bisschen bröselig. Ich fasste es mit den Fingerspitzen, zog es heraus, hielt es auf der Handfläche ins Licht, betrachtete es.

Es war eine Hopfenblüte.

ENDE

ÜBER DIE AUTORIN

 **Izabelle Jardin** studierte Sozial- und Politikwissenschaften in Oldenburg und Braunschweig. Die passionierte Reiterin, Pferdezüchterin und Mutter zweier Söhne lebt und arbeitet mit ihrer Familie in einem verschlafenen norddeutschen Dorf. Sie liebt die Ruhe auf dem Land, das Leben im Einklang mit der Natur. Selten begegnet man Izabelle Jardin ohne Hunde an ihrer Seite.

Liebesromane öffneten Anfang der 2010er-Jahre die Türen zu den Bestsellerlisten, einige ihrer historischen Romane, welche den Löwenanteil ihrer Bücher ausmachen, führten sie wochenlang an. Überdies hegt die Autorin eine (un)-heimliche Neigung zu Stoffen im Genre „Magischer Realismus".

Für ihre Leser ist Izabelle Jardin immer unter ihrer E-Mail-Adresse erreichbar:

izabelle.jardin@gmx.de